정령— 야토가미 토카

고교생— 이츠카 시도

정령— 토비이치 오리가미

정령— 야마이 카구야

정령— 야마이 유즈루

"엘렌. 호출이야. 가자."
마술사— 아르테미시아 B 애시크로프트[벨]

"알고 있어요."
최강의 마술사— 엘렌 M 메이저스[밀라]

"〈봉해주(封解主)〉로
이 별의 순환을 멈추겠노라."
열 번째 정령― 호시미야 무쿠로

"저기…… 할머니. 저,
만 가봐야 할 것 같아요."
정령─요시노

"이래서야 영락없는 『성냥팔이 소녀』네."
〈라타토스크〉 사령관─ 이츠카 코토리

"에헤헷.
아슬아슬했네, 소년."
정령— 니아

CONTENTS

DATE 데이트

A 어

LIVE 라이브

14

글 : 타치바나 코우시
그림 : 츠나코
옮긴이 : 이승원

THE SPIRIT
정령(精靈)

인계(隣界)에 존재하는 특수 재해 지정 생명체. 발생 요인, 존재 이유 둘 다 불명.
이쪽 세계에 모습을 드러낼 때, 공간진(空間震)을 발생시켜 주위에 심각한 피해를 끼친다.
또한, 엄청난 전투 능력을 보유하고 있음.

WAYS OF COPING1
대처법1

무력을 통한 섬멸.
단, 위에서 말했듯 매우 강대한 전투 능력을 보유하고 있기 때문에 달성 가능성이 극도로 낮음.

WAYS OF COPING2
대처법2

──데이트를 해서, 반하게 만든다.

무쿠로 플래닛
Planet MUKURO

SpiritNo.6
AstralDress-ZodiacType　Weapon-KeyType[Michael]

서장 성신(星辰)의 각성

하늘이지만 하늘이 아닌 장소.

이 세상이지만, 이 세상이 아닌 장소.

칠흑같이 어두운 공간 안을, 한 소녀가 홀로 떠다니고 있었다.

돌멩이처럼.

먼지처럼.

티끌처럼.

소녀는 그저 『그곳』에 『존재』했다.

그녀는 자연의 일부가 되었고, 세계의 일부가 되어가고 있었다. 저항하지도, 거스르지도, 간섭하지도, 간섭받지도 않으며, 무(無)라는 이름의 평온 안에 그저 떠있었다.

그녀의 모습을 보는 사람은 없으며, 그녀의 목소리를 듣는 사람도 없다. 아니— 그 이전에 그녀의 존재를 아는 사람조차, 이 세상에는 거의 없지 않을까.

하지만 그녀는 그 사실에 불만을 가지지 않았다.

미미한 적막감도, 약간의 망설임도, 조금의 초조함도 느끼지 않았다.

아니, 그뿐만이 아니다.

환희도, 쾌락도— 그리고 사랑도……

그 무엇 하나— 그녀의 닫힌 마음은 품은 적이 없었다.

하지만 그것으로 충분했다. 그녀가 원하는 것은 정적, 그리고 평온이니까 말이다.

—하지만.

그 날. 그녀 앞에 초대받지 않은 손님이 나타났다.

거대한 강철 덩어리. 긴 손발을 지닌 인간형태의 무언가.

그 무언가가 그녀의 영역을 침범한 것이다.

그녀는 그 무엇에도 간섭하지 않는다.

하지만 무언가에게 간섭을 받는 순간, 그것을 제거할 수 있도록 마음의 일부를 남겨두었다.

대체 얼마만일까.

그녀는— 눈을 떴다.

"…………………흐음?"

혼잣말을 하듯 그렇게 중얼거리면서 동그랗게 말고 있던

몸을 폈다. 오랫동안 꼼짝도 하지 않아서 그런지, 그녀의 뼈와 살이 비명을 질렀다.

"……호오? 무쿠를 깨운 것이 무엇인가 했더니. 이형(異形)의 무리로구나."

그녀는 손을 들어 올리고 작은 목소리로 『이름』을 읊조리며 거대한 『열쇠』를 쥐었다.

그리고 그 끝으로 거대한 그림자를 가리켰다.

"—눈에 거슬리는구나. 썩 꺼져라."

그 날.

지구에게 있어 최악의 재앙이, 눈을 떴다.

제1장 새해 첫 참배

들은 이야기에 따르면, 새해 첫 참배 때 새전함에 넣는 돈은 많을수록 꼭 좋은 것만은 아니라고 한다.

일본어로 『인연』과 발음이 같은 5엔짜리 동전을 넣으면 효험이 있다는 것은 유명하지만, 65엔을 넣으면 『변변한 인연이 없다』라는 의미이며, 500엔짜리 동전은 가장 가치가 큰 동전이기 때문에 『더는 효과가 없다』라는 의미를 지닌다고 한다. 큰마음 먹고 평소의 100배나 되는 돈을 새전함에 넣었는데 효과가 없다니, 정말 너무한 이야기다.

뭐, 신께서는 돈을 많이 바친 사람을 아끼지는 않는다는 의미로 받아들일 수도 있지만, 1만 엔은 『원만』이라는 의미를 지니기 때문에 또 운이 좋아진다고 한다.

하지만 고등학생인 시도에게 1만 엔이나 되는 돈을 새전함에 집어넣을 배짱이 있을 리가 없다. 시도는 신의 자비에 감사하면서 5엔짜리 동전을 집어넣었다. 그리고 예를 두 번 표한 후, 두 번 박수를 치고, 한 번 더 예를 표했다.

"……."

그리고 눈을 감은 채 마음속으로 소원을 빌었다.

진짜로 신이라는 존재가 본당에 있으며, 참배를 한 이들의 소원을 들어준다고 생각하지는 않는다. 애초에 일본에는 팔 백만이나 되는 신이 존재한다고 일컬어진다. 즉, 수많은 분 야의 전문가들이 모여 있는 것이다. 그 중 한 신께서 참배객들이 빈 각양각색의 소원을 전부 들어주는 것은 무리이리라.

하지만 시도는 이 행위가 전혀 의미가 없다고 생각하지는 않는다.

소원과 소망, 목표는 누구나 가지고 있다. 하지만 의외로 일 상생활을 하면서 그것을 강하게 의식하는 일은 없지 않을까.

물론 수험생이나 사랑에 빠진 소녀 같은 이들은 자신의 소원을 의식하고 있을지도 모른다. 하지만 그런 그들 또한 자신들이 당연한 것처럼 누리고 있는 평범한 행복이나 자신이 처한 환경을 의식하는 일은 적을 거라고 생각한다.

건강한 사람이 자신의 두 발로 서고 싶다는 소원을 빌지 않는 것처럼, 유복한 사람이 입에 풀칠만 하게 해달라고 빌지는 않을 것이다.

물론 그것들은 극단적인 예지만, 인간은 누구나 자신이 눈치채지 못한 행복을 지니고 있다. 하지만 누구든 그것이 계속되기를 바라면서도 굳이 그것을 의식하지는 않는다.

그렇기 때문에— 시도는 비는 것이다.

신에게 빌면서, 스스로 깨닫는 것이다.

이 행복이 쭉 계속되게 해달라고 말이다.

"……휴우."

시도는 작게 한숨을 내쉬면서 눈을 뜨고는 고개를 들었다.

그는 좌우를 쳐다보았다. 그곳에는 아까까지의 시도처럼 합장을 하고 있는 소녀들이 있었다.

시도의 오른편에는 토카, 오리가미, 그리고 왼편에는 카구야, 유즈루가 서있었다.

그녀들은 시도와 마찬가지로 라이젠 고등학교에 다니는 학생이자— 시도가 힘을 봉인했던 정령들이다.

아름다운 기모노를 입은 그녀들은 열심히 기도를 드리고 있었다. 시도도 비교적 오랫동안 기도를 드렸는데…… 그녀들은 대체 무슨 소원을 빌고 있는 걸까.

"으음."

시도가 그런 생각을 하고 있을 때, 옆에 있던 토카가 수정 같은 눈을 뜨면서 고개를 들었다. 아름답게 묶은 칠흑빛 머리카락이 볼을 희롱하더니, 햇빛을 받으며 찬란히 빛났다.

"오오, 시도. 많이 기다렸느냐?"

"아, 그렇지도 않아. 그런데 어떤 소원을 빌었어?"

"음. 올해도 맛있는 것을 잔뜩 먹게 해달라고 빌었다!"

"하하. 그랬구나."

정말 토카다운 소원이었다. 시도는 무심코 미소를 지었다. 올해도 열심히 요리 실력을 발휘해야 할 것 같다.

시도가 오늘 저녁 메뉴를 고민하고 있을 때, 토카가 덧붙이듯 말했다.

"그리고……."

"응?"

"시도, 그리고 다른 사람들과 쭉 같이 있게 해달라고도 빌었지."

토카는 태양 같은 미소를 지으면서 그렇게 말했다. 시도는 한순간 눈을 크게 떴다가―.

"그랬구나."

상냥한 미소를 지으면서 고개를 끄덕였다.

바로 그때였다. 야마이 카구야, 야마이 유즈루 자매가 기도를 마치더니 판박이처럼 똑같이 생긴 얼굴로 시도를 쳐다보았다.

"아, 너희는 어떤 소원을 빌었어?"

시도의 물음에 주황색과 검은색으로 이뤄진 기모노를 입은 카구야가 얼굴 앞으로 한 손을 들더니 멋진 포즈를 취했다.

"소원? 크큭…… 무슨 소리를 하는 것이냐. 이 몸은 이 땅을 다스리는 신이 얼마나 잘났는지 살펴봤을 뿐이니라. 뭐, 이 몸의 위용에 압도당한 것 같더구나."

"밀고. 거짓말이에요. 카구야는 작은 목소리로 『올해야말로 어른의 계단을 올라가게 해주세요』라고 빌었어요."

"진담 같은 말투로 그딴 헛소리하지 말아줄래?! 나는 시도와 데이트를 하고 싶다고—."

카구야는 말을 멈추고 화들짝 놀라며 어깨를 부르르 떨었다.

그 말을 듣고 멋쩍은 기분이 든 시도는 볼을 긁적이면서 고개를 돌렸다.

"아, 뭐, 저기…… 선처해볼게."

"…………아!"

카구야의 얼굴이 홍당무처럼 새빨개졌다. 그 모습을 본 유즈루는 푸훕…… 하고 의미심장한 웃음을 흘렸다.

"미소. 잘됐네요."

"아아~! 정말~!"

유즈루가 그렇게 말하자, 카구야는 울상을 지으면서 어리광부리듯 그녀의 가슴을 때렸다.

"대피. 아파요. 아프다고요. 카구야."

"어이어이. 다른 사람들에게 민폐 끼치지 마……."

시도는 쓴웃음을 지으면서 두 사람을 말렸다.

시도 일행은 현재 집 근처에 있는 신사에 와 있었다. 1월 4일이라 그런지 새해 첫날만큼 붐비지는 않았지만, 참배를 하러 온 손님들이 드문드문 보였다.

카구야도 그걸 눈치챈 것 같았다. 얼굴을 붉힌 그녀는 숨을 가다듬은 후, 정신을 바짝 차리려는 듯이 자신의 볼을 손바닥으로 때렸다.

"……오케이. 진정했어. 어둠의 가호여, 이 몸을 지켜다오."

"그, 그래? 그럼 슬슬 가자…… 어, 라?"

다른 이들을 데리고 이동하려던 시도는 아직도 합장을 하고 있는 소녀가 있다는 사실을 알아챘다.

흰색 천에 종이학 문양이 새겨진 기모노를 입은 소녀—오리가미가 혼잣말을 중얼거리면서 열심히 기도를 하고 있었다.

"오리가미?"

"꽤 오래 걸리네……. 대체 어떤 소원을 비는 걸까?"

카구야는 흥미로운 표정으로 오리가미에게 다가가서, 그녀의 말에 귀를 기울였다.

그리고 몇 초 후…….

"…………윽?!"

오리가미의 낮은 중얼거림을 들은 카구야가 아까보다도 더 얼굴을 붉히면서 뒤편으로 몸을 날렸다.

"카, 카구야?"

"음? 오리가미가 뭐라 하기라도 한 것이냐?"

토카는 의아해하면서 오리가미에게 다가갔다. 그러자 카구야는 허둥지둥 고개를 내저으며 토카를 말렸다.

"기, 기다려! 안 돼! 토카에게는 아직 이르단 말이야!"

"음……?"

"오, 오리가미, 너 대체 무슨 소원을 빌고 있는 거야……."

카구야의 모습을 본 시도는 무심결에 식은땀을 흘렸다. 바로 그때, 오리가미는 소원을 다 빌었는지 고개를 들면서 시도를 향해 돌아섰다.

"아, 오리가미. 끝난 거야?"

"……."

시도가 그렇게 묻자, 오리가미는 아무 말 없이 고개를 끄덕이더니 자신의 배를 쓰다듬으면서 엄지를 치켜들었다.

"준비라면 완벽하게 됐어."

"무, 무슨 준비 말이야?!"

시도는 비명에 가까운 목소리로 그렇게 외친 후, 이마에 손을 대고 하아 하고 한숨을 내쉬었다.

"아, 아무튼 다음 사람이 기다리고 있으니까 빨리 비키자."

시도의 말에 정령들은 고개를 끄덕였다. 시도는 시끄럽게 해서 미안하다는 듯이 뒤편에 있는 참배객에게 고개를 숙인 후, 새전함 앞에서 이동했다.

그리고 사람이 적은 곳에서 걸음을 멈추더니 주위를 살펴보았다.

"으음, 코토리와 다른 애들은 어디 있는 거지……?"

시도는 그렇게 말하면서 여동생인 코토리를 찾았다. 코토리를 비롯한 다른 정령들도 시도와 함께 참배를 하러 왔다. 하지만 새전함의 크기 때문에 한 번에 참배를 할 수 있는 인원이 정해져 있어서 그룹으로 나뉘어서 참배를 한 것이다.

"어이~, 오빠~."

바로 그때, 귀에 익은 목소리가 뒤편에서 들려왔다.

목소리가 들려온 곳을 향해 고개를 돌린 시도는 눈을 동그랗게 떴다. 그곳에는 코토리와 다른 정령들뿐만 아니라─신경 쓰이는 것이 있었다.

옆에 있던 토카도 그것을 봤는지 영문을 모르겠다는 표정을 지으며 고개를 갸웃거렸다.

"음? 코토리, 뭘 하고 있는 것이냐?"

토카가 그런 소리를 하는 것도 무리는 아니었다. 코토리 일행이 있는 곳에는 회의에 쓰일 법한 긴 책상이 놓여 있었으며, 정령들을 비롯한 참배객들은 펜을 한 손에 쥔 채 뭔가를 열심히 쓰고 있었던 것이다.

"이거."

붉은색 기모노를 입은 코토리가 새하얀 리본으로 묶은 머리카락을 흔들면서 손에 쥔 것을 보여줬다.

그것은 집 같은 모양을 한 조그마한 나무판이었다. 윗부분에는 어딘가에 매달 수 있는 끈이 달려 있었다.

그것은 바로 소원을 빌 때 쓰는 에마라는 이름의 나무액자였다.

"오오, 그건 뭐냐?"

"이건 에마라고 하는 건데, 여기에 소원을 써서 매달아두면 그 소원이 이루어져~."

"뭐! 정말이냐?!"

코토리의 말을 들은 토카가 눈을 반짝이며 외쳤다.

"으음, 칠석과 아까 전에 한 참배 외에도 소원을 이뤄주는 행사가 또 있는 것이냐! 정말 대단하구나!"

"아하하…… 그래도 꼭 이뤄지는 건 아니니까 너무 기대하지는 마."

시도가 쓴웃음을 지으면서 그렇게 말하자, 토카는 「음!」하면서 고개를 끄덕였다.

"나도 안다. 신이라는 존재는 눈코 뜰 새 없이 바쁘니까 말이야!"

그렇게 말한 토카는 들뜬 표정으로 몸을 흔들면서 시도의 눈을 쳐다보았다. 야마이 자매 쪽을 쳐다보니, 그녀들 또한 토카와 비슷한 표정을 짓고 있었다.

"그럼 우리도 한번 써볼까?"

"""와아~!"""

시도가 그렇게 말하자, 정령들은 환성을 터뜨렸다.

그녀들이 이렇게 기뻐하니 기분이 썩 나쁘지 않았다. 시도는 쓴웃음을 지으면서 인원수만큼의 에마를 사서 정령들에게 나눠줬다.

"그럼 빈자리에 앉아서 쓸까?"

"음!"

정령들은 즐거워하면서 테이블 위에 놓인 펜을 쥐었다.

시도도 그녀들과 마찬가지로 펜을 쥔 후, 벌써 에마에 뭔가를 적고 있는 정령들을 바라보았다.

"어, 요시노. 실력이 꽤 좋은데?"

시도는 그렇게 말하면서 맞은편에 앉은 요시노의 에마를 쳐다보았다. 에마의 오른쪽 절반에는 안대를 한 귀여운 토끼 그림이 그려져 있었다.

"고, 고맙습니다……."

요시노는 부끄러운지 볼을 붉히면서 고개를 들었다. 연둣빛 기모노와 올려 묶은 머리카락이 그녀를 평소보다 어른스러워 보이게 했다.

『우후후~. 그렇지~? 시도 군은 뭘 좀 안다니깐~.』

그 말에 동의하듯 요시노가 왼손에 낀 퍼펫 인형이 입을 뻐끔거렸다. 요시노와 같은 색깔의 기모노를 입은 그 인형은 그녀가 에마에 그린 그림과 똑같이 생겼다.

"응. 대단해. 이렇게 귀여운 나무액자라면 신께서 금방 발견할지도 몰라."

시도가 그렇게 말하자, 요시노는 약간 부끄러워하면서 웃었다.

"아…… 나츠미 씨와 니아 씨의 에마도 엄청나요."

"그래?"

시도가 요시노의 시선을 쫓듯 고개를 돌린 순간― 그의 눈썹 끝이 흔들렸다.

다른 사람들과 조금 떨어진 곳에서 두 소녀가 마주 앉아 나무액자에 뭔가를 그리고 있었는데…… 그녀들의 주위에서 소용돌이치고 있는 분위기는 주변과 완전히 달랐던 것이다.

녹색 기모노를 입은 조그마한 체구의 소녀, 그리고 다운 재킷을 걸치고 안경을 쓴 소녀가 여러 색깔의 펜으로 조그마한 캔버스에 화려한 기모노 차림의 귀여운 소녀를 그리고 있었다.

그 모습만 보면 딱히 이상할 것이 없지만…… 그 두 사람은 신년 초에 평화롭게 에마를 쓰고 있다기보다는 마감 직전의 만화가가 원고와 씨름하고 있는 듯한 분위기를 띠고 있었다.

게다가 두 사람의 그린 그림은 프로 레벨(아니, 한쪽은 진짜 프로)이었기에 주위의 주목을 끌고 있었다.

"어, 어이, 뭐하는 거야?"

시도가 말을 걸자, 나츠미와 니아는 그제야 시도가 곁에 다가왔다는 것을 알아챈 표정을 지었다.

"……아."

"오, 소년. 이제 온 거야?"

뻣뻣한 머리카락을 예쁘게 묶은 나츠미는 어깨를 부르르

떨었고, 딱히 치장을 하지 않은 니아는 안경을 고쳐 쓰면서 사람 좋은 미소를 지었다.

"하하…… 잘 그리네. 역시 프로야."

시도가 쓴웃음을 지으며 그렇게 말하자, 니아는 잘난 척하듯 가슴을 펴면서 말을 이었다.

"뭐~, 그림으로 벌어먹고 사는 사람으로서 대충 그릴 수는 없다고나 할까?"

니아는 그렇게 말하면서 들고 있던 펜을 빙글빙글 돌렸다.

그러자 나츠미는 뭐 씹은 표정을 지으면서 자신의 에마를 손으로 가렸다.

"……나는 니아가 부추겨서 그린 거야. 딱히 좋아서 그린 게 아니라구……."

"뭐어~? 이제 와서 그런 소리 할 거야? 방금까지 둘이서 만화가의 길을 나아가자는 이야기를 했었잖아."

"안 했거든?! 그리고 만화가의 길이란 건 또 뭐야?!"

나츠미는 반사적으로 고함을 질렀다. 그러자 니아는 깔깔 웃으면서 시도를 향해 고개를 돌렸다.

"이야~ 아무튼 낫퉁은 장래가 유망해. 솔직히 말해 내 어시스턴트로 채용하고 싶을 정도야. 급료를 잘 쳐줄 테니까 어때? 아, 원한다면 편집자에게 소개도 시켜줄게."

"……아, 나는 그런 건 좀……. 그리고 낫퉁이 뭐야……?"

"응? 별명인데? 나와 낫퉁 정도 사이쯤 되면 별명으로 불

러야 자연스럽잖아."

"어, 그렇게 깊은 사이가 된 적은 없는데……."

나츠미가 식은땀을 흘리며 그렇게 말했지만, 니아는 들은 척도 하지 않았다. 그녀는 감개무량하다는 듯이 팔짱을 끼면서 말을 이었다.

"참고로 『낫퉁』은 말이지, 『나츠미』라는 이름과 견과류라는 뜻인 『너트』를 합친 거야. 껍질 속에 틀어박혀 있는 느낌이 딱 견과류잖아? 피스타치오처럼 약간 벌어진 틈으로 이쪽을 쳐다보고 있는 것 같아."

"……푸읍."

딱딱한 껍질 사이로 밖을 살펴보고 있는 나츠미의 모습을 상상한 시도는 무심코 웃음을 터뜨렸다.

"……."

웃음소리를 들은 나츠미가 무시무시한 눈길로 시도를 노려보자, 그는 얼버무리듯이 헛기침을 하면서 니아를 쳐다보았다.

"그, 그것보다 니아는 정말 괜찮은 거야? 〈라타토스크〉 측에서 니아가 입을 기모노도 준비해줬는데……."

시도가 평소와 변함없는 복장을 하고 있는 니아를 바라보면서 그렇게 말하자, 니아는 손을 내저었다.

"아, 응. 옛날에 자료로 쓰려고 한번 입어본 적이 있었는데 움직이기 불편했거든. 게다가 나는 후방지원 담당이라고

나 할까. 보조 전문이야. 즉, 아름다운 애들을 보는 것만으로도 만족해."

"그래? 니아도 잘 어울릴 것 같은데 말이야."

시도가 별생각 없이 그렇게 말하자, 니아는 눈을 동그랗게 뜨더니 이어 능글맞은 미소를 지었다.

"에헤헤, 뭐야~. 소년은 새해 초부터 이 니아 님을 유혹하려는 거야? 역시 대단하네. 영웅호색이라는 말은 사실인가 봐?"

"뭐? 아, 아냐. 그런 뜻이 아니라……."

"므흐흐흐, 그건 그렇고~. 소년은 기모노 마니아인가 보네. 흐트러진 기모노 사이로 드러난 피부를 보고 흥분하는 거지~? 좋아. 그런 마니악한 소년에게 이걸 선물로 줄게."

니아는 남들이 듣고 오해하기 딱 좋은 소리를 늘어놓으며 호주머니에서 에마를 꺼내 시도에게 건네줬다.

"응? 이게 뭐야? 한 개 더 샀던…… 윽―."

그 에마를 본 순간, 시도는 숨을 삼켰다.

그럴 만도 했다. 에마에는 기모노가 흐트러진 미소녀와, 그 소녀를 덮치고 있는 소년이라고 하는, 아슬아슬하게 15세 미만 관람 불가 수준의 일러스트가 그려져 있었던 것이다. 참고로 그 옆에는 『이런 느낌의 럭키 호색한과 만나고 싶어요. 니아』라는 구체적인 소원이 적혀 있었다.

"니, 니아, 이게 뭐야?!"

"에마야~. 이야~ 처음에는 그걸 그리고 있었는데 소년의 여동생이 「미풍양속 위반!」이라고 외치면서 화를 내지 뭐야. 내가 가지는 것도 좀 그러니까, 소년이 받아주지 않을래?"

"이, 이봐……."

이마에 땀방울이 맺힌 시도는 지나가던 사람들이 자신의 손 언저리를 힐끔힐끔 쳐다보고 있다는 사실을 눈치채고 그 나무액자를 자신의 호주머니에 넣었다. 그 모습을 본 니아는 어찌된 영문인지 기뻐했다.

"뭐, 그건 그렇고 낫퉁한테 한 말은 진심이야. 아, 그리고 소년도 고용하고 싶어~."

"나? 나츠미라면 몰라도 나 같은 녀석은 그다지 도움이 되지 않을걸?"

"그렇지도 않아. 어시스턴트가 할 일은 만화를 그리는 것만이 아니거든. 음식, 세탁, 청소를 해주는 것만으로도 엄청 도움이…… 아, 그러면 어시스턴트라기보다 주부네. 아, 좋은 생각이 났어. 소년, 나와 결혼하자."

"어이어이……."

시도가 쓴웃음을 짓자, 니아는 아하하 하고 웃었다.

"하지만 밥해 줄 사람이 필요한 건 사실이야. 그러고 보니 만화 방면으로도 도움이 될 것 기네. 낫퉁을 꼭 끌어안으면서 에로틱한 구도 설정에 협력해주는 거야. 어때?"

"뭐……."

"······윽?!"

니아가 가벼운 어조로 그렇게 말하자, 시도와 나츠미는 무심코 숨을 삼켰다. 니아가 방금 한 말이 농담이라는 것은 알고 있지만, 당사자가 눈앞에 있기 때문인지 서로를 의식하고 만 것이다.

그 순간, 타다닥 하는 발소리가 들려오더니 기모노 차림의 소녀가 테이블 위로 몸을 쑤욱~! 내밀었다.

"달링, 방금 무슨 이야기를 했나요~?! 나츠미 양과 에로틱한 어쩌고 하는 말이 들렸거든요~?!"

키가 큰 소녀는 그렇게 말하더니, 건전지가 들어있는 것처럼 눈을 반짝여댔다.

"미, 미쿠······?!"

미쿠가 느닷없이 등장하자, 시도는 눈을 치켜뜨며 깜짝 놀랐다.

그렇다. 그녀는 시도가 힘을 봉인했던 정령이자, 일본에서 굴지의 인기를 자랑하는 아이돌, 이자요이 미쿠였다.

하지만 현재 그녀의 표정은 아이돌이라는 좁은 필드에서 빠져나와, 새로운 세계로 나아가려 하고 있었다(극도로 완곡한 표현).

"아, 혹시 니아 양의 어시스턴트가 되는 건가요~? 달링과 나츠미 양이 어시스턴트가 된다면 저도 어시스턴트가 될래요~! 셋이서 에로틱한 구도를 마구 취하죠~!"

미쿠는 테이블에 드러누운 채 힘찬 목소리로 그렇게 말했다. 그러자 나츠미는 질색을 하는 듯한 표정을 지었다.

"아, 정말? 나야 그래주면 고맙지. 하지만 밋키는 아이돌이잖아? 개런티가 비쌀 것 같은데."

"그렇지 않아요! 노 개런티로 할게요! 뭣하면 제가 개런티를 낼 수도 있어요!"

미쿠는 엄지를 치켜들면서 그렇게 말했다. 그 직후, 그녀의 몸은 질질 끌려갔다. 고개를 돌려보니, 코토리와 토카가 테이블 위에 드러누운 미쿠의 발을 잡아당기고 있었다.

"아이돌이나 되어서 이런 기행 좀 하지 마."

어느새 검은색 리본으로 바꿔 맨 코토리가 도끼눈을 뜨고 그렇게 말했다. 그러자 미쿠는 저항하듯 발을 버둥거렸다.

"아앙~! 코토리 양, 토카 양, 너~무~해~요~!"

"잠깐—."

"음, 미쿠, 날뛰지 마라."

"어, 어이, 잠깐만, 위험—."

테이블이 균형을 잃더니 미쿠, 코토리, 토카와 함께 그대로 쓰러졌다. 시도는 반사적으로 세 사람을 부축하기 위해 손을 뻗었지만…… 그러지 말았어야 했다. 시도 또한 세 사람에게 휘말린 채, 그 자리에서 쓰러지고 말았다.

"으으…… 세 사람 다, 괜찮아? 앗……."

그렇게 입을 열던 시도는 어깨를 부르르 떨었다.

그럴 만도 했다. 어쩌다 이렇게 된 것인지는 모르겠지만, 시도는 기모노가 흐트러진 채 바닥에 쓰러져 있는 토카를 덮치려는 듯한 자세를 취하고 있었던 것이다.

"시, 시도, 뭐하는 것이냐!"

"앗, 미, 미안……!"

"아앙~! 달링, 토카 양, 치사해요~! 둘 중 아무라도 상관없으니까 교대해 주세요~!"

그들이 난리법석을 벌이고 있을 때, 옆 테이블에 있던 니아가 이쪽으로 걸어오더니 시도의 호주머니에서 흘러나온 에마를 주웠다.

그리고 거기에 그려진 일러스트와 시도, 토카를 번갈아 쳐다보고 깜짝 놀란 것처럼 눈을 크게 떴다.

"맙소사. 이 신사, 진짜 영험하네……."

시도는 그 말을 듣고 깨달았다. 현재 시도와 토카는 니아가 에마에 그린 그림과 똑같은 자세를 취하고 있었던 것이다.

"그, 그런 소리를 할 때가 아니잖아……! 아…… 토카, 일어날 수 있겠어?"

"으, 음……."

토카는 볼을 붉히면서 앞섶을 여미고는 시도의 손을 잡고 몸을 일으켰다.

소란을 일으킨 시도 일행은 주위의 참배객들에게 고개를 숙이면서 쓰러진 테이블을 다시 일으켰다.

"하아…… 조심 좀 해."

"죄송해요~. 앞으로는 코토리 양과 포개지도록 노력할게
요."

"…………."

미쿠가 그렇게 말하자, 코토리는 인상을 찡그렸다. 그 모
습을 본 니아가 웃음을 터뜨렸다.

"너희를 보고 있으면 정말 심심할 때가 없다니깐."

"웃을 일이 아닌데 말이야……."

시도가 지친 목소리로 그렇게 말하자, 니아는 다시 펜을
쥐고 에마에 그림을 그리기 시작했다.

"자, 아무래도 이 신사의 에마는 영험한 것 같으니까, 신
에게 소원을 빌어야지. 『소년이 내 마누라가 되게 해주세
요』……."

"하다못해 마누라가 아니라 남편으로 해주면 안 될까?!"

니아가 아름다운 일러스트 옆에 그런 소원을 적자, 시도
는 고함을 질렀다.

"아하하, 애교로 받아줘. 자, 이건 어디에 걸어둘까―
아……."

펜을 내려놓은 니아는 에마를 한 손에 쥐고 숙이고 있던
몸을 일으켰다. 그 순간, 현기증이라도 난 것처럼 니아의 몸
이 휘청거렸다.

"……아! 니아, 괜찮아?"

시도는 허둥지둥 손을 내밀어서 그녀를 부축했다. 그러자 니아는 긴장감이 느껴지지 않는 미소를 지으면서 장난을 치듯 입가에 손을 댔다.

"어머, 소년. 마치 왕자님 같네."

니아는 농담을 하듯 그렇게 말하면서 웃음을 흘렸다. 하지만 시도는 표정을 굳히고 니아의 얼굴을 지그시 응시했다.

"그런 소리를 할 때가 아니잖아. 진짜로 괜찮은 거야? 역시 좀 더 쉬는 편이……."

"농담하지 마. 미소녀게임의 필수 이벤트인 단체 새해 첫 참배에 이 니아 님만 참가하지 말라는 거야? 너무해~."

니아는 그렇게 말하면서 어깨를 으쓱했다. 그러자 시도의 뒤편에 있던 코토리가 앞으로 나서면서 그녀의 머리를 살며시 쥐어박았다.

"어제까지만 해도 휠체어 신세를 졌으면서 무슨 소리를 하는 거야. ……신사 뒤편에 차를 대기시켜뒀으니까 몸 상태가 나쁘면 바로 말해. 적어도 좋은 상태가 아닌 건 분명하잖아."

"이야~ 여동생 양은 걱정이 많다니깐. 괜찮다니까 그러네. 방금은 일부러 비틀거려서 소년과 합법적으로 허그를 하려고 한 것뿐이야. 효과는 입증됐으니까 여동생 양도 써먹어봐."

"뭐……."

니아가 그렇게 말하자, 코토리는 미간을 찌푸렸다. 니아는 깔깔 웃으면서 에마를 거는 곳을 향해 걸어갔다.

코토리는 그런 니아의 뒷모습을 쳐다보면서 팔짱을 꼈다.

"하아……. 심각한 이야기를 하려고 하면 바로 딴 곳으로 돌린다니깐."

코토리는 그렇게 말한 후, 한숨을 내쉬었다.

확실히 니아는 항상 쾌활하고, 종잡을 수가 없다. 아마 무거운 분위기를 거북해하는 것이리라. 그래서 그런지 심각한 이야기를 하려고 하면 바로 농담을 하거나, 어딘가로 도망치고는 했다.

하지만 코토리가 니아를 걱정하는 것도 무리는 아니었다. 니아는 며칠 전에 죽을 뻔했던 것이다.

"……."

12월 31일에 있었던 일을 떠올린 시도는 어금니를 깨물었다.

그날, DEM사의 계략에 빠져 반전한 니아는 영결정(靈結晶)^{세피라}을 빼앗기고 말았다.

만약 그 자리에 시도 일행이 없었다면, 그리고 조치를 취하는 것이 조금이라도 늦었다면, 니아는 이렇게 나무액자에 그림을 그릴 수 없었으리라.

하지만 니아가 목숨을 건졌다고 해서 안심할 수는 없다. 적은 반전한 니아의 마왕 〈신식편질(神蝕篇帙)〉^{벨제붐}을 손에 넣은 것이다. 정령들을 노리는 DEM의 공격은 더욱 격화되리라. 시도가 이 일상이 계속되게 해달라고 신에게 빈 이유

중 하나가 바로 그것이었다.

그리고—.

시도는 신경 쓰이는 점이 하나 더 있었다.

"코토리. 일전의 그 일 말인데……."

"응."

시도가 다른 이들에게 들리지 않도록 작은 목소리로 묻자, 코토리는 슬며시 고개를 끄덕였다.

"일단 우리 쪽에서 조사를 하고 있긴 해. 하지만 솔직히 말해 아직 확증이 없어."

"—그렇구나."

고개를 숙이며 그렇게 말한 시도는 새해 첫날 아침에 니아의 입에서 나왔던 말을 떠올렸다.

◇

"순수한 정령……? **정령은 기본적으로 전원, 원래 인간이 잖아?**"

1월 1일 새벽.

빌딩 옥상에서 새해 첫 해돋이를 보고 있던 정령들 사이에서, 휠체어를 탄 니아가 그렇게 말했다.

잠시 동안 침묵이 주위를 가득 채웠다.

순수하게 경악하고 있는 사람, 그 말의 의도를 파악하려 하는 사람, 영문은 모르겠지만 다들 놀란 표정을 짓고 있으니 일단 놀란 척을 하고 있는 사람……. 각자의 리액션은 미묘하게 차이가 나지만, 다들 니아의 말을 듣고 말문이 막힌 것 같았다.

하지만 그도 그럴 만하다.

―정령.

인계(隣界)에 존재하는 특수 재해 지정 생명체.

발생원인 및 존재이유는 밝혀지지 않았으며, 이쪽 세계에 모습을 드러낼 때 공간진을 발생시켜 주위에 심각한 피해를 끼친다는 사실이 확인되었다.

또한 코토리와 미쿠, 오리가미 등의 사례로, 세피라가 몸에 박힌 인간이 정령으로 변한다는 것도 알았다.

그렇다. 시도는 지금까지, 정령은 인간과 다른 존재이며 인간이 정령으로 변하는 것이 변칙적인 경우라고 여기고 있었다.

하지만 니아가 한 말은 그 생각을 뒤집어버렸다.

그렇다고 그것을 솔직하게 받아들일 수 있었다면 이 자리에 있는 이들이 할 말을 잃지 않았을 것이다. 토카를 비롯한 순수한 정령들은 코토리처럼 인간에서 정령으로 변한 존재들과 다르며, 이쪽 세계에 대해서는 전혀 알지 못했다. 나츠미와 야마이 자매는 어느 정도 이쪽 세계에 익숙했지만,

그것은 어디까지나 정숙현계를 반복하며 지식을 얻은 덕분이며, 자신들이 원래 인간이었다고는 생각해본 적이 없었다.

하지만 니아의 말을 거짓말로 단정 지을 수 없는 것 또한 사실이었다.

세피라를 빼앗겨 대부분의 힘을 잃었다고 해도, 니아가 지닌 〈섭고편질(囁告篇帙)〉은 전지(全知)의 천사다. 즉, 니아는 자신이 원하는 정보를 그 어떤 보안체계도 돌파해서 손에 넣을 수 있는 것이다. 그러니 니아가 시도 일행이 모르는 정보를 알고 있다고 해도 전혀 이상할 것이 없었다.

시도는 마른 침을 삼켰다. 만약 니아의 말이 사실이라면, 시도가 순수한 정령이라고 생각했던 정령들은—.

"—라면 어떨 것 같아? 아하하, 깜짝 놀랐지?"

바로 그때였다.

생각에 잠긴 시도 일행을 감싼 침묵을 찢어발기듯, 니아가 장난기어린 목소리로 그렇게 말했다.

"……뭐?"

니아의 뜻밖의 발언에 눈이 콩알만 해진 시도가 얼빠진 목소리로 그렇게 말했다.

"니, 니아, 그게 무슨 소리야?"

"응~? 만화처럼 이쯤에서 충격적인 진실! 같은 게 밝혀진다면 왠지 재미있을 것 같아서 농담 좀 해봤는데, 다들 꿀 먹은 병아리가 되어버렸네."

니아는 그렇게 말하며 혀를 쏙 내밀었다.

시도는 몇 초 동안 어안이 벙벙한 표정을 지은 후, 땅이 꺼져라 한숨을 내쉬었다.

"너……."

"에헤헤, 미안해. 그래도 재미있지 않았어? 정령들은 전부 원래 인간이었다는 가설 말이야. 앞으로도 내가 계속 주장해볼게."

니아가 태연자약한 목소리로 그렇게 말하자, 시도는 한 번 더 한숨을 내쉬었다. 코토리를 비롯한 다른 정령들도 비슷한 표정을 짓고 있었다.

"자, 여기는 추우니까 슬슬 돌아가자."

코토리가 어깨를 으쓱하면서 그렇게 말하자, 정령들은 고개를 끄덕이면서 건물 안으로 들어갔다. 시도도 그 뒤를 따르듯 니아가 탄 휠체어를 밀면서 이동했다.

그 순간, 니아는 시도를 향해 고개를 돌리더니 작은 목소리로 말했다.

"—소년, 나중에 내 병실로 와줘."

"뭐?"

니아가 아까와 달리 진지한 톤으로 그렇게 말하자, 시도는 눈을 동그랗게 떴다.

하지만 다음 순간, 니아는 평소와 다름없는 분위기를 띠고 있었다.

"소년, 뭐하는 거야? 추우니까 빨리 돌아가자. 아니면 뭐야? 소년이 자신의 체온으로 나를 따뜻하게 해주는 이벤트라도 발생하는 거야?"

니아는 그렇게 말하면서 자신의 어깨를 감싸 안고 몸을 배배 꼬았다.

"……."

시도는 방금 자신이 잘못 들은 것이 아닐까, 그렇게 생각하면서 휠체어를 밀고 건물 안으로 들어갔다.

─그리고 약 한 시간 후…….

정령들이 맨션과 집으로 돌아간 뒤, 시도는 혼자서 〈라타토스크〉 지하시설의 복도를 지나 니아의 병실로 향했다.

시도는 방 번호를 확인한 다음, 노크를 했다. 그러자 문 너머에서 낮은 목소리가 들려왔다.

『들어와~.』

"니아, 나야. 무슨……."

시도는 문을 열면서 그렇게 말하다가 입을 다물었다.

병실 안에는 니아 이외의 인물이 있었던 것이다.

"어, 코토리? 네가 왜 여기 있는 거야?"

그렇다. 침대 옆에 놓인 원형 의자에는 막대사탕을 문 코토리가 앉아 있었다.

시도의 말에 답하듯, 니아는 살며시 고개를 끄덕였다.

"아, 내가 여동생 양도 불렀어. 여동생 양은 〈라타토스크〉의 사령관이니까 이야기해두는 편이 좋을 것 같았거든."

"이야기 해두는 편이 좋겠다니…… 대체 뭘 말이야?"

시도가 묻자, 코토리는 막대사탕의 막대 부분을 쫑긋 세우면서 말했다.

"—아까 이야기 말이지?"

코토리는 그렇게 말하면서 팔짱을 꼈다. 그 모습을 본 시도는 무심코 눈을 치켜떴다.

"아까 이야기라면, 정령이 전부 원래 인간이었다……는 이야기 말이야? 그건 농담이라고—."

"으음…… 그 말을 한 다음에, 순수 정령 멤버들 앞에서 할 이야기가 아니라는 생각이 들었어. 그래서 바로 얼버무렸는데 믿어준 것 같네. 이것도 내 평소 행실 덕분이려나?"

니아는 혀를 살짝 내밀었다. 그러자 시도는 도끼눈을 뜨면서 말했다.

"……내 생각에는 『거짓말쟁이 양치기 소년』에 가까울 것 같은데 말이야."

"꺄아~. 소년, 거짓말을 한 나한테 어떤 벌을 주려는 거야? 소년, 엉큼해!"

"바로 이런 점 때문이라고."

시도는 차가운 눈빛을 띠면서 그렇게 말했다. 사실 니아는 평소에 농담을 자주하기 때문에, 그게 이번에는 도움이 된 것일지도 모른다.

하지만 그렇다면, 한 가지 사실이 고개를 들고 만다.

"······그럼 방금 그 이야기는 사실인 거야?"

시도가 진지한 목소리로 묻자, 몸을 배배 꼬고 있던 니아가 그를 쳐다보면서 말했다.

"사실이야. 하지만 전부 다 사실인 건 아냐. 아, 이렇게 말하면 어폐가 있겠네. 우선 소년이 알아줬으면 하는 건, 전지의 천사인 〈라지엘〉이 결코 전능(全能)하지는 않다는 거야."

"그게 무슨 소리야?"

"으음, 차근차근 설명하자면―."

니아가 이야기를 시작하려고 한 순간, 병실의 문에서 찰칵 하는 소리가 나더니 끼익 하는 소리를 내며 문이 열렸다.

의무관이 회진을 오기에는 너무 늦은 시간이었다. 시도가 그런 생각을 하면서 그쪽을 쳐다보고는 놀란 표정을 지었다.

"오리가미! 마나!"

그렇다. 니아의 병실에 온 사람은 아까까지 함께 옥상에 있었던 오리가미, 그리고 니아와 마찬가지로 환자복을 입은 소녀였다.

"둘 다 니아의 병실에 어쩐 일이야? ······아, 혹시 니아가 오리가미도 부른 거야?"

시도의 물음에 오리가미는 천천히 고개를 저었다.

"그렇지는 않아. 하지만 아까 니아의 태도에 미심쩍은 구석이 있어서 진실을 들으러 온 거야."

오리가미는 그렇게 말하면서 니아를 쳐다보았다. 니아는 코미컬한 느낌으로 심장 언저리를 양손으로 감쌌다.

"어라, 이 이심전심 같은 느낌은 뭐지? 니아 님, 가슴이 두근두근거려~."

"……."

오리가미가 아무 말도 하지 않자, 뒤편에 있던 마나가 입을 열었다.

"나는 화장실에 가려다가 오라버니가 보여서 따라온 거예요. 실은 물어볼 것도 있거든요. 토비이치 상사와는 병실 앞에서 우연히 만났어요."

마나가 그렇게 말한 순간, 니아의 눈썹이 떨렸다.

"잠깐만. 너, 방금 뭐라고 했어?"

"예? 그러니까 물어볼 게 있다고—."

"논논~! 그거 말고! 그 말 바로 전에 한 말!"

"오라버니가 보여서 따라온 거예요?"

"오라버니!"

니아는 하늘의 계시를 받은 경건한 성직자처럼 깍지를 끼고는 황홀한 표정을 지었다.

"우와! 오라버니! 2차원에서만 들어본 드림 호칭 중 하나! 현실에서는 처음 들었어! 저, 저기, 한 번만 더 말해줄래?"

"······이, 이 사람 대체 뭐죠······."

마나는 인상을 찡그리면서 뒷걸음질 쳤다. 시도는 쓴웃음을 지으면서 마나에게 니아를 소개했다.

"이쪽은 혼죠 니아야. 정령이자— 만화가지. 어제 내가 그녀의 영력을 봉인했는데······ 이런저런 일이 있어서 이곳에 입원 중이야."

"헬로헬로~."

니아는 손을 흔들었다. 그러자 마나는 고개를 숙이며 인사를 건넨 후, 가슴에 손을 대면서 자기소개를 했다.

"타카미야 마나라고 해요. 오라버니의 여동생이자, 마술사죠. 얼마 전까지 〈라타토스크〉의 전투원이었지만, 지금은 코토리 양에게 딱 걸려서 죄수 신세가 되고 말아버렸어요."

"자, 잠깐! 마치 내가 나쁜 사람인 것처럼 말하지 말아줄래?! 네가 무리를 하니까 이럴 수밖에 없었던 거잖아!"

코토리는 마나의 말을 듣고 불만을 표시했다. 하지만 니아는 그것보다 신경 쓰이는 게 있다는 듯이 턱에 손을 댔다.

"어, 소년의 여동생이야?"

"나를 오라버니라고 부르는 걸 들었잖아?"

"아, 미안해. 『오라버니』라는 말에 감동한 나머지, 그 말의 의미에는 생각이 미치지 못했어."

"······."

시도의 볼을 타고 땀이 흘러내렸다. 이런 점은 변함이 없는 것 같았다.

"응? 잠깐만 있어봐. 소년의 성은 이츠카잖아. 혹시 복잡한 가정사라도 있는 거야? 아니면— 아, 혹시 여동생 마니아인 소년이 저 애에게 자신을 『오라버니』라고 부르게 했다든가?"

"말도 안 되는 소리 하지 마!"

니아가 그렇게 말하자, 시도는 고함을 질렀다. 그러자 니아는 뒤통수에 손을 대면서 깔깔 웃었다.

"아, 미안해. 그런 경우가 아니면 『오라버니』 같은 모에 호칭을 쓰지 않을 것 같아서 말이야."

"어, 혹시 나를 바보 취급 하는 건가요?"

"그럴 리가 없잖아. 오히려 존경해. 네가 변하지 않기를 바란다구."

니아는 진심어린 표정을 지으며 그렇게 말했다. 마나는 미심쩍다는 듯이 미간을 찌푸렸다. ……혹시 앞으로 마나가 자신에게 쓰는 호칭이 바뀐다면 그것은 분명 니아 때문일 거라고 시도는 생각했다.

"……뭐, 나와 마나에 대한 이야기는 꽤 기니까 나중에 해줄게. 그것보다—."

시도가 진지한 표정을 지으면서 그렇게 말하자, 니아는 「그래」라고 말하면서 고개를 끄덕였다.

"좋아. 뭐, 예상했던 것보다 청중이 늘기는 했지만, 원래 인간이었던 오리링과 여동생 양 2호한테라면 이 이야기를 해줘도 될 거야."

"자, 잠깐만요."

니아가 이야기를 시작하려고 한 순간, 마나가 입을 열었다.

"잠깐만 있어보세요. 여동생 양 2호라는 게 대체 뭐죠?"

"응? 그야 여동생 양은 이미 존재하잖아."

니아는 그렇게 말하면서 코토리를 손가락으로 가리켰다. 그러자 마나는 불만 섞인 표정을 지으며 한숨을 내쉬었다.

"코토리 양은 의붓동생이고, 나는 친동생이에요. 그러니 정확하게 따지자면 코토리 양이 2호라고요!"

"누, 누가 2호라는 거야?!"

이번에는 코토리가 고함을 질렀다. ……뭐, 친동생이라고 1호, 의붓동생이라고 2호라고 하는 것도 좀 이상한 것 같지만 말이다.

"머리 모양만 봐도, 나는 하나로 모아서 묶었고, 코토리 양은 둘로 나눠 묶었잖아요. 전투 방식 또한 기술면에서는 나, 힘으로 봤을 때에는 코토리 양 같은 느낌이라고요."

"남을 힘만 센 바보 취급하지 말아줄래?!"

"지, 진정해. ―니아, 이대로는 수습이 안 될 것 같으니까 다른 별명을 생각해주지 않을래?"

시도가 두 사람 사이에 끼어들면서 그렇게 말하자, 니아는 생각에 잠기듯 턱에 손을 대면서 말했다.

"으음, 그럼 마나티로 할래."

"수중 서식 생물 같은 별명이네요……."

마나는 여전히 불만을 느끼고 있는 것 같지만, 더는 아무 말도 하지 않았다. 자신 때문에 본론에 들어가지 못하고 있다는 걸 눈치챈 것이리라.

마나가 입을 다물자, 니아는 어험 하고 헛기침을 했다.

"그럼 이야기를 하겠는데…… 『정령은 원래 인간이다』. 이것은 옳다고도 할 수 있고, 틀리다고도 할 수 있어."

"이해가 안 되네. ……니아는 옛날 기억, 그러니까 원래 인간이었던 기억이 있는 거지?"

시도가 그렇게 묻자, 니아는 「으음~」 하고 낮은 신음을 흘리면서 턱을 매만졌다.

"뭐라고 할까……. 소년의 기준으로 생각하자면, 나는 『순수한 정령』이라는 카테고리에 들어갈 것 같은 느낌이 들어."

"그, 그게 무슨 소리야? 니아는 인간이었을 적의 기억이 있는 거 아냐?"

"진정 좀 해. 방금 내가 말했잖아? 소년의 기준으로 생각하자면, 이라고 말이야."

니아는 한 손가락을 세우면서 말을 이었다.

"—나는 자신이 누구인지도 모르고, 이쪽 세계에 대해 전혀 알지도 못한 채 공간진을 일으키며 현계했거든."

"뭐—?"

시도는 무심코 눈을 크게 떴다. 니아가 한 말이 사실이라면, 그녀는 토카를 비롯한 순수한 정령들과 같은 존재이기 때문이다.

"자, 잠깐만 있어봐. 그럼 네가 말하는 인간이었을 적의 기억이란 건……."

"뭐, 내 말 좀 잘 들어봐. —처음 현계했을 때, 나는 아무 것도 알지 못했어. 하지만 딱 하나 명확하게 기억하고 있는 게 있었지. 그건 아마 다른 정령들도 마찬가지일걸?"

"그게 뭔데……?"

"—자신이 지닌, 천사의 힘."

"아—."

확실히 그 말이 맞았다. 이쪽 세계에 대해 거의 알지 못하던 토카와 요시노도, 느닷없이 정령의 힘을 지니게 된 오리가미도, 자신이 지닌 천사를 자유자재로 다뤘다. 분명 천사는 자신의 권능을 숙주에게 이해시키는 힘을 지니고 있는 것이리라.

시도는 「아」 하고 탄성을 터뜨렸다.

니아의 천사가 어떤 힘을 지녔는지 떠올린 것이다.

"느닷없이 이쪽 세계에 보내진 나는 아무 것도 알지 못했어. 그래서 유일하게 이해하고 있던 천사의 힘에 매달렸지. —모든 것을 아는 〈라지엘〉의 힘에 말이야."

"서, 설마……."

코토리는 진지한 눈빛으로 니아를 바라보았다. 그러자 니아는 고개를 살며시 끄덕이며 입을 열었다.

"응. 덕분에 알게 됐어. 내가 어떤 존재이고, 어떻게 이런 힘을 얻었으며, 어째서 그런 곳에 있었던 건지를 말이야."

"뭐―."

시도는 미간을 찌푸리면서 경악했다.

니아는 덧붙여 설명하듯 말을 이었다.

"―나는 원래 인간이었어. 하지만 어떤 일을 계기로 삶에 절망했고…… 바로 그때, 눈앞에 정령이 나타난 거야."

"……윽! 〈팬텀〉……?!"

그 말은 코토리의 입에서 튀어나왔다.

하지만 당연했다. 방금 니아가 한 말은 코토리와 미쿠, 오리가미가 정령이 되었을 때와 흡사했던 것이다.

인간을 정령으로 만드는 정체불명의 존재. 아지랑이처럼 존재 자체를 포착할 수가 없기 때문에 〈팬텀〉이라는 식별명이 붙은 정령이다.

"〈팬텀〉?"

"……그래. 우리를 정령으로 만든 정령이야. 항상 노이즈 같은 걸로 자신의 모습을 감추고 있어. 그게 니아 앞에도 나타난 거야?"

"아하. 그런 이름이 붙었구나. 으음, 내 앞에 나타났던 녀석과 여동생 양과 다른 사람들 앞에 나타났던 녀석이 같은 정령인지는 모르겠지만…… 단 하나, 확실한 것은 나도 그 정령의 정체를 파악하지 못했다는 거야."

"정체를 몰라? 〈라지엘〉로 조사하지 않은 거야?"

코토리의 물음에 니아는 고개를 저었다.

"원래 나는 스포일러를 싫어해서 그런 흑막 같은 녀석은 조사해보지 않아. 하지만 그때는 호기심에 져서 조사해봤어. ……하지만, 아무 것도 알 수가 없었지."

"뭐……?"

코토리는 미간을 찌푸렸다. 하지만 그러는 것도 당연했다. 〈라지엘〉은 전지의 천사다. 그 천사가 모르는 게 존재할 리가 없는 것이다.

"뭐랄까…… 〈라지엘〉은 그 정령에 대한 정보를 찾아냈을지도 모르지만, 나는 그것을 읽지 못했어. 마치…… 그래, 예를 들자면 글자가 깨진 것처럼 말이야."

"그게 무슨 소리야? 대체 무슨 일이 일어난 건데?"

"글쎄? 하지만 〈라지엘〉의 검색을 피했다……기보다, 천사로 방해했다는 인상에 가까워. 아, 파워가 너무 강해서 〈라지엘〉이 버그에 걸렸다고나 할까? 적의 전투력이 너무 강하면 파워 측정기가 쾅! 하고 폭발하잖아."

"으음……."

코토리는 팔짱을 끼고 인상을 썼다. 니아가 하는 말은 이해하지만, 뭔가가 마음에 걸리는 것 같았다.

"……뭐, 아무튼 그 정령이 내 몸에 세피라를 심은 탓에 나는 정령이 됐어. 그리고 인간이었을 적의 기억이 봉인된 후, 이쪽 세계에 나타날 때까지 인계에서 잠만 자고 있었던 거야."

"……."

시도는 니아의 말을 듣고 침묵에 잠겼다.

니아의 말이 사실이라면— 토카 같은 순수한 정령들도 인간이었을 적의 기억을 잃어버리기만 한 것일 가능성이 존재했다.

시도가 무슨 생각을 하는지 눈치챘는지 니아가 말을 이었다.

"그러니까 다들 나와 비슷한 방식으로 정령이 됐을 거라고 생각했어. 하지만 다른 정령들도 나처럼 자신의 과거를 살펴볼 수 있는 건 아니잖아. 그러니 다른 애들 앞에서 그 말을 한 건 내 실수야."

"……그랬구나."

시도는 무거운 목소리로 그렇게 말했다.

확실히 니아 같은 경험을 한 사람은 그렇게 생각하는 것도 무리는 아닐 것이다.

"게다가 나는 나에 대해서만 조사해봤어. 그다지 도움이 되지 못해서 미안해."

"……아냐."

팔짱을 낀 코토리는 굳은 표정으로 막대사탕을 까딱였다.

"충분히 유익한 정보였어. 니아의 가설이 사실이라면…… 우리가 지금까지 한 추측은 전부 뒤집혀. 30년 전에 실종된 소녀들 중에 정령으로 추정되는 인물이 있는지 조사해볼게."

"응. 미안해~. 내가 〈라지엘〉을 빼앗기지만 않았다면 금방 조사할 수 있을 텐데……."

니아는 책을 펼치는 듯한 시늉을 하며 그렇게 말했다.

"신경 쓰지 마. 목숨을 건진 것만으로도 다행이잖아."

어깨를 으쓱하는 코토리의 뒤를 이어 오리가미가 입을 열었다.

"―약간이나마 영력이 남아 있었으니까 시도에게 봉인이 된 거야. 그러니 천사와 한정영장을 현현시킬 수 있을 가능성은 존재해."

"어? 그래?"

니아는 놀랐는지 눈을 크게 떴다. 오리가미는 그런 니아를 보면서 고개를 끄덕였다.

"시도에게 봉인된 힘은 정신이 불안정해지거나 마인드 세팅을 훈련하면 역류시킬 수 있어."

"흐음…… 정신이 불안정……."

니아는 그렇게 중얼거린 후, 눈을 감고 낮은 신음을 흘렸다.

"어이, 니아? 아직 몸 상태가 정상이 아니니까 무리하지 않는 편이……."

"······우랴앗!"

시도의 말을 끊듯, 니아는 눈을 치켜뜨면서 고함을 질렀다.

그러자 다음 순간, 니아의 몸에서 옅은 빛이 뿜어져 나오더니 그 빛이 그녀의 손 언저리로 모여들어서— 한 권의 책으로 변했다.

"우와, 진짜네!"

"앗?!"

느닷없이 천사가 나타나자, 시도는 깜짝 놀라면서 몸을 뒤로 젖혔다.

"이, 이렇게 간단히······?!"

"에헤헤. 만화가의 망상력을 얕보면 곤란하지. 마감 직전을 떠올렸더니 바로 되네."

"······."

니아는 엄지를 치켜들었다. 이 세상의 만화가들은 다들 천사를 현현시킬 수 있을 정도의 정신 상태로 마감에 임하고 있는 것일까. 시도는 그들에게 「수고 많으십니다, 그래도 무리는 하지 마세요」라는 말을 해주고 싶어졌다.

"으음~, 어디어디······."

니아는 입술을 혀로 핥으며 허공에 떠있는 책을 넘겼다.

몇 초 후, 그녀는 눈썹을 찌푸렸다.

"니아, 어때?"

"으음······ 무리인 것 같아. 〈라지엘〉 자체는 정보를 검색하고 있는 것 같지만, 그걸 나한테 전달하는 기능이 고장나버린 것 같다고나 할까? 뭐가 적혀 있는지 알 수가 없어. 왠지 나를 정령으로 만든 녀석을 조사했을 때와 비슷한 것 같네."

코토리의 물음에 니아는 한숨을 내쉬면서 그렇게 대답했다.

"그렇구나……. 뭐, 어쩔 수 없지."

"미안해~. ……아, 그래도 아무것도 읽지 못하게 된 건 아니야. 으음, 소년의 방 어디에 보물이 놓여있는지……."

"뭘 조사하는 거야?!"

시도는 무심코 고함을 질렀다.

그 순간, 코토리와 오리가미는 표정 하나 바꾸지 않은 채 대답했다.

"책상 서랍 가장 안쪽이잖아?"

"백과사전 케이스 안에도 몇 권 들어있어."

"으윽?!"

시도는 깜짝 놀라고 말았다. 볼에 땀방울이 맺힌 마나는 두 소녀를 쳐다보면서 말을 이었다.

"어째서 당신들이 그걸 알고 있는 거죠……?"

코토리와 오리가미는 그 말에 답하지 않고 고개를 돌렸다. 코토리는 한순간 「아차」라는 듯한 표정을 지었지만, 오리가미의 표정에는 변화가 없었다.

바로 그때, 〈라지엘〉에 남겨진 힘을 확인해보듯 페이지를 살펴보던 니아가 좋은 생각이 난 것처럼 「아」 하고 입을 열었다.

"맞아. 어쩌면……."

니아가 오른손을 들어 올리자, 그녀의 손 안에 니아의 영장에 달려 있던 펜이 생겨났다.

"오. 나이스."

니아는 펜을 빙글빙글 돌린 다음, 〈라지엘〉의 페이지에 펜을 댔다.

어느 나라 말인지조차 알 수 없는 문자가 적힌 〈라지엘〉의 페이지에 검은색 선이 무수히 그어졌다. 마치— 책에 낙서를 하듯 말이다.

"니아? 뭐하는 거야?"

"아, 미래기재의 힘을 응용하고 있어."

니아는 미소를 지으면서 대답했다.

"미래기재라면—."

시도는 그 말을 듣고 눈을 크게 떴다. 미래기재. 예전에 니아가 사용했던 능력인 그것은 〈라지엘〉에 적힌 미래를 현실로 만드는, 그야말로 반칙에 가까운 힘이다.

"설마, 그걸 쓸 수 있는 거야?!"

"아냐. 그건 〈라지엘〉이 지닌 능력의 극치 같은 거잖아. 이렇게 불완전한 상태에서는 절대 쓸 수 없어. 내 세피라를 가져간 DEM의 잘나신 분도 아마 그건 쓸 수 없을 걸?"

"그, 그렇구나."

시도는 그 말을 듣고 약간 안도했다.

반전한 세피라— 반영결정(反靈結晶)을 손에 넣은 DEM의 웨스트코트는 너무도 간단히 마왕 〈벨제붑〉의 힘을 사용했다. 만약 미래기재까지 쓸 수 있다면, 시도 일행은 절망적인 상황에 처하고 말 것이다.

"하지만, 그럼 왜……."

"좋은 생각이 났거든. 원래 〈라지엘〉에는 정보를 검색하는 페이지와 백지로 된 페이지가 있고, 미래를 그릴 때는 백지를 이용하는데……."

니아는 말을 이으면서 〈라지엘〉의 페이지를 시도에게 보여줬다. —어린애가 낙서를 한 백과사전처럼 된 〈라지엘〉을 말이다.

"이건……."

"에헤헤. 〈라지엘〉과 〈벨제붑〉은 표리일체야. 원래는 동시에 존재할 수 없다구. 검색 페이지가 이렇게 되어버리면 〈벨제붑〉을 쓰는 사람도 고생 좀 하게 될 걸~."

"아……!"

시도는 그제야 니아의 의도를 눈치챘다. 웨스트코트가 〈벨제붑〉을 쓰는 광경을 봤던 코토리와 오리가미도 고개를 끄덕였다.

"확실히 삼라만상을 『알 수 있는』 마왕이 적에게 넘어간 건 큰 문제이긴 해. 하지만 그걸 못 쓰게 만들 수 있다면……!"

"뭐, 어디까지나 방해공작에 불과하지만 말이야. 지금까지는 총알 같던 검색 엔진이 엄처어어어엉 느려터진 굼벵이가 됐다고 생각해."

"그것만으로도 충분히 효과적이야. 잘했어, 니아."

"에헤헤, 여동생 양에게 칭찬받았어~."

니아는 우쭐거리며 가슴을 폈다.

"하지만 검색을 방해한 것일 뿐이지 상대의 힘이 줄어든 건 아니니까 조심해. 피를 흘리는 건 나만으로 충분하단 말이야."

"……큭."

시도는 한순간 말문이 막혔다. 하지만 지금은 이런 반응을 보일 때가 아니라는 사실을 자각한 그는— 이내 고개를 끄덕였다.

"……응. 이제 누구도 다치지 않게 하겠어. 물론 니아, 너도 말이야."

시도가 니아의 눈을 바라보면서 그렇게 말하자, 그녀는 어안이 벙벙한 표정을 지은 후 볼을 붉히면서 웃음을 터뜨렸다.

"에헤헤. 뭐야, 소년은 혹시 연상이 취향인 거야? 로리콤이 틀림없는 줄 알았는데~."

"너, 너어……."

"그래도 정말 기뻐. 고마워."

니아가 볼을 붉히면서 그렇게 말하자, 시도는 멋쩍어하면서 「으, 응」 하고 애매하게 대답했다.

그 모습을 지켜보던 코토리는 휴우 하고 한숨을 내쉬면서 막대사탕의 막대 부분을 까딱거렸다.

"……확실히 니아의 말이 맞기는 해. 엘렌 메이저스라는 최강의 위저드에 마왕 〈벨제붑〉, 그것만으로도 골치가 아픈데 새로운 위저드가 나타났잖아."

"……"

코토리가 그렇게 말한 순간, 어찌된 영문인지 오리가미의 눈썹 끝이 희미하게 떨렸다.

시도는 그 반응을 보고 떠올렸다. 어제 느닷없이 하늘에서 나타나, 반전한 니아에게 일격을 가했던 위저드를 말이다. 그리고 오리가미는 그녀의 이름을 입에 담았었다.

"저기, 오리가미. 너, 그때……."

"…………."

시도가 말을 끝까지 잇기도 전에, 그가 뭘 물으려는 것인지 눈치챈 오리가미가 고개를 끄덕였다.

"—맞아. 나는 그 위저드를 알아."

"뭐?"

오리가미의 말을 들은 코토리가 미간을 찌푸렸다. 하지만 오리가미는 표정을 바꾸지 않으며 말을 이었다.

"그녀의 이름은 아르테미시아 애시크로프트.^{SSS} 영국 대정령부대에 소속된 위저드야."

"……예?! 아르테미시아?!"

그 이름을 듣고 반응한 사람은 코토리가 아니라 마나였다. 그녀는 믿지지 않는다는 듯이 눈을 치켜뜨고 오리가미를 바라보았다.

"마나도 그녀를 알아?"

"예……. 위저드 사이에서는 유명한 사람인데다, 직접 만난 적도 있어요. SSS 최강의 위저드. 헤리퍼드의 매. M에게 가장 다가선 여자. 만약 그녀가 DEM에 왔다면 나는 콜 사인이 한 계단 밀렸을지도 몰라요."

"그, 그렇게 강한 거야……?"

시도는 식은땀을 흘리면서 물었다. 마나 또한 전 세계에서 다섯 손가락 안에 들어가는 위저드라는 소리를 듣고 있다. 그런 마나가 직접 이런 말을 했다는 사실만으로도 아르테미시아의 역량은 짐작이 되었다.

"예. 하지만……."

마나는 말끝을 흐리면서 오리가미를 힐끔 쳐다보았다. 오리가미는 그 시선에 답하듯 고개를 끄덕였다.

"우리가 아는 아르테미시아라면 DEM에 들어가지 않을 거야. 어쩌면 피치 못할 사정이 있는 걸지도 몰라."

"……그렇구나. 확실히 DEM이라면 무슨 짓이든 하고도 남아."

코토리는 인상을 한껏 쓰면서 막대사탕을 깨물었다.

"—하지만 어떤 사정이 있든 간에 아르테미시아 애시크로프트가 우리와 적대하고 있다는 건 사실이야. 그녀에 관해서도 정보 수집을 해보겠지만, 일단 경계하도록 하자."

"""……"""

코토리가 그렇게 말하자, 다른 이들은 결의를 다시 다지면서 고개를 끄덕였다.

"—좋아. 그럼 오늘은 이쯤에서 끝내자. 부상자가 쉬는 걸 너무 방해하는 것도 좀 그러니까 말이야."

"어? 여동생 양, 혹시 내 걱정을 해주는 거야? 괜찮아~. 마감 직전에는 밤샘이 필수거든."

"……그러니까 이럴 때라도 좀 쉬어두라는 거야."

니아가 말을 늘어놓자, 코토리는 두 눈을 부라리며 그렇게 말했다.

니아는 그 말을 거역할 생각이 없는 것 같았다. 그녀는 코토리를 향해 경례를 한 다음, 손가락을 튕겨서 공중에 떠있던 〈라지엘〉을 없앴다.

"자, 그럼 가자."

"그래. —아, 맞다."

출입구로 향하던 시도가 뭔가를 떠올리고 그 자리에서 멈춰 섰다.

"그런데 마나. 아까 나한테 물어볼 게 있다고 했지? 뭔데?"

시도는 그렇게 말하면서 마나를 향해 고개를 돌렸다. 니아의 이야기 때문에 유야무야되기는 했지만, 마나가 아까 그런 말을 했다는 사실이 생각난 것이다.

"아— 맞아요."

마나는 뭔가가 생각난 것처럼 손뼉을 가볍게 치고 말을 이었다.

"지난달에 오라버니의 영력이 폭주했었잖아요?"

"아…… 그때는 신세 많이 졌어."

시도는 당시의 일을 떠올리면서 그렇게 말했다. ……뭐, 정확하게 말하자면 그때 일은 거의 생각이 나지 않지만 말이다.

지난달. 시도와 정령들 사이에 존재하는 보이지 않는 파이프가 좁아지는 사태가 발생했다. 그 탓에 시도의 몸속에 봉인되어 있던 정령들의 영력이 넘쳐나면서 시도는 폭주 상태가 되고 말았다. 그런 그를 구해준 이들은 다름 아닌 정령들과— 바로 마나였던 것이다.

"아뇨. 위기에 처한 오라버니를 여동생이 돕는 건 당연한 일이에요."

"하지만……."

"오라버니도 마나가 위기에 처하면 도와줄 거죠?"

"뭐? 그야 당연하지."

"나도 마찬가지예요."

마나는 당연한 일을 했을 뿐이라는 듯이 태연한 목소리로 그렇게 말했다. ……시도는 그런 여동생이 정말 듬직하게 느껴졌다.

"하지만, 그때 좀 신경 쓰이는 일이 있었어요."

"신경 쓰이는 일?"

"예. 엘렌과 싸우다 오라버니 근처에 추락했을 때, 오라버니가 나한테 이렇게 말했어요. 『마나. 무사했구나. 정말 다행이야』, 『미오는 어디 있어? 그 녀석이 구해준 거 아니었어?』……라고요."

"미오……?"

시도는 귀에 익지 않은 이름에 미간을 찌푸렸다. 코토리도, 오리가미도, 물론 니아도 영문을 모르겠다는 표정을 짓고 있었다.

"예. 그 말을 들은 순간, 마나는 기묘한 현기증을 느꼈다고나 할까, 머릿속에 흐릿한 영상이 떠올랐다고나 할까……. 그래서 어쩌면 마나와 오라버니가 잃어버린 옛날 기억과 관련이 있는 이름일지도 모른다고 생각했어요."

"그래? 하지만……."

시도는 얼굴을 찡그렸다. 미오라는 이름을 들어본 적이 없었던 것이다. 아니, 그 이전에 자신이 그런 이름을 입에 담았다는 사실 자체가 생각나지 않았다.

"……미안하지만 나는 아무 것도—"

말을 이으려던 순간, 시도는 강렬한 현기증을 느꼈다.

"어······?"

하늘과 땅이 일그러지더니, 도저히 서있을 수가 없었다. 다음 순간, 시도는 비틀거리면서 그대로 지면에 쓰러지려 했다.

"오라버니?!"

마나가 그 전에 시도를 부축했지만, 그래도 현기증은 사라지지 않았다.

안개가 낀 것처럼 시야가 흐릿해지더니— 어디선가 작디작은 목소리가 들려왔다.

【—미오. 그게······ 내 이름이야······?】

　　　　　【아냐······ 기뻐. 정말······ 기뻐.】

　　　　　【사랑해. 쭉, 함께 있자—.】

"이, 건—"

혼탁한 머릿속에 머리카락이 긴 소녀의 모습이 흐릿하게 떠오른 듯한 느낌이 들었지만—.

다음 순간, 시도는 의식을 잃고 말았다.

◇

"—그때, 시도가 갑자기 쓰러져서 정말 놀랐다니깐."

신사 경내. 기모노 차림의 코토리는 팔짱을 끼면서 그렇게 말했다. 그러자 시도는 볼을 긁적였다.

"걱정 끼쳐서…… 미안해."

"괜찮아. 이미 익숙하거든."

코토리는 퉁명한 목소리로 그렇게 말했지만, 시도는 그때 코토리가 누구보다 더 당황하며 자신을 걱정했었다는 이야기를 마나에게서 들었다.

"……뭐야?"

"아무 것도 아냐."

얼굴에 자신의 생각이 드러났던 것일까. 시도는 자신의 볼을 매만지면서 얼버무렸다.

"참, 마나도 같이 참배를 왔으면 좋았을 텐데 말이야."

"뭐…… 사람 많은 걸 좋아하지 않는다고 하기는 했지만, 컨디션도 좀 좋아진 것 같았으니까 억지로라도 끌고 올걸 그랬어."

코토리는 남의 목에 밧줄을 거는 듯한 시늉을 하면서 그렇게 말했다. 시도는 흉흉하면서도 왠지 코미컬한 그 모습을 보고 쓴웃음을 지었다.

시도가 그런 반응을 보이자 코토리는 부끄러워하듯 볼을 붉혔다. 그리고 작게 한숨을 내쉬면서 말을 이었다.

"……그런데 뭔가 생각났어? 그…… 미오라는 사람에 대해서 말이야."

"아, 그게…… 아무것도 생각나지 않았어."

시도는 한숨을 내쉬면서 그렇게 대답했다.

그렇다. 확실히 시도는 그때 『미오』라는 이름을 듣고 현기증을 느꼈지만, 그 이후로는 환청을 듣거나 환각을 본 적이단 한 번도 없었다.

"……그렇구나."

코토리는 그렇게 말한 후 기모노 소매 안에서 막대사탕을 꺼내 포장을 벗기고 입에 물었다.

그리고 사탕의 막대 부분을 위아래로 흔들면서 천천히 고개를 들고 하늘을 올려다보았다.

"……혹시, 말이야."

"응?"

"만약, 옛날 일이…… 그 미오라는 사람에 대한 것도 전부 생각난다면, 시도는…… 어떻게 할 거야?"

"코토리……."

시도는 코토리의 얼굴을 쳐다보면서 중얼거리듯 그렇게 말한 후, 표정을 풀었다.

"……안심해. 나는 코토리의 오빠니까 어디에도 안 갈 거야."

시도가 그렇게 말하면서 코토리의 머리를 거칠게 쓰다듬자, 그녀는 볼을 새빨갛게 붉혔다.

"뭐…… 아, 아무도 그런 소리 안 했거든?!"

"하하, 그렇구나. 미안해. ―자, 그럼 에마나 쓰자."

시도가 펜을 내밀자, 코토리는 흥 하고 코웃음을 치면서 그것을 받았다.

◇

『이 세상에서 진정으로 증오해야 할 악이 존재한다면, 그것은 전쟁도, 마약도 아닌― 엘리베이터 고장일 것이다.

엘렌 M 메이저스.』

엘렌은 머릿속으로 그런 격언 같은 대사를 몇 번이나 중얼거리면서 DEM인더스트리 일본지사의 계단을 올라가고 있었다.

"하아……, 하아……."

폐는 쥐어짜진 것처럼 비명을 질러댔고, 무릎 또한 쉴 새 없이 떨렸다. 온몸의 모공에서 땀이 흘러나왔으며, 색소가 옅은 금발이 볼과 목덜미에 달라붙었다.

"왜…… 이 타이밍에…… 엘리베이터가, 고장……."

"……엘렌, 괜찮아?"

앞장서서 계단을 올라가고 있던 소녀가 엘렌을 돌아보면서 그렇게 말했다. 엘렌보다 색이 짙은 금발과 파란 눈을 지닌 그녀는 엘렌과 같은 정장을 입고 있었지만, 엘렌과 달리

땀을 한 방울도 흘리지 않았다. ─아르테미시아 B 애시크로프트. 얼마 전에 DEM 인더스트리에 소속된 엘렌의 부하다.

"……괜찮아요."

"하지만 땀을 엄청 흘리고 있잖아. 내가 도와줄까?"

"필요 없어요."

"하지만, 아직 4층인데……."

"아까까지 풀장에서 수영을 해서 이렇게 된 거예요!"

엘렌은 소리를 질렀다.

그렇다. 엘렌은 연락을 받기 직전까지 사옥을 복구하면서 새롭게 설치된 사내 피트니스 시설에서 운동을 하고 있었다.

엘렌은 땅이 꺼져라 한숨을 내쉬면서 그때 일을 떠올렸다. 엘렌은 경기용 수영복으로 자신의 아름다운 몸을 감싸고 넓직한 풀장에 나타났다. 그런 그녀는 한 손으로 성모의 가호를 받은 방패와 같은 이름을 지닌 〈프러드웬〉을 들고 있었다. 그 모습을 본 다른 위저드들은 숨을 삼키며 옆으로 비켜섰다.

"저, 저 사람은…… 메이저스 집행부장님?!"

"들고 계신 건…… 킥판이잖아? 어, 집행부장님은 혹시 수영을 못……."

"바보! 죽기 싫으면 괜한 소리 하지 마!"

운동을 하고 있던 위저드들이 갑자기 수군거리기 시작했다. 거리가 꽤 떨어져 있어서 들리지 않았지만, 아마 엘렌의 웅장한 자태를 보고 전율한 것이리라. 엘렌은 훗 하고 웃으면서 머리카락을 쓸어 올렸다. 저들이 자신을 보면서 경외심을 느끼든 말든 안중에 없지만, 그들이 그런 마음을 품게되는 것은 자연의 섭리나 다름없으리라.

'그럼…… 슬슬 시작해볼까요.'

엘렌은 가볍게 준비운동을 한 후, 어깨를 들썩이면서 풀장으로 향했다.

물론 풀장에 뛰어드는 것 같은 매너에서 어긋난 짓은 하지 않았다. 그녀는 천천히 발부터 물에 집어넣은 후, 첨벙하는 소리를 내면서 입수했다. 그리고 〈프러드웬〉을 쥐고 물장구를 치기 시작했다.

어느 정도 나아갔을 즈음, 조금 떨어진 레인을 바라보니 동료인 아르테미시아가 수영을 하고 있었다.

'……흠.'

위저드의 능력은 현현장치를 얼마나 잘 다루느냐에 따라 결정되지만, 기초체력이 뛰어날수록 좋은 것은 사실이다. 딱히 그녀가 이곳에 있는 것은 이상할 일이 아니었다. 그렇기에 엘렌은 다시 앞쪽을 향해 고개를 돌리고 얼굴을 물에 집어넣지 않도록 조심하면서 다리를 계속 움직였다.

'하아……, 하아…….'

그렇게 풀장의 가운데 위치까지 간 후 체력적으로 한계를 맞이한 엘렌은 아르테미시아를 쳐다보았다. 아르테미시아는 엘렌보다 뒤편에서 헤엄치고 있었다. 그 모습을 본 엘렌은 미소를 지었다. 역시 아르테미시아도 엘렌에게는 미치지 못하는 것 같았다.

"우와, 빠르다……. 저 사람, 대체 몇 번이나 왕복한 거야?"

"아마 여덟 번은 왕복했을걸?"

"집행부장님은?"

"목숨이 아까우면 그 질문은 하지 않는 게 좋을 거다."

풀 가장자리에 있던 위저드들이 엘렌과 아르테미시아를 쳐다보면서 소곤거리고 있었다. 그들의 대화는 잘 들리지 않았지만, 역시 집행부장님은 전투 이외의 방면에서도 최강이다…… 같은 이야기를 하고 있는 것이리라. 딱히 저들이 자신을 얼마나 칭송하든 아무래도 상관없지만, 뭐, 그들이 저런 말을 하는 심정도 이해가 되지 않는 것은 아니었다. 그리고 그들을 말릴 생각도 없었다.

그 후에도 한동안 물장구를 치던 엘렌이 골 지점에 도달한 순간, 스피커에서 안내방송이 흘러나왔다.

『─제2집행부 부장 및 부부장은 서둘러 30층 집무실로 와주십시오.』

'……응? 무슨…… 일이라도…… 있는…… 걸까요.'

엘렌이 호흡을 가다듬으면서 고개를 들어보니, 조금 떨어진 레인에서 물소리가 들렸다.

아무래도 아르테미시아가 엘렌보다 수십 초 뒤처진 채 골인한 것 같았다. 호흡이 흐트러지지 않은 아르테미시아가 물 밖으로 나가더니, 엘렌 앞으로 와서 손을 내밀었다.

"엘렌. 호출이야. 가자."

"알고 있어요."

엘렌은 아르테미시아의 손을 무시하며 풀장 밖으로 나가려고 했지만, 방금까지 격렬한 운동을 한 탓인지 손발이 말을 듣지 않았…… 아니, 부하의 호의를 무시하는 것도 좋지 않다고 판단했기에 그 손을 잡았다.

……그리고, 현재에 이른 것이다.

엘렌은 거친 숨을 내쉬면서 아르테미시아의 뒤를 따랐다.

"평소 같았으면 이 정도 계단은 아무렇지 않게 올라갔을 거예요. 하지만 오늘은 저 자신을 한계까지 몰아넣을 만큼 격렬한 트레이닝을 한 바람에……."

"나도 풀에서 수영했는데……."

"당신처럼 슬로 페이스로 헤엄치는 것과는 차원이 다르다고요!"

엘렌이 고개를 휙 돌리자, 아르테미시아는 고개를 살짝 갸웃거리더니 「아, 그렇구나」라고 고개를 끄덕이면서 조용히 말을 이었다.

"하지만 웨스트코트 MD를 기다리게 하는 건 좀 그렇지 않아?"

"큭……, 그건……."

아르테미시아가 그렇게 말하자, 엘렌은 무심코 말끝을 흐렸다. 그렇다. 이 빌딩 30층에 있는 집무실은 DEM의 수장인 웨스트코트의 방인 것이다.

"좋아."

엘렌이 낮은 신음을 흘리는 사이, 아르테미시아는 뭔가를 결심한 것처럼 고개를 끄덕였다. 그리고 엘렌의 뒤편으로 걸어가더니 그녀의 몸을 안아들었다. 어깨와 다리를 안아드는 ― 흔히 공주님 안기라고 부르는 자세로 말이다.

"뭐, 뭐하는 거죠?! 내려주세요!"

"30층에 도착한 다음에 내려줄게."

아르테미시아는 그렇게 말하더니, 사람 한 명을 안아든 것 같지 않은 속도로 재빨리 계단을 뛰어올라갔다.

"꺄아앗?! 내, 내려주세요!"

"이제 다 왔으니까 잠시만 기다려."

"큭…… 그, 그럼 하다못해 자세라도 바꿔주세요! 이, 이 자세는…… 싫은 기억을 떠올리게 한단 말이에요……!"

엘렌은 머릿속에 떠오르는 기억을 떨쳐내듯 손발을 버둥거렸다. 하지만 아르테미시아는 어리광쟁이를 상대하듯 한숨을 내쉬며「정말……」하고 중얼거렸다.

"날뛰지 마. 곧 도착……하, 거, 든."

리드미컬하게 스텝을 밟으며 계단을 올라가던 아르테미시아가 걸음을 멈췄다.

아무래도 목적지인 집무실 앞에 도착한 것 같았다. 아르테미시아는 엘렌을 내려놓은 후, 그녀의 옷매무새를 고쳐주기 시작했다.

"그만하세요. 당신이 제 부모인가요?!"

"신경 쓰지 마. —자, 노크 안 할 거야?"

"당신이 그런 소리 안 해도 할 거예요!"

엘렌은 벌컥 화를 내면서 그렇게 말한 후, 그대로 거칠게 노크를 했다.

『—들어와.』

"실례하겠습니다."

"기다리시게 해서 죄송합니다."

방의 주인에게서 대답을 들은 후, 두 사람은 문을 열고 안으로 들어갔다.

집무실을 둘러보니, 안쪽에 놓인 의자에 한 남자가 앉아 있었다.

애시블론드빛 머리카락과 날카로운 눈동자를 지닌 그의 손 언저리에는 칠흑빛 책이 떠있었다.

그가 바로 DEM인더스트리의 수장인 아이작 R. P. 웨스트코트다.

"여어, 기다리고 있었다. 엘렌, 아르테미시아. ……땀을 꽤 흘린 것 같은데 무슨 일 있었나?"

"……별일 없었습니다. 그것보다 무슨 일이시죠?"

엘렌이 질문에 대한 대답을 피하면서 그렇게 말하자, 웨스트코트는 고개를 끄덕이면서 손 언저리에 떠있는 책을 가리켰다. ―마왕〈벨제붑〉. 작년 12월 31일에 그가 손에 넣은 『형태를 지닌 절망』이다.

　"―며칠 전부터〈벨제붑〉을 통한 정보검색을 방해받고 있다는 이야기는 했지?"

　"예. ……〈시스터〉가 간섭하고 있다고 들었습니다만……."

　"그래. 덕분에『전지』의 능력에 무거운 족쇄가 달리고 말았지. 심각한 오산이야. 간섭당하기 직전에 조사했던 정보에 대한 해독에도 이렇게 긴 시간이 걸리니까 말이야."

　웨스트코트의 말에 엘렌은 눈을 치켜떴다.

　"그 말씀은……."

　"그래."

　웨스트코트는 고개를 끄덕이면서 입술을 일그러뜨렸다.

　"―새로운 정령이 있는 곳이 드디어 판명됐다."

　"……아!"

　엘렌은 숨을 들이마시고는 주먹을 말아 쥐었다.

　"설마 이미 현계 중인 건가요? 대체 어디에―."

　"―후후."

　웨스트코트는 웃음을 흘리면서 손가락 하나를 세우더니―.

　그대로 하늘을 가리켰다.

제2장 우주의 정령

1월 9일, 월요일.

어제까지 한산했던 도립 라이젠 고등학교에 수많은 학생들이 등교하고 있었다. 새하얀 입김을 토하면서 교문을 통과한 그들은 각자의 교실로 들어가 클래스메이트들과 인사를 나눴다. 대화 내용은 각양각색이지만, 대부분의 이들은 「새해 복 많이 받아」와 「오랜만이야」라는 말을 서로에게 건네고 있었다.

작년 연말에 시작된 겨울방학은 오늘 개학식을 통해 끝났다.

즉, 오늘부터 라이젠 고등학교는 3학기를 맞이하는 것이다.

"으음……."

토카와 함께 등교한 시도는 교복이 몸에 익도록 가볍게 어깨를 돌렸다. 겨우 2주 만에 입는 건데도 꽤 오랫동안 이 옷을 입지 않은 듯한 느낌이 들었다.

하지만 그것도 무리는 아니었다. 원래 연말연시에는 이런 저런 이벤트가 많은데다, 이번 겨울방학 동안에는 정말 별의별 일이 다 벌어졌던 것이다.

시도가 그런 생각을 하면서 기지개를 켠 순간, 오른편에서 목소리가 들려왔다.

"오, 이츠카. 오랜만이야."

그쪽을 쳐다보니, 왁스로 머리카락을 세운 소년이 서있었다. 클래스메이트인 토노마치 히로토였다. 왠지 그와 만나는 것도 오랜만인 것 같은 느낌이 들었다. 시도는 감개무량함을 느끼면서 손을 살짝 들어올렸다.

"그래, 토노마치. 새해 복 많이 받아."

"응. 너도 복 많이 받으라고. ……그런데 너 대체 무슨 일을 벌인 거야?"

"뭐?"

시도는 그 느닷없는 질문을 듣고 미간을 찌푸렸다. 그러자 토노마치가 엄지로 뒤편을 가리켰다.

토노마치의 손짓에 그쪽을 쳐다보니, 세 소녀가 시도를 힐끔힐끔 쳐다보면서 소곤거리고 있는 모습이 눈에 들어왔다.

세 사람은 교복을 대충 걸친 장신의 소녀와, 몰개성적인게 개성인 듯한 평범한 키의 소녀, 그리고 안경을 낀 왜소한 체구의 소녀였다. 그녀들의 이름은 오른편에서부터 순서대로 아이, 마이, 미이. 바로 2학년 4반이 자랑하는 시끌벅적

3인조다.

그런 세 사람이 시도에 대해 소곤거리고 있는 듯한 태도를 노골적으로 취하고 있었다. 그러니 신경이 쓰이지 않을 리가 없었다.

"아……."

시도는 식은땀을 흘리면서 말끝을 흐렸다. 뭐랄까…… 짐작 가는 구석이 있었던 것이다.

듣자하니 몸 안에 봉인된 영력이 폭주했을 때, 술에 취한 듯한 상태가 되었던 시도는 저 세 사람에게 정열적인 구애를 했다고 한다.

물론 시도는 그 일을 전혀 기억하지 못하지만…… 상대방 입장에서는 그런 건 알 바가 아닐 것이다.

"……따, 딱히 짐작 가는 데는 없는데?"

하지만 자신에 대한 나쁜 소문을 직접 퍼뜨릴 필요는 없다고 생각한 시도는 적당히 얼버무리면서 그렇게 말했다.

"흐음…… 뭐, 좋아. 그것보다 교무실 앞에서 타마 선생님을 봤는데—."

토노마치가 말을 이으려던 순간, 그의 말을 막듯 종소리가 들려왔다.

"……아, 벌써 시간이 이렇게 됐네."

토노마치는 그렇게 말하면서 자신의 자리로 돌아가려 했다.

"어, 어이, 타마 선생님이 뭘 어쨌는데?"

"뭐, 곧 올 테니까 직접 봐."

"…………"

시도는 손을 흔들면서 자기 자리로 돌아가는 토노마치의 등을 쳐다보며 미간을 살짝 찌푸렸다.

……불길한 예감이 시도의 폐부를 가득 채웠다. 시도 본인은 기억하지 못하지만, 일전의 영력 폭주 때 그는 타마 선생님에게도 열렬한 프러포즈를 했다고 한다.

하지만 그 건에 대해서는 〈라타토스크〉 해석관 겸 이 반의 부담임인 무라사메 레이네가 손을 써줬을 텐데…….

시도가 불안해하는데, 교실의 문이 열리더니 시도의 담임인 오카미네 타마에 선생님— 통칭 타마 선생님이 나타났다.

—거무튀튀하기 그지없는 아우라로 자그마한 몸을 감싼 채 말이다.

"으윽……"

시도는 그 모습을 보고 무심코 숨을 삼켰다. 하지만 시도 이외의 클래스메이트들도 비슷한 느낌을 받은 것 같았다. 그들은 평소와 다른 담임의 모습을 보더니 술렁거리기 시작했다.

"으음…… 시도, 타마 선생님이 좀 이상해 보이지 않느냐? 왠지 평소보다 어두워 보인다만……."

"으, 응……. 좀 이상해 보이네."

시도의 옆자리에 앉은 토카가 걱정스러운 목소리로 그렇

게 말했다. 시도는 땀을 줄줄 흘리면서 대답했다.

하지만 타마 선생님은 학생들의 목소리가 들리지 않는 것 같았다. 그녀는 흐느적거리는 걸음걸이로 교단 위에 서더니, 들고 있던 출석부를 교탁을 향해 대충 던졌다.

"……여러분, 새해 복 많이 받으세요. 겨울방학은 어떻게 보내셨나요? 크리스마스와 연말, 그리고 정월…… 분명 즐거운 일로 가득한 나날이었겠죠……."

그리고 전형적이기 그지없는 인사를 학생들에게 건넸다. 딱히 이상한 구석은 없지만, 클래스메이트들은 일제히 숨을 삼켰다.

타마 선생님은 입술 끝을 일그러뜨리면서 공허한 표정을 지었다.

"……여러분은 올해로 몇 살이죠? 고등학교 2학년에서 3학년으로 올라갔으니, 열여덟 살이겠군요. 한 해 일찍 입학한 사람은 17세일지도 모르겠네요. 참고로 선생님은 3월 출생이니 이제 몇 살일까요?"

라이젠의 명물 교사 타마 선생님은 벼랑 끝이라 할 수 있는 29세다. 그 사실은 이 반의 모든 학생들이 알고 있다. 하지만― 아무도 그 말을 입에 담지 않았다.

그러자 타마 선생님은 교실 안을 둘러본 후, 지칠 대로 지친 듯한 미소를 지으면서 입을 열었다.

"저는…… 올해로 드디어 20대를 졸업하고 30대, 즉 서티가 되었답니다. 우후…… 후후후…… 대단하죠?"

"타, 타마 선생님……."

이런 그녀를 더는 보다 못한 아이가 낮은 목소리로 입을 열었다. 그러자 타마 선생님이 그녀를 쳐다보았다. 그녀가 쓴 안경이 형광등 불빛을 받고 찬란히 빛났다.

"셧업. 이제부터 저에게 말을 걸 때는 말 앞뒤에 서(sir)를 붙이세요."

"서…… 서, 예스, 서."

아이는 타마 선생님에게 압도당한 것처럼 경례를 하면서 그렇게 말했다.

"서, 타마 선생님. 무슨 일이 있었던 거예요……? 서."

아이가 질문을 던지자, 타마 선생님은 보는 이들의 간담을 서늘하게 만드는 미소를 지었다.

"딱히 아무 일도 없었어요. 참, 기쁜 뉴스가 하나 있었어요. 초등학교 때 동급생이자 절친인 에리가 다음 달에 결혼을 한대요. 우후후, 정말 기쁘네요. 에리는 정말 좋은 애니까 분명 멋진 아내가 될 거예요. 생일이나 크리스마스 때도 매년 같이 놀았고, 밸런타인데이에는 서로에게 초콜릿을 선물했죠. 술만 마셨다 하면 울보가 되는데「우갸~, 만약 30대가 될 때까지 결혼을 못한다면 나를 받아줘, 타마!」라고 외치면서 저를 끌어안기도 했었어요. 결혼상대는 두 살 연하의 의사라고 해요. 제작년 말에『남자 따위 필요 없어』여자 모임을 가졌을 때, 에리가 술을 너무 많이 마신 나머지 넘어져서 다리를 다쳤거든요? 그때 치료해줬던 사람이 에리에게 한눈에 반해서 맹렬하게 대시를 했대요. 참고로 저도 그 자리에 있었어요. 그때 술을 많이 마셔서 대기실에서 꾸벅꾸벅 졸고 있었거든요. 설마 그 사이에 옆방에서 오랫동안 친하게 지낸 절친이 사랑에 빠지고 있었을 줄 누가 알았겠어요. 정말 인생이라는 건 무슨 일이 일어날지 알 수 없는 거라니까요. 그래도 정말 다행이에요. 에리 같이 좋은 애를 방치해두다니, 이 세상 남자들은 여자 보는 눈이 없다고 항상 생각했거든요. 에리는 정말 좋은 애예요. 얼굴도 예쁘고 키도 커서, 완전 모델 같거든요. 에리 같은 애도 아직 결혼을 못했으니 아직 괜찮아, 라고 저는 생각했어요. 하지만 그런 에리가 저 몰래 남자와 사귀고 있을 줄은 몰랐어요. 그러고 보니 작년에는 예전만큼 자주 만나지는 않았어요. 하지만 에리도 너무하다니까요. 이렇게 느닷없이 결혼한다는 걸 알려줄 것까지는 없잖아요. 말하는 게 부끄러웠다니…… 뭐, 그런 면이 남자의 마음을 자극하는 거겠죠. 저도 좀 배워야겠어요."

타마 선생님은 억양 없는 목소리로 그렇게 말을 늘어놓더니 그대로 쓰러지듯 교탁에 엎드렸다.

"후…… 후후후, 또, 또, 동급생이 결혼해……. 젠장, 젠장, 결혼하는 건 하나같이 좋은 녀석들이야."

그리고 뭔가에 홀린 것처럼 중얼거렸다.

"다들, 다들, 나를 두고 가……. 가르쳐줘……. 나는 앞으로 몇 번이나 너희 결혼식에 참석하면 되지……?!"

"서, 서, 저기, 서……."

"다들, 기다려. 나도 곧 그쪽에……, ……하, 하하. 또 나만 남아버렸군. 아무래도 나는 인연의 신에게 미움을 받고 있는 것 같은데?"

타마 선생님은 그렇게 말하면서 웃었다. 클래스메이트들은 당혹스러운 표정을 지은 채 서로의 얼굴을 쳐다보았다.

한동안 웃음을 흘리던 타마 선생님은 갑자기 침묵에 휩싸이더니, 출석부를 펼쳤다.

"……자, 그럼 출석을 부르겠어요~."

"""자, 잠깐잠깐잠깐!"""

타마 선생님이 아무 일도 없었다는 듯이 출석을 부르려고 하자, 아이, 마이, 미이 3인조가 고개를 저었다.

"서, 하나도 괜찮지 않잖아요, 서!"

"서, 좀 쉬는 편이 좋을 것 같아요, 서!"

"무슨 소리를 하는 거예요. 저는 괜찮아요~."

타마 선생님은 밝은 미소를 지으면서 말했다.

"―그저, 지금 제 눈앞에 악마가 나타나서 제 목숨과 바꿔 소원을 하나 들어준다고 한다면, 다음 달쯤 일본에 거대한 운석을 떨어뜨려 달라고 할지도 모르겠지만요."

"서, 그러니까 괜찮지 않다는 거예요! 서!"

"서, 방학 직후의 초등학생이나 할 법한 생각이에요, 서!"

"우후후, 그러니까 농담이라니까요~. 아브라카다브라~. 운석이여, 떨어져라~."

타마 선생님은 분필을 하나 들더니 마법소녀의 지팡이처럼 그걸 휘두른 후, 그 분필로 창밖을 가리켰다.

그러자, 다음 순간—

교정 쪽에서 폭음이 울리더니 엄청난 충격파가 교실을 덮쳤다. 건물이 흔들리고, 창문이 깨졌으며, 커튼이 찢어질 것처럼 펄럭였다. 교실에 있던 학생들이 일제히 비명을 지르면서 창가에서 벗어나거나 책상 밑에 숨었다.

"우왓!"

"꺄아아앗!"

"뭐, 뭐야……?!"

시도는 키잉 하는 소리가 들리는 귀를 움켜쥐면서 고개를 들었다. 그리고 옷에 붙은 유리 파편을 털어내면서 의자에서 일어났다.

"—시도, 저쪽을 봐."

재빨리 상황을 확인한 오리가미가 손가락으로 창밖을 가리켰다. 시도는 바닥에 떨어진 유리파편을 밟으면서 창가로 다가가 머뭇거리면서 밖을 쳐다보았다.

그러자 넓은 평지였던 교정에 생긴 거대한 홈이 눈에 들어왔다. 아니— 교정만이 아니었다. 그 옆에 있던 도로, 그리고 그 너머에 있던 공터도 굴삭기로 땅을 파내기라도 한 것처럼 함몰되어 있었다. 마치 공간진이 일어나기라도 한 것 같았다.

하지만 공간진의 발생을 알리는 경보는 들리지 않았다. 시도는 미간을 찌푸리면서 그쪽을 쳐다보았고—.

"……응?"

함몰된 부분의 중심에서 검은색 덩어리를 발견하고는 낮은 신음을 흘렸다.

여기서는 그게 무엇인지 잘 보이지 않았다. 그것은 부서진 기계의 일부처럼도, 커다란 바위처럼도 보였다. 하지만 방금 그 충격파가, 그리고 이 구멍이—『저것』이 충돌한 바람에 발생했다는 것은 쉬이 상상이 되었다.

그리고 충돌했다는 것은 저 물체가 어딘가 다른 곳에서 왔다는 사실을 뜻했다.

시도와 오리가미의 뒤를 이어 교정을 돌아본 학생들도 같은 생각을 한 것 같았다. 토노마치는 망연자실한 표정으로 하늘을 올려다보면서 입을 열었다.

"……우, 운석……?"

그 말을 들은 순간—.

"…………아아."

타마 선생님이 새파랗게 질린 얼굴로 바닥에 주저앉았다.

"우, 우와아아아아아앗! 타마 선생님이 운석을 소환했어어어어엇?!"

"자기도 모르는 사이에 악마와 계약을 한 거야?!"

"타마 선생니이이이이임! 죽으면 안 돼애애애애애애앳!"

학생들은 비명을 지르면서 눈이 까뒤집어진 타마 선생님에게 몰려갔다.

바로 그때, 시도의 호주머니에 들어있던 핸드폰이 진동했다. ―핸드폰 화면에는 『이츠카 코토리』라는 이름이 표시되어 있었다. 조례 시간에 전화를 받는 것은 칭찬받을 만한 짓이 아니지만, 지금은 비상사태다. 시도는 교실 구석으로 이동하면서 통화 버튼을 눌렀다.

『―시도! 무사해?!』

전화를 받자마자 코토리의 당황한 목소리가 들려왔다.

"으…… 응. 코토리, 내 말 좀 들어봐. 타마 선생님이 악마와 계약해서 운석을……."

『뭐어? 무슨 뚱딴지같은 소리를 하는 거야?! 그것보다, 지금 바로 다른 애들을 데리고 임시사령실로 와!』

"어……? 그 말은―."

시도가 눈을 크게 뜬 순간, 코토리가 말을 이었다.

『그래. ―정령이 나타났어.』

◇

학교 근처로 온 차를 타고 10분 동안 이동한 후, 시도, 토카, 오리가미, 부담임인 레이네, 그리고 옆 반인 야마이 자매는 〈라타토스크〉의 지하시설에 도착했다.

원래 〈라타토스크〉는 공중함 〈프락시너스〉를 사령부로 삼고 있지만, 그 함은 일전의 전투 이후로 수리 중이다. 그래서 일시적으로 시도 일행의 주거지에서 비교적 가까운 곳에 있는 이 지하시설을 거점으로 삼고 있다.

—엄중한 보안을 통과한 시도는 토카 일행과 헤어진 후, 사령실로 향했다.

토카 일행은 다른 방에서 대기하라는 말을 듣고 불만을 표시했지만, 정령이 나타났다면 시도는 그 정령을 공략해야만 한다. 그 광경을 정령들에게 보여주는 것은 그렇게 바람직한 일이 아니었다.

사령실에 들어가 보니, 안에서는 긴박한 분위기가 흐르고 있었다. 모니터가 줄지어 놓여 있는 방에는 〈프락시너스〉의 승무원들이 모여 있었으며, 각자 자신의 콘솔 앞에 앉아 급히 작업을 하고 있었다.

"—왔어?"

사령실 중앙에 놓인 함장석(이곳은 배가 아니니 약간 어폐가 있지만)에 앉아있던 코토리가 시도를 쳐다보면서 입을 열었다. 그녀의 머리카락을 묶은 리본은 물론 검은색이었다. 또한 군복을 입었으며 진홍색 재킷을 어깨에 걸치고 있었다.

"……기다리게 해서 미안해."

시도 일행과 함께 학교에서 온 레이네는 걸치고 있던 흰색 가운을 벗고 빈자리에 앉았다. 코토리는「아니, 괜찮아」라고 말하고는 시도를 향해 고개를 돌렸다.

"그럼 현재 상황 말인데……."

"대체 무슨 일이 일어난 거야? 정령이 운석을 떨어뜨렸다니…… 공간진 경보는 울리지 않았잖아? 정숙현계를 한 거야? 게다가 느닷없이 고등학교를 노리다니…… 설마 나나 다른 정령들을 노리는 거야?"

"으음……."

시도의 물음에 코토리는 난처한 표정을 지으면서 턱에 손을 댔다.

"글쎄, 솔직히 말해 아직 뭐라 말할 수 없어."

"그, 그게 무슨 소리야……?"

"저기, 그 화면을 띄울 수 있어?"

코토리가 묻자, 한 승무원이 콘솔을 조작했다.

그러자 전면에 있던 커다란 모니터에 세계지도가 표시됐다. 대륙과 섬, 바다에 붉은 색으로 마킹이 되어 있는 지도가 말이다.

"이게 뭐야……?"

"시도네 학교 교정에 정체불명의 물체가 떨어졌지? 거의 같은 시각에 동일한 현상이 발생한 장소를 마킹해둔 지도야."

"뭐……?!"

시도는 무심코 미간을 찌푸리면서 세계지도를 응시했다.

"이 모든 장소에, 그것도 동시에……?!"

"응. 믿기 힘들겠지만, 전 세계 마흔네 곳에 『탄환』이 투척됐어. ─그 안에는 DEM의 시설, 그리고 각국의 대정령부대 기지도 포함되어 있는 것 같아. 어쩌면 미약한 영파나 마력 반응이 탐지된 장소를 노렸을 가능성도 있어."

"자, 잠깐만 있어봐. 남미에도 운석이 떨어졌잖아! 거기는 지구 반대편이라고! 거기도 동시에…… 설마 야마이 자매 때처럼 이번에도 정령이 여러 명인 거야?!"

"……아냐. 정령은 틀림없이 한 명이야. 그리고 정확하게 말하자면 저건 운석조차도 아냐."

코토리는 고개를 저으면서 그렇게 말했다. 그러자 시도의 표정이 당혹으로 가득 찼다.

코토리도 자신의 설명이 충분하지 않다는 것을 알고 있으리라. 그렇기에 입에 문 막대사탕의 막대를 쫑긋 세우면서 승무원에게 지시를 내렸다.

"백문이 불여일견이야. 영상을 띄워줘."

"예!"

승무원 중 한 명인 〈사장 오빠CEO〉 미키모토가 대답을 하면서 콘솔을 조작했다.

그러자 세계지도가 표시되어 있던 모니터에 어떤 영상이 띄워졌다.

"——!"

시도는 그 몽환적인 광경을 보고 숨을 삼켰다.

화면을 가득 채운 칠흑빛 어둠. 그곳에서 빛나고 있는 수많은 별들.

순간적으로 시도는 그것이 밤하늘이라고 생각했다. 하지만 곧 그것이 자신의 착각이라는 사실을 깨달았다.

화면 아래쪽에 존재하는 동그라미. 흰색과 푸른색이 소용돌이치고 있는 듯한 그것은— 바로 시도가 살고 있는 별, 지구였다.

"우주……."

그렇다. 그것은 바로 하늘과 땅이 완벽하게 나뉜 광경이었다.

그리고 그 영상의 한가운데에—.

소녀가, 홀연히 떠있었다.

가장 먼저 눈에 들어온 것은 어두운 우주공간 안에서도 빛나고 있는 아름다운 머리카락이었다. 선명한 황금색을 띤 그 머리카락은 라푼젤을 연상하게 할 만큼 길었으며, 무중력 세계에서 흔들리듯 펼쳐져 있었다.

그녀가 몸에 걸친 것은 별자리 같은 문양이 그려진 영장이었다. 그리고 거대한 석장(錫杖) 같은 것을 한 손에 쥐고 있었다.

"이 애, 가……?"

"응. ─우리도 처음 보는 정령이야. 정식으로 식별명이 붙지는 않았지만, 편의상 〈조디악〉이라고 부르기로 했어."

"처음 봤다고?"

"그래. 물론 우리가 관측하지 못했을 뿐일 가능성도 있지만, 적어도 〈라타토스크〉의 데이터베이스에는 그녀 같은 정령은 존재하지 않아. 그러니 천사, 영장, 능력, 성격 등, 아는 게 전혀 없다고 해도 과언이 아냐."

"그렇구나……. 그럼 이 애가 어떻게 지구를 공격했는지도 모르는 거야?"

시도의 물음에 코토리는 어깨를 으쓱하면서 한숨을 내쉬었다.

"사실, 우리가 〈조디악〉의 위치를 확인할 수 있었던 것에는 다 이유가 있어."

"이유?"

"응. ─세 시간 전 영상을 틀어줘."

"예."

승무원이 그렇게 대답한 순간, 모니터에 표시된 영상이 바뀌었다.

우주공간이라는 사실에는 변함이 없지만─ 〈조디악〉은 잠든 것처럼 몸을 동그랗게 만 채 둥둥 떠 있기만 했다.

"이건……."

시도는 말을 끝까지 잇지 못했다.

화면 안에 새로운 무언가가 등장했기 때문이다.

"아니…… 공중함……?!"

시도는 눈을 치켜뜨면서 경악했다.

그렇다. 지구에서 하늘을 나는 거대한 배 세 척이 나타났던 것이다. 게다가 그것만이 아니었다. 그 배의 주위에는 날벌레 같은 무언가가 수도 없이 붙어 있었는데— 유심히 보니 그것들은 인간과 유사한 형태를 지닌 기계인형이었다.

틀림없다. DEM인더스트리의 무인병기 〈밴더스내치〉다.

"설마, DEM이……?!"

시도가 그렇게 외치자, 코토리는 고개를 끄덕이며 짜증섞인 목소리로 말했다.

"응. 〈조디악〉이 있는 곳을 알아낸 건 DEM이야. 우리는 불온한 움직임을 보이는 DEM의 공중함을 자율형 카메라로 감시했을 뿐이야."

"어, 어떻게 DEM이 정령이 있는 곳을……."

시도는 도중에 말을 멈추고는 「아」 하고 입을 벌렸다. 코토리도 시도와 같은 생각인 것 같았다. 그녀는 고개를 끄덕이며 입을 열었다.

"아마 〈벨제붑〉 덕분일 거야. 니아가 검색을 방해했다고 해도, 그 힘을 완전히 무력화시킨 건 아니잖아."

코토리가 불쾌하다는 듯이 코웃음을 친 순간, 화면 안에서 변화가 발생했다.

DEM의 배가 우주공간을 떠다니는 〈조디악〉을 공격할 준비를 시작한 것이다.

배가 테리터리를 전개하더니, 수많은 포문에서 엄청난 양의 마력이 충전되기 시작했다. 그에 맞춰 정령을 포위한 〈밴더스내치〉들이 CR-유닛을 전개했다.

"어, 어이…… 이거, 큰일 난 거 아냐?"

"잔말 말고 보고 있어."

코토리가 그렇게 말한 순간, 화면 중앙에 떠있던 〈조디악〉이 주위의 상황을 파악한 것처럼 천천히 고개를 들었다.

〈조디악〉은 딱히 놀라지도 않으며 담담히 몸을 펴더니, 오른손을 치켜들었다.

『―〈봉해주(封解主)〉.』
<small>미카엘</small>

영상 안의 소녀가 작은 목소리로 중얼거렸다.

그러자 다음 순간, 찬란한 빛을 뿜어내는 석장이 허공에 나타났다.

틀림없다. 방금 전 영상에서 〈조디악〉이 쥐고 있던 그 석장이다. 상단부에는 화려한 장식이 달려있고, 하단부는 기묘한 형상을 지녔다.

그것은 거대한 열쇠를 연상케 하는 석장이었다.

"천사……?"

"아마 그럴 거야."

코토리가 맞장구를 친 순간, 〈밴더스내치〉들이 일제히 행동을 시작했다. 그 중 〈조디악〉을 포위한 몇 대가 레이저 블레이드를 쥔 채 그녀를 향해 쇄도했다.

하지만 〈조디악〉은 전방에서 자신을 향해 달려드는 〈밴더스내치〉를 향해 열쇠 모양 천사의 끝부분을 들더니—.

『―【폐(閉)】.』

―라고 외치면서 그 천사를 오른쪽으로 돌렸다.

마치― 열쇠구멍에 꽂은 열쇠를 돌리듯이 말이다.

그러자 다음 순간, 〈밴더스내치〉의 손발에서 힘이 빠져나가더니 주위에 존재하던 테리터리가 흩어졌다.

〈밴더스내치〉에게는 상처 하나 나지 않았다. 하지만 방금까지 적의를 드러내며 〈조디악〉에게 달려들던 기체는 전원이 꺼진 것처럼 꼼짝도 하지 않았다.

"이건……."

"……〈미카엘〉. 영상과 해석수치로 추측한 건데, 상대방에게 열쇠를 꽂아 넣고 『잠금』으로써, 상대방이 지닌 기능을 봉인하는 힘을 지닌 것 같아."

시도가 당황하자, 레이네가 담담한 목소리로 설명해줬다. 그 사이에도 〈조디악〉은 자신을 향해 달려드는 〈밴더스내치〉들을 차례차례 기능정지 상태로 만들고 있었다.

하지만 DEM 측도 〈밴더스내치〉로 〈조디악〉을 해치울 수 있을 거라고 생각하지는 않은 것 같았다. 〈조디악〉이 〈밴더스내치〉에게 대응하는 사이, 세 척의 DEM 공중함은 마력 충전을 완료한 것 같았다.

DEM의 공중함들이 일제히 공격을 시작했다. 세 방향에서 뿜어져 나온 농밀한 마력광이 어두운 우주공간을 찬란히 밝혔다.

"우왓……!"

하지만 〈조디악〉은 궁지에 몰렸는데도 전혀 겁먹지 않았다. 그저 조용히 지팡이를 들더니, 그 끝을 앞쪽으로 내밀었다.

그러자 지팡이의 끝부분이 공간에 삼켜진 것처럼 모습을 감췄다. 〈조디악〉은 양손으로 지팡이를 쥐고 왼쪽으로 돌렸다.

『―【개(開)】.』^{라타이브}

그러자 다음 순간―.

〈조디악〉의 주위에 블랙홀 같은 구멍이 생겨나더니, 〈조디악〉을 향해 날아오던 포격이 전부 그 구멍에 빨려 들어갔다.

"아니……?!"

시도는 눈을 크게 뜨며 경악했다.

하지만 그게 끝이 아니었다. DEM 측의 공격이 전부 무효화되었다고 생각한 순간, DEM의 공중함과 〈밴더스내치〉들의 뒤편에 〈조디악〉의 주위에 생겼던 것과 똑같은 구멍이 생기더니, 거기서 엄청난 포격이 뿜어져 나왔다.

―칠흑빛 세계에 또다시 찬란한 빛으로 된 꽃이 피었다.

세 척의 공중함과 수많은 〈밴더스내치〉들은 자신들이 날린 최대 위력의 마력포를 맞고 그대로 폭발했다.

"DEM의 포격이……?!"

"……그래. 〈미카엘〉이 지닌 또 하나의 힘이야."

레이네는 당황한 시도를 향해 차분한 어조로 말했다.

"……공간에 열쇠를 꽂아 넣고『열어서』, 그 자리에『문』을 만들어내는 능력……인 것 같아. 그리고 그『문』의 출구는 그녀가 원하는 곳에 만들 수 있는 것 같고."

"『문』을 열 수 있는 천사…… 서, 설마!"

시도는 화들짝 놀라면서 코토리를 쳐다보았다. 코토리는 「딩동댕」이라고 말하듯 손가락을 튕겼다.

"눈치가 빠르네. ―이 후, 〈조디악〉은 지구를 향해 공격을 날렸어. 아까처럼 공간에『문』을 만들어서, 근처에 있던 DEM 공중함의 잔해를 집어넣은 거야."

"『문』의 출구를…… 지구에 만든 거구나."

"그래. 기분 좋게 자다 DEM 때문에 깨서 엄청 열 받은 것 같아. 원래라면 대기권에서 타버렸을 잔해도 직접 공중에서 전송됐으니 원래 질량을 유지한 채 지상에 쾅! 떨어진 거야. ……뭐, 덕분에 충돌의 위력 자체는 꽤 줄었지만 말이야."

"그, 그래? 상당한 충격파가 발생했었는데……."

시도는 창문이 깨진 학교를 떠올리면서 눈썹을 찌푸렸다. 그러자 코토리는 어깨를 으쓱하면서 말했다.

"저 정도 질량의 운석이 지구에 떨어졌다면 피해는 상상을 초월했을 거야. 반경 몇 킬로미터는 초토화되었을 걸? 그리고— 자유롭게 『문』을 열 수 있는 그녀라면 그런 짓도 가능해. ……그리고 아까 같은 공격도 명중시키는 장소에 따라서는 심각한 피해가 발생했을 거야."

"……."

시도의 볼을 타고 땀방울이 흘러내렸다. —확실히 무시무시한 능력이다. 쓰기에 따라서는 지구 그 자체도 파괴할 수 있을지도 모른다.

하지만 두려워하고 있을 수만은 없다. 시도는 마음을 진정시키기 위해 심호흡을 한 후, 코토리의 눈을 응시했다.

"……그럼 나는 대체 뭘 하면 돼?"

정령이 나타났으니 자신에게 반하게 만들어서— 상대방이 지닌 힘을 봉인한다. 그것은 시도도 알고 있다.

하지만 그 상대방은 현재 우주공간에 있다. 손쉽게 만나러 갈 수 있는 장소가 아닌 것이다. 아니, 만나는 것 자체도 어려우리라.

"그래……. 여러모로 방법을 생각해뒀지만, 시간을 끌다 또 지상이 공격을 받으면 곤란해. 우선 가장 손쉬운 방법으로 그녀와 대화를 나눠보자."

"대화라니…… 대체 어떻게 말이야? 전화나 메일을 주고받을 수도 없잖아."

시도가 고개를 갸웃거리자, 코토리는 어이없다는 듯이 한숨을 내쉬었다.

"무슨 소리를 하는 거야. 이 영상을 어떻게 찍은 건지 잊은 거야?"

"영상⋯⋯. 아— 그래!"

시도는 그 말을 듣고 손뼉을 쳤다. 당연하다는 듯이 정령이 모니터링 되고 있어서 그다지 의식하지 않았지만— 이 영상은 〈라타토스크〉의 자율형 카메라로 촬영한 것이다.

"—물론 지상에서 사용하고 있는 것과는 조금 달라. 기능면에서 보자면 〈프락시너스〉의 〈세계수의 잎<ruby>〉<rt>위그드 폴리움</rt></ruby>에 가까워. 소형 리얼라이저를 장착했으니까 주위에 테리터리를 전개하는 것도 가능해."

"그렇구나. 테리터리 안에서라면⋯⋯."

"응. 원래는 대화가 불가능한 진공공간에서도 상대방에게 직접 목소리를 전달하는 게 가능할 거야. 그리고— 일전의 그걸 가져와."

코토리는 그렇게 말하면서 손가락을 튕겼다.

그러자 코토리의 옆에 서있던 부사령관, 칸나즈키 쿄헤이가 「예」 하고 짤막하게 답하고는 커다란 기계를 가지고 왔다. 그리고 기계의 상단부에 놓인 것을 들어 시도에게 내밀었다.

"자, 시도 군. 이걸 쓴 후, 저쪽에 서보세요."

"예? 이게 뭔데요?"

시도는 칸나즈키가 건네준 것을 쳐다보았다.

그것은 고글이 달린 헬멧 같은 장치였다. 시도는 당혹스러워하면서도 그 장치를 착용했다.

그러자 칸나즈키는 카메라 렌즈 같은 것을 시도를 향해 들고 콘솔을 조작하기 시작했다.

"—사령관님, 준비 완료됐습니다."

"좋아. 그럼 실험을 시작하지. —부탁해."

"예!"

코토리가 그렇게 말하자, 〈보호 관찰 처분〉^{딥 러브} 미노와가 대답을 하면서 콘솔을 조작했다.

시도 앞에 놓인 기계에서 키이이잉…… 하는 낮은 구동음이 흘러나왔다.

"뭐야……?"

시도가 미심쩍어하면서 그것을 쳐다보자, 다음 순간—.

시도 앞에, 시도가 나타났다.

"우왓?!"

전혀 예상하지 못한 사태가 벌어진 바람에 놀란 시도는 무심코 엉덩방아를 찧었다. 그러자 눈앞에 존재하는 또 한 명의 시도 또한 마찬가지로 엉덩방아를 찧었다.

"아야야…… 어, 이거, 혹시……."

시도가 자신과 똑같은 움직임을 취하는 또 한 명의 자신을 보면서 그렇게 말하자, 코토리는 「그래」라고 대꾸하며 고개를 끄덕였다.

"그 기계로 파악한 시도의 모습을 입체영상으로 투영하고 있는 거야. 물론 리얼라이저를 탑재한 자율형 카메라로도 영상을 표시하는 게 가능해."

"와아…… 대단하네. 진짜 같아."

시도는 그렇게 말하면서 의아한 표정으로 이쪽을 쳐다보고 있는 또 한 명의 자신을 향해 손을 뻗었다. 하지만 상대는 입체영상이기에 시도의 손가락은 눈앞에 있는 시도의 손가락을 그대로 통과했다.

"지금은 꺼둔 상태지만, 그 고글을 통해 자율형 카메라에서 보내주는 영상을 볼 수도 있어."

"그, 그렇구나. 정령과 마주하고 있는 느낌으로 이야기를 나누면 되겠네."

"그래. —그럼 바로 시작하자. 그녀가 언제 또 공격을 날릴지 모르니까 시간을 끌 수는 없어."

"으, 응. 알았어."

시도는 마음을 진정시키려는 듯이 가슴에 손을 얹은 후, 힘차게 고개를 끄덕였다.

솔직히 말해 좀 더 이 장치에 익숙해지고 싶고, 마음의 준비 또한 하고 싶다.

하지만 코토리가 방금 말한 것처럼 지금은 시간이 없었

다. 게다가 마음의 준비를 한다고 해서 정령 공략이 잘 풀릴 거라는 보장은 없는 것이다. 시도는 각오를 다지듯 주먹을 말아 쥔 후, 가늘게 숨을 토했다.

그리고 긴장한 탓에 딱딱해진 볼에 손을 대어 미소 형태를 만들어봤다. 정령에게 도전하는 시도가 휘둘러야 하는 것은 무기가 아니라 애정 어린 말이다. 그리고 가슴에 품어야 하는 것은 정령에 대한 공포가 아니라— 정령을 반드시 구하고 말겠다는 확고한 신념인 것이다.

"—준비됐어, 코토리."

"멋진 미소네."

코토리는 씨익 웃으면서 함장석에 다시 앉은 후, 입에 물고 있던 막대사탕을 손가락 사이에 끼우고 그것으로 모니터를 가리켰다.

"—그럼 지금부터 작전명 『원거리 연애』를 실시하겠다!"
<small>오퍼레이션</small> <small>롱 디스턴스 러브</small>

"""라져!"""

승무원들은 힘차게 대답한 후 작업을 시작했다.

"자율형 카메라 1호기를 타깃에게 접근시키겠습니다."

"임의영역 전개. 영상 투영 준비 개시."
<small>테리터리</small>

"그와 병행해, 타깃의 정신상태 모니터링도 개시."

"—투영 준비 완료. 시도 군, 시작할게요!"

"예!"

그렇게 대답한 순간—.

시도의 눈앞에 사령실이 아니라 우주공간이 펼쳐졌다.

"……아!"

자율형 카메라의 영상이 고글에 비춰진다는 설명을 듣긴 했지만, 시도는 무심결에 숨을 삼켰다.

눈앞에는 칠흑빛으로 가득 찬 공간이 광활하게 펼쳐져 있었다. 별들 또한 지상에서 봤을 때와는 비교도 되지 않을 만큼 눈부신 빛을 뿜고 있었다. 그리고— 눈앞에는 푸른색을 띤 거대한 행성이 존재했다. 그 웅대한 광경에 시도는 시선을 빼앗기고 말았다.

하지만 지금은 그런 걸 뚫어지게 쳐다볼 때가 아니다. 시도는 마음을 다잡으며 천천히 고개를 들었다.

그러자 기다란 금발을 지닌 소녀의 뒷모습이 눈에 들어왔다. 그 모습에서는 정령에 걸맞은 신비함과 위용이 느껴졌다.

"그럼 이제, 우주에 있는 그녀와의 원거리 연애를 시작해 보자."

코토리는 농담 같은 말을 진지한 어조로 입에 담았다. 시도는 그 말에 답하듯 고개를 끄덕인 후, 소녀의 등을 쳐다 보며 입을 열었다.

"아, 안녕."

『…….』

시도의 목소리에 반응한 소녀가 뒤를 돌아보았다. 그리고 다음 순간, 그녀가 치켜든 석장의 끝에서 시도의 머리를 향해 광선이 발사됐다.

"우왓?!"

시도는 반사적으로 몸을 비틀었지만— 한발 늦었다. 황금빛 영력으로 이뤄진 광선이 시도의 머리를 가볍게 꿰뚫더니, 그대로 칠흑빛 우주를 향해 뻗어갔다.

"으앗?!"

시도는 무심결에 그 자리에서 쓰러져 몸을 버둥거렸다. 그는 머리를 양손으로 감싸 쥔 채 발을 버둥거렸다.

"코, 코토리! 큰일 났어! 머리가! 내 머리가!"

"아직 붙어 있으니까 진정해."

"……윽! 아…….."

시도는 그 말을 듣고서야 마음을 진정시켰다. 영상이 너무 선명한 탓에 착각했지만, 공격을 받은 것은 어디까지나 시도의 모습을 투영한 입체영상이다. 머리가 아프기는 하지만, 그건 방금 그 광선에 머리를 꿰뚫렸기 때문이 아니라, 넘어지면서 뒤통수를 바닥에 찧었기 때문이다.

시도는 머리를 매만지면서 다시 몸을 일으켰다.

"그래도 느닷없이 헤드 샷을 날리다니…… 꽤나 거친 정령이네. 입체영상이 아니었으면 죽었을 거야…….."

"DEM에게 공격을 받고 화가 난 것 같네. 그런 상황에서 느닷없이 말을 걸었으니, 적으로 여겨지는 것도 무리는 아니겠지. 우선 적의가 없다는 것부터 어필하자."

"그, 그래."

시도는 마음을 진정시키기 위해 심호흡을 했다. 그에 맞춘 것처럼 정령에게 박살난 입체영상의 머리 부분이 재생되더니, 시도의 고글에 또다시 정령의 모습이 비춰졌다.

"진정해. 나는 네 적이 아냐. 너를 공격할 생각은 없어."

『……흐음?』

그녀는 갑자기 소생한 시도를 보고 변함없는 표정으로 고개를 갸웃거렸다.

그 순간, 그녀가 손가락을 움직이자 주위에 떠있던 기계 파편이 시도를 향해 고속으로 날아와 그의 가슴을 꿰뚫었다.

"커억?!"

느닷없이 공격을 받고, 시도는 몸을 부르르 떨었지만 아까처럼 쓰러지지는 않았다. 시도는 가슴을 움켜잡으면서 버티더니 말을 이었다.

"기다려. 나는—."

시도가 말을 이으려던 순간, 그녀는 석장으로 그를 힘껏 두들겨 팼다.

"크윽?! 저, 저기, 잠깐만……."

『…….』

주위에 존재하던 기계파편들이 날아와서 시도의 손발을 꿰뚫었다.

"이, 이야기……."

『………』

그녀가 날린 수많은 광선이 시도의 몸을 벌집으로 만들었다.

"우아아아아아아악!"

온몸이 엉망진창이 된 시도가 비명에 가까운 고함을 질렀다.

"엄청 호전적인 것 같지 않아?! 나, 이 몇 분 동안 다섯 번은 죽었다고!"

시도가 그렇게 말하자, 레이네는 턱에 손을 대며 입을 열었다.

"……흐음, 이렇게 공격적일 줄은 몰랐어. 입체영상으로 접촉하길 잘한 것 같아."

"앗! 잠깐만요. 정령이……!"

〈짚인형〉 시이자키가 그렇게 외쳤다. 그 말을 듣고 고개를 들어보니, 정령은 몇 번이나 재생된 시도를 흥미롭다는 듯이 쳐다보고 있었다.

멍해 보이는 표정에는 전혀 변화가 없었다. 하지만 그녀의 행동은 지금까지와 달랐다.

그녀는 처음으로 조그마한 입을 열었다.

『—불가사의하구나. 그대는 어찌하여 죽지 않는 것이냐?』

그녀의 목소리는 억양이 없고 조용했다. 하지만 그녀가 처음으로 보인 공격 이외의 반응이라는 사실에는 변함이 없었다. 그래서 시도는 고개를 끄덕이며 말했다.

"드, 드디어 입을 열었네. 너와 이야기를 하고 싶어서 입체

영상을 보내고 있는 거야. 그러니까…… 아, 아야. 아프잖아. 그만해. 이야기 도중에 지팡이로 내 배를 찔러대지 마."

시도가 옆구리를 억누르면서 고통에 찬 표정을 지었다. 그녀는 지팡이 끝으로 시도의 배를 찌르더니, 수프를 젓듯 빙글빙글 돌렸다. 사실 고통은 느껴지지 않았지만, 기분이 좋지는 않았다.

『입체영상이었던 것이냐. 흐음…… 불가사의하구나.』

"그, 그래……?"

시도가 진땀을 흘리면서 쓴웃음을 지은 후, 말을 이었다.

"그, 그것보다…… 괜찮다면 네 이름을 가르쳐주지 않을래?"

시도의 물음에 그녀는 지팡이로 시도의 배를 휘저어대는 것을 멈추고 고개를 들었다.

『무쿠의 이름말이냐. 좋다. —무쿠로. 호시미야 무쿠로니라.』

"호시미야 무쿠로…… 그게 네 이름이야?"

『그렇다.』

그녀— 무쿠로는 그렇게 말하면서 고개를 끄덕였다.

『그런데 그대는 이름이 무엇이냐? 남에게 이름을 물으면서 자기 이름은 밝히지 않다니, 무례하구나.』

"아, 미안해. 나는—."

시도가 대답을 하려고 한 순간, 눈앞에 윈도우가 표시되었다.

"우왓?! 뭐, 뭐야?"

『음? 왜 그러느냐?』

"아…… 그, 그게……."

"진정해. —선택지야."

코토리의 목소리가 앞쪽에서 들려왔다. 그리고 그에 맞춘 것처럼 윈도우에 문장이 표시되었다.

아무래도 사령실의 모니터와 시도의 고글이 연동되어 있어서, 윈도우 또한 표시가 되는 것 같았다. 시도의 시점에서 보면 현실 공간에 윈도우가 떠있는 것처럼 보였다. 왠지 기분이 묘했다.

① 「나는 이츠카 시도야. 내 친구가 되어줘.」

② 「나는 이츠카 시도야. 내 연인이 되어줘.」

③ 「나는 이츠카 시도. 네 주인님이 될 남자다. 내 노리개가 되어라. 나 없이는 살 수 없게 만들어주지.」

"전원, 선택!"

코토리가 그렇게 외치자, 주위에서 버튼을 누르는 소리가 연달아 들려왔다.

그리고 몇 초 후, 선택 결과가 원형 그래프로 표시되었다. 가장 많은 것은— ③이었다.

"흐음, ③이 가장 많네."

"예. ①과 ②도 언뜻 보기에는 괜찮아 보이지만, 이럴 때는 세게 나가보죠."

"그래요. 현재 저 정령은 정신상태의 변화가 너무 없어요.

이 기회에 그녀의 반응 패턴을 확인해보는 거예요."

"그것도 그래. 입체영상이라 목숨 걱정을 하지 않아도 된다는 점을 활용해보자. ―시도, ③이야."

"잠깐마아아아아아안!"

느긋한 어조로 나누는 대화, 그리고 그 대화를 통해 도출된 결론을 듣고 시도는 무심코 고함을 질렀다.

"시도, 왜 갑자기 고함을 지르는 거야?"

"왜긴 왜야! 왜 ③인 건데?! ①로도 충분하잖아!"

"흥분하지 마. 방금 내가 말했지? 현재 시도는 그 어떤 공격을 당해도 죽지 않아. 그러니까 세게 나가서 상대방의 반응을 보고 싶은 거야. 자, 빨리 해. 무쿠로가 기다리고 있단 말이야."

"으윽⋯⋯."

확실히, 무쿠로를 더 이상 방치해둘 수도 없다. 시도는 납득이 되지 않았지만, 결국 머뭇거리면서 입을 열었다.

"나는 이츠카 시도. ⋯⋯네 주인님이 될 남자다! 내, 내 노리개가 되어라. 나 없이는 살 수 없게 만들어주지⋯⋯!"

『흐음. 이츠카, 시도구나.』

무쿠로는 시도의 말을 듣더니 그렇게 말하면서 턱에 손을 댔다.

그 외에는 딱히 별다른 반응을 보이지 않았다.

""""무시~?!""""

시도와 코토리, 그리고 다른 승무원들의 목소리가 하모니를 이뤘다. 시도 또한 무쿠로가 이 선택지를 듣고 긍정적인 반응을 보일 거라고는 여기지 않았지만, 완전히 무시할 거라고는 꿈에도 생각하지 못했다.

"정신 상태와 호감도에 변화는 있어?!"

"야, 양쪽 다 전혀 변화가 없습니다!"

"너무 무미건조해서 불안할 지경입니다!"

"⋯⋯어떻게 된 거야? 설마 들리지 않았던 걸까? 하지만 시도의 이름은 인식한 것 같았는데⋯⋯."

코토리는 미심쩍어 하면서 말했다.

바로 그때, 무쿠로가 입을 열었다.

『물어볼게 있노라. 그대의 목적은 무엇이냐? 뭘 하러 이곳에 온 것이지?』

"뭐? 아, 그게⋯⋯."

시도가 대답을 하려고 한 순간, 무쿠로는 손에 쥔 석장으로 지구를 가리켰다.

『지금 무쿠의 눈앞에 있는 게 입체영상이라면⋯⋯ 그대의 본체는 저 별의 어딘가에 있겠지. 무쿠는 거짓을 싫어하느니라. 이제부터 그대가 무쿠에게 허황된 소리를 할 때마다 저 별에 돌을 떨어뜨리겠노라.』

"뭐⋯⋯?!"

시도는 숨을 삼켰다. 돌⋯⋯이라는 건, 아마 라이젠 고등학교의 교정에 떨어진 바로 그 운석이리라.

『알겠느냐?』

무쿠로는 빨리 답변을 해보라는 듯이 그렇게 말했다. 그러자 코토리는 한숨을 토했다.

"……진심인 것 같네. 좋아, 시도. 솔직하게 대답해주자. 이런 상대를 속이려 들다간 호되게 당할지도 몰라."

"응…… 알았어."

시도는 무쿠로와 코토리, 두 사람의 말에 대답하듯 고개를 끄덕이면서 그렇게 말했다.

"나는— 너 같은 정령을 돕는 활동을 하고 있어."

그리고 시도는 이야기를 시작했다. 자신의 목적, 〈라타토스크〉와 DEM이라는 조직, 그리고— 자신이 지닌 능력에 대해서도 말이다.

『……흠.』

무쿠로는 이야기를 끝까지 듣고 작은 목소리로 그렇게 말하더니, 변함없는 표정으로 시도를 바라보았다.

긴 머리카락 사이로 언뜻 보이는 황금색 눈이 시도를 향하자, 그는 무심코 숨을 삼켰다.

『허황된 소리는 아닌 것 같구나. 호오, 무쿠가 모르는 사이에 저 별에서는 그런 일들이 벌어지고 있었을 줄이야.』

"그래……. 그러니까 무쿠로, 내가 네 영력을 봉인할 수 있도록 지상으로 내려와 주지 않겠어?"

시도는 약간의 긴장감을 느끼면서 무쿠로에게 물었다.

그러자—.

『싫다.』

무쿠로는 한 치의 주저도 없이 그렇게 대답했다.

하지만 예상하지 못한 대답은 아니었다. 예전에도 이런 일이 일어난 적이 있었던 것이다. 시도는 미간을 약간 찌푸리면서 말을 이었다.

"큭…… 확실히, 느닷없이 나타나서 이런 소리를 하는 나를 믿는 건 무리일지도 몰라. 하지만 사실이야. 나는 너를—."

『그대를 의심하는 건 아니니라.』

"뭐……?"

시도는 뜻밖의 대답을 듣고 눈을 크게 떴다.

『그대의 말은 분명 사실일 게다. 그대의 말에서는 순수한 선의가 느껴지니까 말이야.』

"그, 그럼 왜……."

시도의 물음에 무쿠로는 변함없는 어조로 이렇게 말했다.

『그대의 생각은 이해했노라. 하지만 무쿠는 그대에게 도움을 받을 필요가 없다. 무쿠는 그저 이렇게 떠다닐 수만 있다면 충분하니라.』

"하, 하지만 그러다가 또 DEM에게 공격을 받을지도 모르잖아!"

『디. 이. 엠.』

무쿠로는 어설픈 발음으로 그렇게 말하더니, 「오호라」하고 고개를 끄덕였다.

『방금 무쿠가 해치운 고철들을 말하는 것이냐. 그런 게 얼마나 몰려오든 무쿠의 적은 못 되느니라.』

"그렇지 않아. DEM에는 아까 나타났던 것 같은 녀석들과는 비교도 안 될 만큼 강한 위저드도 있어. 이대로 있다간 무쿠로가 위험할 거란 말이야!"

시도는 필사적으로 호소했지만, 무쿠로는 표정 하나 바꾸지 않았다.

『그래봤자 마찬가지이니라. 무쿠의 천사를 이길 수 있는 자는 존재하지 않으니까 말이다. ―설령 그런 존재가 있더라도, 〈미카엘〉로 「구멍」을 만들어서 도망치면 된다. 딱히 저 별에 미련이 있는 것도 아니니, 〈미카엘〉이 가자는 대로, 은하를 방랑하는 것도 재미있을 것 같구나. 그대가 말한다, 이, 엠에는 은하 저편에 있는 무쿠를 쫓아올 수 있는 괴물이 존재하는 것이냐?』

"그건……."

시도는 그 말을 듣고 말문이 막혔다. 무쿠로가 진짜로 그런 일을 할 수 있다면, 그런 그녀를 잡는 것은 어려울 거라는 생각이 들었기 때문이다.

하지만 그렇다고 해서 물러설 수도 없다. DEM에는 엘렌이나 아르테미시아, 그리고 〈벨제붑〉을 얻은 웨스트코트가 있다. 그들이 무슨 짓을 벌일지 알 수 없다.

게다가— 시도가 무쿠로를 지상으로 부르려는 이유는 그게 전부가 아니었다. 시도는 고개를 저으면서 입을 열었다.

"하지만 지상에는 재미있는 게 잔뜩 있어. 너 이외의 정령도 있다고. 그리고 이런 곳에 혼자 있으면 외롭잖아……?"

『외로움, 이라. ……흠.』

무쿠로는 시도의 말을 듣고 고개를 갸웃거렸다.

『걱정해줘서 고맙다만, 딱히 문제는 없느니라. 무쿠는 외로움이라는 것을 느끼지 않으니까 말이야.』

"억지로 괜찮은 척 할 필요 없어. 너도 남들과 같이 지내는 편이—."

『그런 게 아니니라. 정확하게 말하자면, 무쿠는 고독뿐만 아니라, 고통도, 비애도, 분노도, 혹은 흥분도, 환희도, 향락도— 사랑도, 느끼지 않는다. 마음을 「잠갔으니까」 말이다.』

"뭐……?"

무쿠로의 말에 시도는 미간을 찌푸렸다.

"자, 잠갔다고?"

『그러하니라. 무쿠의 〈미카엘〉로 말이다.』

무쿠로는 그렇게 말하면서 열쇠처럼 생긴 석장을 내밀었다.

〈미카엘〉. 그 천사가 지닌 힘 중 하나는— 상대방을 『잠가서』 그 힘을 봉인하는 것이다.

시도는 그 힘을 본 적이 있었다. 무쿠로가 『잠가버린』 〈밴더스내치〉는 기능이 정지되어 꼼짝도 할 수 없는 고철덩어리가 되어버렸다.

만약 그 천사의 힘이 눈에 보이지 않는 것에도 미친다면…….

—무쿠로가 말한 것처럼 감정을 자아내는 마음의 기능을 『잠그는』 것조차 가능할지도 모른다.

"어, 어째서…… 그런 짓을 한 거야? 쓸쓸함과 슬픔만이 아니라, 즐거움까지……!"

『글쎄……. 어째서일까? 필요가 없어서…… 아니, 그렇지 않구나. 그것을 지니고 있으면 불행해진다고 과거의 무쿠가 생각했기 때문이 아닐까? 지금은 모르겠지만 말이다.』

"하지만 무쿠로는 이렇게 나와 이야기를…….."

『대화를 나누는 기능은 남겨뒀느니라. 아무 말도 못하는 시체가 되기를 원한 것은 아니니까 말이야. 무쿠는 어디까지나 자신의 몸에 아무 일도 일어나지 않기를 바랄 뿐이니라. 그렇기 때문에 그 누구의 손도 닿지 않는 이곳에 있는 게지. 그리고 미칠 듯한 분노, 애절한 사랑……처럼 이 상황을 무너뜨릴 수도 있는 감정을 봉인했을 뿐이다. —별에 돌을 떨어뜨린다는 행위 또한 증오에서 비롯된 것은 아니지. 그저 이 영역을 침범한 자에게 경고를 했을 뿐이니라.』

무쿠로는 변함없는 표정으로 그렇게 말했다.

마치 속세를 떠난 사람— 아니, 신선 같은 그 무미건조한 표정을 본 시도는 주먹을 말아 쥐었다.

"그런 건…… 너무 슬프잖아. 부탁이야. 지구에 와줘. 나는 네가 행복해지기를 바란단 말이야……!"

『…….』

시도가 그렇게 외치자, 무쿠로는 잠시 동안 아무 말 없이 시도의 얼굴을 쳐다보았다.

그리고 천천히 입을 열었다.

『─시도여. 그대는 착각을 하고 있는 것 같구나.』

"착……각?"

『그렇다. ─무쿠의 행복을, 그대가 멋대로 정하지 말거라.』

"……윽!"

시도는 무심코 숨을 삼켰다.

하지만 무쿠로는 언성을 높이지도, 격한 감정을 드러내지도 않은 채, 그저 조용히 말을 이었다.

『분명 그대에게 구원받은 정령도 있을 것이니라. 무쿠는 그것을 부정할 생각이 없다. 하지만 무쿠는 무쿠이니라. 왜 이 상황에 만족하고 있는 무쿠에게 쓸데없이 손을 내밀려고 하는 게지?』

"뭐……?"

시도는 뜻밖의 말을 듣고 눈을 크게 떴다.

하지만 무쿠로는 개의치 않으면서 「게다가」 하고 이어서 말했다.

『가만히 듣고 있으려니 무쿠를 구하겠다지를 않나, 행복해지기를 바란다지를 않나…… 참견이 너무 심하구나. 그대의 생각을 무쿠에게 강요하고 있는 것 아니냐? 그대가 성취감을 느끼기 위해, 무쿠를 이용하지 말거라.』

"그, 그렇지……."

시도는 떨리는 목소리로 무쿠로의 말을 부정하려 했다.

하지만…… 시도는 말을 할 수가 없었다.

그러자 무쿠로는 뭔가를 눈치챈 것처럼 시도의 얼굴을 들여다봤다.

『그 이전에…… 그건 그대의 의지인 것이냐? **왜 그렇게까지 하면서 정령의 힘을 결집하려 하는 것이지?** 잘은 모르겠지만…… **냄새**가 나는구나. 대체 그대는…… 아니, 그대의 뒤편에 있는 자는, 무슨 꿍꿍이인 것이냐?』

"그게…… 무슨─."

뒤편에 있는 자. 시도는 그 말을 듣고 미간을 찌푸렸다.

그 말은 시도를 지원하고 있는 〈라타토스크〉를 가리키는 것일까. 아니면─.

시도가 그런 생각을 하고 있을 때, 무쿠로가 「게다가」 하고 다시 이어 말했다.

『디, 이, 엠이라는 자들도 저 별이 있는 게지? 가령 무쿠의 힘을 봉인했다 치더라도, 무쿠는 정말 이곳에 있을 때보다 더 안전하게 지낼 수 있는 것이냐? 지금까지 그대가 구원한 정령들은 그 후에 단 한 번도 적에게 공격을 받지 않은 것이냐?』

"……윽! 그, 건……."

무쿠로의 말을 들은 순간, 시도의 목소리는 잦아들었다.

지금까지 DEM과 벌였던 싸움이 그의 머릿속을 스치고 지나갔다.

……아아, 그렇다. 확실히 시도는 정령들의 능력을 봉인해 왔다.

그것이 정령들을 위한 일이라고 믿었으며, 실제로 정령들 또한 기뻐해줬다.

하지만— 그 탓에 그녀들이 위기에 처하게 될 때도 적지 않게 존재했다.

시도의 그런 갈등을 꿰뚫어본 것처럼, 무쿠로는 차분한 목소리로 말했다.

『딱 잘라 말하겠노라. 시도, 그대의 위선에 휘둘리고 싶지 않구나. 두 번 다시 무쿠의 앞에 나타나지 말거라.』

"……윽!"

—철퇴로 머리를 두들겨 맞은 듯한 충격이 느껴졌다.

아니…… 진짜로 맞았다면 얼마나 좋았을까.

무쿠로의 말은 진동보다도 빠르게, 그리고 독처럼 그의 온

몸으로 퍼져나갔다.

"……시도, 고개를 들어. 네가 지금까지 해온 일들은 결코 잘못되지 않았어."

코토리의— 시도가 처음으로 힘을 봉인했던 정령의 목소리가 들려왔다.

하지만 시도는 그 말에 대답할 수 없었다.

머리로는 코토리가 한 말을 이해했다. 하지만—.

『—대화는 이것으로 끝이니라.』

시도의 생각을 중단시키듯 무쿠로의 목소리가 들려왔다.

『무쿠가 원하는 건 평온이니라. 지금 이 상황이 계속되는 걸 바라느니라. 만약, 또 겁도 없이 누군가가 무쿠의 앞에 나타난다면— 그래.』

무쿠로는 그렇게 말하면서 들고 있던 석장으로 지구를 가리켰다.

그리고 억양이 느껴지지 않는 목소리로 말했다.

『〈미카엘〉로, 이 별의 순환을 멈추겠노라.』

—그, 치명적이기 그지없는 말을…….

"뭐……?!"

"마, 말도 안 돼……!"

코토리와 승무원들의 당황한 목소리가 시도의 고막을 뒤흔들었다.

『디, 이, 엠이라는 녀석들에게도 전하거라. —그럼 잘 가거

라, 시도. 이제 그대와 다시 만나는 일은 없겠지.』

　무쿠로는 석장 끝으로 시도의 영상을 투영하고 있는 자율형 카메라를 찔렀다.

　"—【세그바】."

　무쿠로가 그 말을 읊조리면서 열쇠를 돌린 순간—.

　치지직 하는 노이즈가 들리며— 시도의 시야가 완전히 차단되었다.

제3장 새로운 날개

"윽! 영상을 다시 띄워!"

코토리의 목소리가 사령실에 울려 퍼졌다. 하지만 방금까지 메인 모니터와 시도의 고글에 표시되어 있던 무쿠로의 모습은 완전히 노이즈에 뒤덮이고 말았다.

"무리입니다! 자율형 카메라가 전혀 반응하지를 않아요!"

"큭…… 〈미카엘〉로『잠근』거야?"

영상과 음성이 끊기기 직전에 들렸던 무쿠로의 말을 떠올리며 코토리는 작게 혀를 찼다.

"……."

시도는 그런 코토리의 말을 들으면서 머리에 쓰고 있던 헤드셋을 벗었다.

"나, 는……."

시도는 주먹을 말아 쥐면서 쥐어짜낸 듯한 목소리로 중얼거렸다.

—무쿠로가 한 말에 대꾸를 할 수 없었다.

정령을 구한다. 물론 그것은 〈라타토스크〉의 요청으로 시작했다.

하지만, 그녀들과 접하게 된 시도 또한 그녀들을 구하고 싶다고 진심으로 생각하게 되었다.

하지만…… 어쩌면…….

시도가 간섭한 바람에 잃어버리고 만 그녀들의 미래 또한 존재하지 않을까. —그런 생각이 시도의 머릿속을 스치고 지나갔던 것이다.

바로 그때, 시도의 머리 위로 손날이 꽂혔다.

"아얏?!"

시도는 비명을 지르면서 뒤쪽을 쳐다보았다.

그곳에는 코토리가 고개를 절레절레 저으면서 서있었다.

"코, 코토리, 뭘 하는 거야?"

"겨우 말싸움으로 졌다고 고민에 잠기지 좀 말라구."

코토리는 코웃음을 치더니 다시 의자에 앉았다. ……아무래도 시도를 때리기 위해 일부러 자리에서 일어났던 것 같았다.

"물론 그녀의 말도 이해가 되지 않는 건 아냐. 하지만 그렇다고 해서 순순히 그 말에 따를 수는 없어. —분명 정령은 우리가 구원해야만 하는 존재야. 하지만 잊지 마. 정령은 거대한 『재해』이기도 해. 이렇게 위험한 힘을 지닌 존재가 지구 주위를 떠다니도록 방치해둘 수는 없어."

확실히 그 말이 옳다. 하지만 시도는 미간을 찌푸렸다.

"하지만 우리가 간섭하지 않으면 아무 짓도 하지 않는다잖아. ……그리고 우리가 또 간섭을 하면 공격을 하겠다고 했다고."

시도가 그렇게 말하자, 코토리는 입에 물고 있던 막대사탕의 막대 부분을 쫑긋 세우면서 반박했다.

"설령 그게 진담이더라도 이대로 둘 수는 없어. 무쿠로는 아까 「DEM에게도 전하라」고 말했어. ……그녀에게 있어 인간은 거기서 거기인 존재야. 만약 우리가 그녀에게 아무 짓도 안 한다고 쳐. 하지만 DEM은 어떻게 할 것 같아?"

"윽……."

시도는 인상을 찡그렸다. —시도가 그 정령은 위험하니 접촉하지 말라고 말해봤자, 그들이라면 들은 척도 하지 않을 것이다. 아니, 〈라타토스크〉가 개입하지 않는 걸 반기며 무쿠로를 공격할 것이 뻔하다.

시도가 무슨 생각을 하고 있는지 눈치챈 코토리가 막대사탕의 막대 부분으로 시도를 가리키며 입을 열었다.

"—무쿠로의 존재를 안 이상, DEM은 분명 또 자객을 보낼 거야. 자객이 무쿠로를 쓰러뜨린다면 그녀의 세피라는 웨스트코트의 것이 되겠지. —그리고 반대로 쓰러뜨리지 못한

다면, 무쿠로의 보복에 의해 지구의 기능이 『잠기고』 말거야. ……그게 구체적으로 어떤 사태를 일으키는 건지는 모르겠지만, 인류가 체험해본 적 없는 규모의 재해인 건 틀림없겠지.”

“……그, 그렇다면…….”

“결국 우리에게 주어진 선택지는 하나야. —DEM이 무쿠로를 또 공격하기 전에, 무쿠로를 봉인한다. 그것뿐이야.”

“…….”

코토리가 그렇게 말하면서 시도를 쳐다보자, 그는 머리카락이 헝클어질 정도로 거세게 감싸 쥐었다.

그리고 가는 숨을 내쉰 후, 입을 열었다.

“……응. 그래. 네 말이 맞아. 미안. 약간 얼이 나갔던 것 같아.”

“괜찮아. 시도의 마음이 이해가 되지 않는 것도 아냐.”

코토리는 그렇게 말하면서 시도에게서 눈을 뗐다.

왜일까. 직접 들은 것은 아니지만, 시도는 알 수 있었다. —코토리 또한 시도와 비슷한 갈등을 안고 있다는 것을 말이다.

코토리가 방금 언급한 이유는 분명 옳다. DEM이 존재하는 한, 무쿠로를 내버려둘 수는 없었다.

하지만 그 이유로는— 무쿠로가 한 말을 반박할 수 없었다.

만약, DEM인더스트리라는 회사가 존재하지 않았다

면…….

만약, 무쿠로에게 위험이 닥칠 가능성이 낮다면…….

과연 코토리는 어떤 결론을 내놓았을까.

시도가 어떤 생각을 하고 있는지 눈치챈 듯한 코토리는 그를 쳐다보지 않은 채로 말했다.

"……기억해둬. 너에게 구원받은 정령이 적어도 이 자리에 한 명 존재한다는 걸 말이야."

그 말을 듣고…….

"…………그래. 고마워, 코토리."

시도는 갈등을 삼키듯 그렇게 대답했다.

그렇다. 지금은— 멈춰 설 때가 아니다.

시도 일행이 나서지 않는다면, 세계는 엄청난 피해를 입을지도 모르는 것이다.

"그래. 해볼 수밖에…… 없어."

"응. ……맞아."

바로 그때, 레이네가 난처한 듯한 목소리로 흐음 하고 신음을 흘렸다.

"……그 결의는 좋아. 하지만 쉽지는 않을 것 같네."

"레이네……?"

코토리는 그 말에 레이네를 쳐다보았다.

"그게 무슨 소리야?"

"……이걸 봐."

레이네는 그렇게 말하면서 모니터에 그래프 같은 것을 띄웠다. 아무래도 그것은 무쿠로의 호감도와 정신상태의 추이 등을 표시한 그래프 같지만— 시도는 그 사실을 바로 알아채지 못했다.

이유는 단순했다. 수치에 전혀 변화가 없었기에, 그저 평행한 선만 그어져 있었던 것이다.

"……신이 무쿠로와 대화를 나누는 동안 계속 모니터링을 하고 있었어. 그런데 감정치 및 호감도에 전혀 변화가 없었지. —『마음을 잠갔다』는 말은 농담이나 관용적 표현이 아닌 것 같아."

"뭐……."

코토리는 눈을 크게 떴다.

하지만 그러는 것도 무리는 아니었다.

정령의 힘을 봉인하기 위해서는 시도가 그 정령과 키스를 해야만 하지만— 대상자인 정령이 시도에게 마음을 열지 않았다면 영력을 봉인할 수가 없는 것이다.

시도와 그렇게 대화를 나눴으면서도, 시도에 대한 무쿠로의 호감도는 여전히 제로였다. 시도를 싫어하는 정령은 있었지만, 직접 대화를 나누고도 마음이 전혀 흔들리지 않은 정령은 처음이었다.

이대로는 무쿠로의 영력을 봉인할 수 없다.

"……무쿠로가 지닌 열쇠의 천사 〈미카엘〉. 그 힘은 너도 아까 봤지? 잠가버린 상대의 힘을 봉인할 수 있어. 그것을 자신의 마음에 사용했다면— 그 어떤 말을 들더라도 그녀의 마음에는 잔물결조차 생기지 않을 거야."

"맙소사…… 그럼 대체 어떻게 해야—."

바로 그때였다.

시도가 당혹스러운 표정을 지으며 말을 이으려고 한 순간, 사령실의 문 쪽에서 우직우직 하는 소리가 들려왔다.

"……어? 이게 무슨 소리—."

코토리가 미심쩍은 표정으로 문 쪽을 쳐다보았다. 그리고 다음 순간, 문이 활짝 열리더니 다른 방에서 대기하고 있는 줄 알았던 정령들이 사령실로 쏟아져 들어왔다.

"으윽!"

"꺄아……."

"압박. 무거워요, 카구야. 다이어트 좀 하지 그래요?"

"나 혼자서 너를 깔아뭉개고 있는 게 아니거든?!"

아무래도 다 같이 문 앞에서 귀를 쫑긋 세우고 있었던 것 같았다. 겹겹이 포개진 채 쓰러져 있던 그녀들은 비틀거리면서 몸을 일으켰다. 그 모습을 본 시도는 무심코 입을 열었다.

"윽! 너, 너희들…… 거기서 뭘 하고 있었던 거야?!"

"으음…… 미안하다. 이야기를 훔쳐들으려는 건 아니었다만……."

토카는 미안해하듯 어깨를 움츠렸다. 바로 그때, 미쿠가 토카의 어깨를 감싸 안았다.

"토카 양은 아무 잘못 없어요~! 그리고 이런 상황에서 달링을 걱정하지 말라는 게 무리라고요!"

미쿠가 그렇게 말하자, 정령들은 동의하듯 고개를 끄덕였다. 그 모습을 본 코토리는 땅이 꺼져라 한숨을 내쉬었다.

"너희는 정말……."

코토리는 난처한 표정을 지으면서 머리를 긁적였다. 그러자 오리가미는 코토리를 똑바로 쳐다보면서 입을 열었다.

"중간부터지만, 대략적인 이야기는 들었어. ―분명 우리가 할 수 있는 일이 있을 거야."

"그건……."

코토리는 으음 하고 말끝을 흐렸다. 아마 그녀는 정령들을 위험에 처하게 하고 싶지 않으리라. 하지만 그녀들이 지닌 힘이 얼마나 유용한지 알기에 반론을 하지 못하는 것이다.

정령들은 그런 코토리의 마음을 읽은 것처럼 차례차례 입을 열었다.

"이대로 있으면 지구가 위험해지는 거지? 그럼 머뭇거리고 있을 때가 아니잖아? 나도 좋아하는 만화의 뒷내용을 못 보게 되는 건 사양하고 싶거든."

"무쿠로 씨도 이 세상이 좋은 곳이라는 사실을 알면, 부수지 않을 거예요……! 부탁이에요! 저희도 돕고 싶어요……!"

"다들……."

코토리는 정령들의 열의에 압도당한 것처럼 몸을 뒤로 젖히면서 레이네를 힐끔 쳐다보았다.

"……."

그러자 레이네는 어쩔 수 없다는 듯이 고개를 살짝 끄덕였다.

코토리는 체념한 것처럼 한숨을 내쉬었다.

"……하아. 알았어. 너희도 여기 있어."

코토리가 그렇게 말하자, 정령들의 표정이 환해졌다.

그런 그녀들에게 충고를 하듯 코토리는 힘찬 어조로 말했다.

"하지만 이번 정령은 무턱대고 밀어붙여서 어떻게 할 수 있는 상대가 아냐. 호감도를 올려야 영력을 봉인할 수 있지만, 그것 자체가 불가능한 것 같거든."

"질문. 무쿠로의 잠긴 마음을 열 방법이 존재할까요?"

유즈루가 레이네를 바라보면서 물었다. 그러자 다른 이들의 시선도 레이네를 향했다.

"……단언은 할 수 없지만, 방법이 없는 건 아냐."

"아! 방법이 있는 것이냐?!"

토카가 눈을 동그랗게 뜨면서 되물었다. 다른 정령들도 레이네의 말에 귀를 기울였다.

레이네는 「……기대하게 해서 미안하지만」 하고 운을 뗀 후, 말을 이었다.

"……천사를 통해 잠긴 마음은, 천사를 통해 다시 열 수밖에 없어. 즉, 무쿠로에게 열쇠의 천사 〈미카엘〉을 쓰게 하는 거야."

"그건……."

시도는 마른 침을 삼키며 신음을 흘렸다.

레이네의 말이 옳기는 했다. 천사란 『형태를 지닌 기적』이다. 그것에 의해 발생한 현상을 뒤집어엎기 위해서는, 천사의 힘을 이용할 수밖에 없다.

하지만 바로 그 〈미카엘〉은 무쿠로 본인이 쥐고 있다. 그리고— 잠겨있는 무쿠로의 마음에는 그 어떤 말도 닿지 않고 있다.

예를 들자면, 열쇠를 안에 넣어둔 채 보물 상자를 잠가버린 것이나 다름없었다.

바로 그때, 카구야가 잘난 척을 하듯 가슴을 펼쳤다.

"흥. 천사라면 이쪽에도 얼마든지 있지 않느냐. 이 몸께서 억지로라도 비틀어 열어주겠노라."

카구야는 그렇게 말하면서 찔러 넣은 창을 비트는 듯한 동작을 취했다. 하지만 유즈루는 난처한 표정을 지었다.

"의문. 설령 그게 가능하더라도 무쿠로는 현재 우주에 있어요. 대체 어떻게 거기까지 갈 거죠?"

"윽, 그건……."

"……그건 그래."

카구야가 말끝을 흐리자, 시도는 이마를 짚고 그렇게 말했다.

유즈루의 말대로, 그 점도 문제였다. 시도 또한 영상을 통해서 무쿠로와 대화를 나눴다. 이런 상황에서 그녀의 마음을 열 방법에 대해 이야기하는 것 자체가 의미가 없었다. 우선 그녀에게 다가갈 수단을 찾아내야 할 것이다.

하지만, 바로 그때—.

"우주…… 우주, 라."

코토리는 입에 물고 있던 막대사탕의 막대 부분을 위아래로 까딱거리더니, 씨익 웃었다.

"—굿 타이밍이네. 잘하면 어떻게 될지도 몰라."

"뭐……?"

코토리가 자신만만한 목소리로 그렇게 말하자, 시도는 고개를 갸웃거렸다.

◇

"—전멸?"

DEM인더스트리 일본지사의 통신실. 몇 시간 전, 위성 궤도상으로 향한 공중함의 말로를 보고받은 엘렌은 가라앉은 목소리로 그렇게 말했다.

어둑어둑한 공간 안에 존재하는 여러 모니터의 불빛이 주위를 희미하게 비추고 있었다. 그중 한 모니터 앞에 앉은 엘렌은 검은 화면을 노려보며 음성에 귀를 기울이고 있었다.

『예⋯⋯. 공중함 세 척, 〈밴더스내치〉 90기가 전부⋯⋯ 그리고 정령에게는 상처 하나 입히지 못했습니다. 게다가 보복이라는 듯이 지상을 공격하기까지 했습니다⋯⋯.』

통신기를 통해 부하의 떨리는 목소리가 들려왔다.

그리고 그 말에 답하듯—.

"—멋지군."

뒤편에서 웨스트코트의 목소리가 들렸다.

"선발대가 정령을 쓰러뜨릴 거라고는 생각하지 않았지만, 이렇게 엄청난 힘을 지닌 정령일 줄이야. 후후⋯⋯ 정말 멋진걸."

웨스트코트는 즐거운 목소리로 말했다. 엘렌은 그를 힐끔 쳐다본 후, 생각에 잠겼다.

확실히 위성 궤도상으로 향한 선발대에는 주력이라 할 수 있는 아뎁투스 넘버를 투입하지 않았다. 선발대의 임무는 정령을 쓰러뜨리는 것이 아니라, 우주에서 느긋하게 잠이나 자고 있는 정령의 힘을 조사하는 것, 그리고 위협을 가해 지상으로 도망치게 하는 것이었다.

하지만— 그 작전은 실패로 끝나고 말았다. 아니, 그뿐만 아니라 파괴된 DEM 공중함의 잔해가 운석처럼 지구에 떨어졌다.

엘렌은 불쾌하다는 듯이 코웃음을 쳤다. 이럴 줄 알았으면 처음부터 엘렌이 나서는 편이 나았을지도 모른다.

"—정령은 아직 해당 지점에 잔류하고 있나요?"

『아, 예. 타깃은 아직 위성 궤도상에 머물고 있으며…… 아마 지구를 공격할 준비를 하고 있는 것으로 보입니다.』

"흠……."

엘렌은 낮은 신음을 흘린 후, 웨스트코트를 향해 고개를 돌렸다.

"—아이크."

그 말을 통해 엘렌의 의도를 눈치챈 웨스트코트가 고개를 끄덕였다.

"음. DEM의 시설에 또 구멍이 나면 곤란하겠지. 너와 아르테미시아가 대응하도록. —낭보를 기대하지."

"예. 기대에 부응하겠습니다."

엘렌은 그렇게 말하고 경례를 한 다음, 통신실을 나섰다.

—엘렌이 통신실을 나선 후…….

"……저기, 웨스트코트 MD."

통신실에 있던 위저드 중 한 명이 머뭇거리면서 웨스트코트에게 말을 걸었다.

"음? 무슨 일이지?"

"메이저스 집행부장님을 우주로 보내도 괜찮으시겠습니까?"

"흠, 내 판단이 잘못되었다는 건가?"

웨스트코트가 고개를 갸웃거리면서 묻자, 위저드는 새파랗게 질린 얼굴을 세차게 저었다.

"겨, 결코 그런 뜻으로 한 말이 아닙니다! 그저…… 메이저스 집행부장님이 또 다른 작전에 대해 아셨다면 분명 그쪽을 희망하셨을 것 같은지라……."

위저드는 기어들어가는 목소리로 그렇게 말했다. 그러자 웨스트코트는 후우 하고 한숨을 내쉬면서 어깨를 으쓱했다.

"아— 그것 말이군. 하지만 이러는 편이 나아."

웨스트코트가 오른손을 들자, 칠흑빛 책 〈벨제붑〉이 모습을 드러냈다.

그리고 거기에 적힌 글자— 새로운 정령의 위치와 병행해서 알아본 어떤 정보를 바라보았다.

"엘렌을 데려가고 싶은 마음은 굴뚝같지만, 오래간만에 그와 재회한 자리가 피비린내로 진동하는 건 피하고 싶거든."

웨스트코트는 옅은 미소를 지으면서 그렇게 말했다.

◇

—낮은 구동음과 간헐적인 진동이 시도의 고막과 몸을 뒤

흔들었다.

현재 시도가 있는 곳은 텐구 시 지하에 존재하는 임시 사령실이 아니라, 거대한 수송 헬기 안이었다. 헬기 안에는 사령실에 있었던 정령들과 〈프락시너스〉의 승무원들 전원이 타고 있었다.

"……저기, 코토리. 우리는 지금 어디로 향하고 있는 거야?"

시도는 옆자리에 앉은 총책임자에게 말을 걸었다. 거의 반 강제로 이 헬기에 타고 몇 시간이나 흘렀지만, 시도 일행은 여전히 설명을 듣지 못했던 것이다. 솔직히 말해 불안하지 않다면 그건 거짓말이리라.

……뭐, 토카나 카구야는 생전 처음 타보는 대형 헬기에 즐거워하는 것 같지만 말이다.

코토리는 그런 시도의 우려를 알고 있는 것 같지만, 작게 한숨을 내쉬면서 막대사탕의 막대 부분만 위아래로 까딱거렸다.

"미안하지만 목적지가 어디인지는 가르쳐줄 수 없어. 너희를 의심하는 건 아니지만, 지금 우리가 향하고 있는 장소는 그야 말로 〈라타토스크〉가 지닌 기술의 중추라고 할 수 있거든."

"……거기에 가면 무쿠로가 있는 장소에 갈 수단을 손에 넣을 수 있는 거지?"

"응. 슬슬 도착할 때가 다 되었는데—."

코토리가 그렇게 말한 순간, 기내 스피커에서 음성이 흘러나왔다.

『―사령관님. 목적지에 도착했습니다. 준비해주십시오.』

"어라, 내 체내시계도 아직 쓸 만하네."

코토리는 농담하듯 그렇게 말하며 부하들에게 지시를 내렸다.

그리고 몇 분 후, 두웅…… 하면서 가벼운 충격이 느껴지더니 헬기에서 느껴지던 진동과 구동음이 사라졌다. 그 뒤를 이어 덜컹 하는 소리가 울려 퍼지고, 기체 뒤편의 해치가 열렸다.

"수고하셨습니다. ―이쪽으로 오시죠."

작업원으로 보이는 남자가 헬기에 탄 이들을 밖으로 안내했다. 시도 일행은 서로를 쳐다본 다음, 앞장선 코토리의 뒤를 따르며 헬기에서 내렸다.

"여기는……."

시도는 주위를 둘러보면서 눈썹을 살짝 찌푸렸다. 헬기 주위에 펼쳐진 경치는 시도가 예상했던 것과 너무 달랐다.

시도 또한 어디로 향하고 있는지 모르기에, 목적지에 대한 명확한 이미지를 가지고 있었던 것은 아니다. 하지만 막연하게나마 어딘가의 헬기 착륙장일 거라고 예상하고 있었다.

하지만 현재 시도의 주위에 존재하는 것은 높은 벽으로 사방이 둘러싸인 넓은 공간이었다. 머리 위를 올려다보니 하늘조차 보이지 않았다. 벽 쪽에는 기체 정비에 쓰일 법한 각종 기자재가 놓여 있으며, 작업복 차림의 사람들이 각자 맡은 일에 힘을 쏟고 있었다.

"격납고……?"

"뭐, 맞아. —자, 이쪽이야. 따라와."

코토리는 그렇게 말하고는 구두 소리를 내면서 걸음을 옮겼다. 그런 그녀를 〈프락시너스〉 승무원들이 뒤따르고 있었다. ……시도는 옛날에 본 드라마에서 나왔던 병원 원장의 회진(回診) 장면을 떠올렸다.

"시도, 우리도 가자."

"응…… 그래."

토카의 말에 시도는 코토리의 뒤를 따르기 시작했다. 그는 정령들과 함께 주위를 두리번거리면서 격납고 안을 나아갔다.

격납고를 벗어난 그들은 기나긴 복도를 걸었다. 그리고 보안이 엄중해 보이는 문을 여러 개 통과한 후, 또다른 격납고 입구로 보이는 커다란 문 앞에 도착했다.

"여기야."

코토리는 다른 이들을 둘러보면서 그렇게 말한 다음, 문 옆에 설치되어 있는 장치에 자신의 손바닥을 댔다.

낮은 전자음이 들린 후, 그 거대한 문이 좌우로 열리더니 — 그 안에 존재하는 물체가 시도 일행의 눈에 들어왔다.

"……아! 이건……!"

시도는 그것을 보고 눈을 크게 떴다.

시도의 뒤편에 있던 정령들도 마찬가지로 경악에 찬 목소리를 냈다.

"오오……!"

"크큭, 오호라. 이거라면 그 어디에든 갈 수 있겠구나."

"호오~, 대단해. 이게 뭐야? 저기, 여동생 양. 자료용으로 사진 몇 장만 찍어도 돼?"

"당연히 안 되지. 최고기밀이란 말이야."

니아가 흥분한 목소리로 요청하자, 코토리는 도끼눈을 뜨고 단박에 잘라냈다.

하지만 그녀들이 그런 반응을 보이는 것도 무리는 아니었다. 시도 또한 『이것』을 처음 봤다면 비슷한 행동을 취했을 지도 모른다.

시도는 마른 침을 삼키면서 눈앞에 있는 것을 올려다보았다.

문 너머에 존재하는 것은 예상대로 광대한 격납고지만—그 안에 격납되어 있는 것은 방금 탔던 수송 헬기가 아니라 거대하기 그지없는 한 척의 『배』였다.

배. 그 표현에 여러 모순이 포함되어 있다는 사실은 시도뿐만이 아니라 다른 이들도 눈치챘을 것이다.

흰색과 남색으로 구성된 예리한 느낌의 선체. 그 한가운데에 존재하는 포문. 그리고 마치 나뭇가지를 연상케 하는 기체 뒷부분과, 그곳에 달려 있는 금속제 『잎』.

흔히 『전함』이라 불리는 배와는 근본적인 설계이념이 다른 배였다.

　하지만 그것도 당연했다. 이 배가 향하는 곳은 거친 파도가 넘실대는 망망대해가 아니라— 모든 것을 내려다볼 수 있는 하늘이니까 말이다.

　"〈프락시너스〉……!"

　시도는 희미하게 떨리는 목소리로 그 배의 이름을 입에 담았다.

　그렇다. 이것은 〈라타토스크〉가 자랑하는 공중함 〈프락시너스〉다.

　두 달 전, 반전한 오리가미와의 전투 때 파손되었던 이후로 수리 중이던 배가 완벽한 형태로 이곳에 존재했던 것이다.

　아니— 시도는 머릿속으로 자신의 생각을 부정했다.

　눈앞에 존재하는 것은 〈프락시너스〉가 틀림없다. 하지만 시도의 기억 속에 존재하는 〈프락시너스〉와는 형태가 조금 다른 것 같았다.

　"형태가…… 조금, 다르잖아?"

　시도가 독백을 하듯 그렇게 말하자, 앞쪽에 있던 코토리가 흐흥 하고 코웃음을 쳤다.

　"용케도 눈치챘네. —맞아. 이건 예전의 〈프락시너스〉와는 달라. 〈라타토스크〉가 자랑하는 최신예 현현장치를 탑재했으며, 각종 성능을 끌어올린 개량형— 이름하여 〈프락시너

코토리가 힘찬 목소리로 그렇게 외친 순간, 그녀의 뒤편에 서있던 칸나즈키가 두 손 두 발을 펼쳐 알파벳 『X』 같은 포즈를 취했다. 그리고 다른 승무원들은 그 옆에서 좌우 대칭되는 포즈를 취했다. 마지막으로 레이네는 호주머니에 넣어뒀던 작게 자른 색종이를 흩뿌렸다.

"에, 엑스 케르시오르……?"

"응. 〈프락시너스〉가 파손된 직접적인 원인은 오리가미와의 전투지만─『이전 세계』에서 엘렌 메이저스의 〈게티아〉에게 호되게 당한 것도 사실이잖아. 그러니 원래대로 수리하기만 해선 안 된다고 생각했어. 뭐, 덕분에 꽤 시간이 걸렸지."

코토리는 자조 섞인 목소리로 그렇게 말하면서 어깨를 으쓱했다.

시도는 예전에 시간의 정령, 쿠루미의 도움으로 과거의 세계에 가서─ 역사를 바꿨다. 그리고 역사가 바뀌기 전의 세계에서, 〈프락시너스〉는 DEM의 공중함에게 패배했다고 한다.

"그래……. 이걸 이용하면 무쿠로가 있는 장소에……."

"응. 단숨에 갈 수 있어."

코토리는 종이비행기를 던지는 듯한 제스처를 취하면서 그렇게 말했다.

"아직 세팅이 끝나지 않아서 출발하려면 시간이 좀 더 걸리겠지만, 함교에는 들어갈 수 있을 거야. ─만나게 해주고 싶은 애가 있으니까 따라와."

코토리가 시도에게 따라오라는 듯이 손가락을 까딱거리자, 시도는 영문을 모르겠다는 듯이 고개를 갸웃거렸다.

"만나게 해주고 싶은 애?"

"응. 뭐, 어떻게 보면 항상 만나고 있지만 이런 형태로 만나는 건 처음일걸?"

"……뭐? 그게 무슨 소리야?"

"따라와 보면 알 거야. 자, 가자."

코토리는 그렇게 말하더니 〈프락시너스〉 함체의 아래쪽을 향해 걸어갔다.

"음? 시도의 지인이 이 배에 있는 것이냐?"

"글쎄…… 나도 모르겠어."

시도는 당혹스러운 표정을 지은 채, 다른 이들과 함께 코토리의 뒤를 쫓았다.

다들 함체의 아래쪽으로 이동한 것을 확인한 후, 코토리는 고개를 들고 입을 열었다.

"—좋아. 부탁해."

그 말에 호응하듯 옅은 빛이 시도 일행의 몸을 감쌌고, 그들은 몸이 둥실 떠오르는 듯한 느낌을 받았다.

다음 순간, 시도의 눈앞에 펼쳐진 경치가 격납고 내부에서 함교로 변모했다.

"우왓."

리얼라이저를 이용한 〈프락시너스〉의 전송장치다. 시도도 몇 번이나 이 감각을 경험했지만…… 역시 오래간만에 느껴서 그런지 깜짝 놀라고 말았다.

시도가 가슴을 진정시키려는 것처럼 숨을 내쉬면서 주위를 둘러보자— 상하 2단으로 된 함교가 눈에 들어왔다. 중앙에는 함장석이 있고, 하단부에는 승무원들의 좌석이 있었다. 그리고 각 좌석 앞에는 콘솔과 퍼스널 모니터가 설치되어 있었다.

일전의 〈프락시너스〉보다 약간 넓고 모니터 숫자 또한 많았다. 그리고 무엇보다, 시도는 그것들보다 더 신경 쓰이는 점이 있었다.

"함교로 직접 전송할 수 있게 됐구나."

시도는 발아래를 쳐다보면서 그렇게 말했다. 시도 일행이 현재 서 있는 함교 입구의 바닥에는 전송장치의 단말로 보이는 것이 설치되어 있었다.

예전에는 전송장치가 함체 하단부에 설치되어 있었으며, 함선 밖으로 나가기 위해서는 그곳으로 가야만 했다.

"응. 함내에 터미널을 여러 개 만들어서, 어디로 전송할지 선택할 수 있게 했어. 터미널간의 이동도 가능하니까 거주구역에서 함교로 순식간에 이동할 수도 있지."

"그렇구나……. 그런데 코토리, 만나게 해주고 싶은 애가 누구야?"

시도는 그렇게 물으면서 함교를 두리번거렸다. 방금 전송 장치를 작동시킨 사람이 이곳에 있을 거라고 생각했지만, 언뜻 보아하니 이곳에는 아무도 없는 것 같았다.

그러자 코토리는 씨익 웃으면서 고개를 들고 입을 열었다.

"헬로~. 오랜만이야, 〈프락시너스〉."

그리고 자신이 탄 배에 말을 걸듯 그렇게 말했다.

그러자—.

『—예. 오랜만이에요, 코토리.』

모니터가 흐릿하게 빛나더니, 함교에 설치된 스피커에서 소녀의 목소리가 흘러나왔다.

"우왓?!"

그 목소리를 듣고 놀란 시도는 몸을 뒤편으로 젖혔다. 주위에 있던 정령들도 마찬가지로 깜짝 놀란 표정을 지었다.

"뭐, 뭐죠~?"

"깜짝…… 놀랐어요."

『무례한 반응이군요, 시도. 상대가 정령이었다면 방금 반응만으로도 호감도가 하락했을 거예요.』

목소리의 주인은 설교하듯 그렇게 말했다. 배 그 자체가 말을 하는 것 같은 느낌을 받은 시도는 눈을 동그랗게 뜨며 주위를 둘러보았다.

"이, 이건……."

"뭘 그렇게 놀라는 거야, 시도. 그녀에게 항상 신세를 졌잖아. ―그녀는 〈프락시너스〉의 AI야. 이번에 수리를 하면서 대화식 커뮤니케이션이 가능하게 만들었어."

코토리의 말에 답하듯, 목소리가 들려왔다.

『안녕하세요. 오랜만이에요……라고 말하는 것도 이상하군요. 항상 신세 많이 지고 있으니까요. 제 콜사인은 「마리아」예요. 앞으로도 잘 부탁드려요, 시도.』

그 말을 듣고 감개무량한 느낌을 받은 시도가 미소를 지었다.

"―아, 응…… 잘 부탁해, 마리아."

그때, 시도의 뒤편에 있던 정령들이 모니터 앞으로 몰려갔다. 딱히 그 모니터에 마리아의 얼굴이 표시되어 있는 것은 아니지만, 화면에 『MARIA』라는 문자가 표시되어 있었기에 마치 그곳에 인격이 깃들어 있는 것처럼 보였으리라.

"오오! 엄청나구나! 뭐가 어떻게 된 것이냐?"

"우와~, 이런 것도 있구나. 대단하네~."

"……이 목소리의 주인이 그 선택지를 내놓는 거야? 진짜?"

정령들은 모니터를 둘러싸고 시끌벅적하게 떠들어댔다. 코토리는 그 모습을 보고 고개를 가볍게 내저으면서 손뼉을 쳤다.

"자, 마리아를 너무 곤란하게 만들지 마. 아직 할 일이 남아있단 말이야."

코토리는 그렇게 말하면서 다른 이들을 진정시킨 후, 마리아에게 말을 걸었다.

"—그런데 출발 준비는 언제쯤 끝날 것 같아?"

『기체 조정에 90분 정도 더 걸릴 것 같아요.』

"시간이 없어. 한 시간 안에 끝내."

『여전히 인정사정없군요. 코토리의 장래 남편분이 정말 안 됐는걸요.』

"……기체성능은 상승했지만, 농담 센스는 그다지 좋지 않네. 이번 작전이 끝나고 나면 재조정을 해야겠어."

코토리가 도끼눈을 뜨고 그렇게 말했지만, 마리아는 개의치 않고 승무원들에게 말을 건넸다.

『—퍼스널 콘솔은 예전과 같은 설정으로 커스터마이즈해 놨지만, 혹시 모르니 확인해주세요. 이 작업은 기체 조정과 병행이 가능합니다.』

승무원들은 그 말을 듣고 고개를 끄덕였다. 그러자 마리아가 덧붙여 말했다.

『그리고 함교에는 사적인 물건을 가능한 한 반입하지 말아주세요. 거주구역은 사적인 공간이니 별말 하지 않겠지만, 짚인형이나 미소녀 피규어를 함교에 둘 필요가 있을 것 같지는 않군요.』

그 말을 들은 〈짚인형〉^{네일 노커} 시이자키와 〈차원을 넘나드는 자〉^{디멘션 브레이커} 나카츠가와가 아연실색한 표정을 지었다.

"뭐, 뭐라고요?!"

"지금까지는 아무 말도 없었잖습니까!"

『제 의사를 전달할 수단이 없었을 뿐이에요. 만약 꼭 필요하다면 그 이유를 1200자 이내로 정리해서 제출해주세요.』

"이, 이건, 적이 습격을 해왔을 때, 상대방에게 저주를 걸기 위해……."

"저는 마누라들이 곁에 있어야 퍼포먼스를 100퍼센트 발휘할 수 있습니다!"

『안 돼요.』

마리아는 딱 잘라 그렇게 말했다. 그러자 시이자키와 나카츠가와가 『Noooo!』 하고 외쳤다.

그 모습을 본 다른 승무원들― 〈사장 오빠〉^{CEO} 미키모토와 〈빨리도 찾아온 권태기〉^{배드 매리지} 카와고에, 그리고 〈보호 관찰 처분〉^{딥 러브} 미노와가 아하하 하고 웃었다.

"어쩔 수 없군요. 확실히 그것들은 임무에 필요하지 않으니까요."

"그래. 나도 전부터 그렇게 생각했어."

"뭐, 앞으로는 공사를 구분해야겠네."

『아, 그리고 헤어진 아내 분이나 가게 아가씨에게 사적으로 전화를 거는 것 또한 안 됩니다. 자율형 카메라로 헤어진 애인을 감시하는 건 거론할 가치도 없죠.』

"""……뭐?!"""

마리아가 그렇게 말하자, 세 사람은 일제히 눈을 치켜떴다. 그 반응을 본 코토리의 이마에 혈관이 불거져 나왔다.

"너희들…… 〈프락시너스〉의 설비를 그런 데다 쓴 거야?"

"아, 아니, 그게……."

"오, 오해입니다! 저희는 항상 진지하게 임무에 임하고……."

승무원들은 허둥지둥 변명을 늘어놓았다. 코토리는 그런 그들을 잠시 동안 지켜본 후, 하아 하고 한숨을 내쉬었다.

"아무튼, 지금은 시간이 없어. 마리아와 함께 준비를 서둘러줘."

코토리의 말에 승무원들은 「예!」 하고 대답하며 경례를 했다.

"—자, 그럼 우리는……."

코토리가 말을 이으려던 순간, 마리아가 그 말을 끊듯이 입을 열었다.

『그러고 보니 기지 측에서 코토리 일행과의 면담을 희망하고 있는 분이 계십니다만, 어떻게 할까요?』

"면담 희망? 대체 누구야?"

『예. —엘리엇 우드먼 의장님이십니다.』

"……뭐?"

코토리는 마리아의 대답을 듣고 입을 쩍 벌렸다.

◇

〈프락시너스〉에서 내린 시도 일행은 격납고를 빠져나온 후, 다시 긴 복도를 걸었다.

승무원들은 〈프락시너스〉의 함교에 남아서 준비에 힘쓰고 있었기 때문에, 현재 이곳에는 시도와 정령들뿐이었다. 그들은 코토리의 뒤를 따르며 걸음을 옮겼다.

"……저기, 시도."

그때, 시도의 뒤편에서 걷고 있던 토카가 그에게 말을 걸었다. 시도는 토카 쪽을 힐끔 쳐다보며 입을 열었다.

"응? 토카, 무슨 일이야?"

"저기, 우드먼이라는 사람은 누구냐? 코토리가 꽤 신경을 쓰는 사람인 것 같다만……."

시도는 그 말을 듣고 코토리 쪽을 힐끔 쳐다보았다. 확실히 코토리는 그 이름을 듣고 허둥지둥 어깨에 걸치고 있던 재킷을 똑바로 걸친 후, 단추를 잠갔다.

코토리는 정면을 바라보며 그 의문에 대답했다.

"—우드먼 경은 〈라타토스크〉의 의사 결정 기관인 원탁회의의 의장이셔. ……〈라타토스크〉의 실질적인 수장이자, 창설자시지. 그 분이 없었다면 〈라타토스크〉는 탄생하지 않았을 거야."

"……뭐?!"

〈라타토스크〉의 실질적인 수장. 그 말을 들은 순간, 시도의 눈썹 끝이 희미하게 떨렸다.

「대체 그대는…… 아니, 그대의 뒤편에 있는 자는, 무슨 꿍꿍이인 것이냐?」

순간, 시도는 무쿠로가 했던 말을 떠올렸다.

딱히 〈라타토스크〉를 미심쩍게 여기고 있는 것은 아니다. 그저— 뭐랄까. 다시 일어서기는 했지만, 아직 무쿠로가 한 말에 반박할 수 없다는 사실을 신경 쓰고 있는 걸지도 모른다.

바로 그때, 시도는 옆에서 걷고 있는 니아의 표정이 평소와 다르다는 사실을 눈치챘다.

"……니아? 무슨 일 있어? 왜 그렇게 무서운 표정을 짓고 있는 거야?"

"……윽!"

시도가 말을 걸자, 니아는 화들짝 놀라면서 고개를 들었다.

"응~? 아하하, 딱히 아무 일 없는데? 아, 혹시 소년은 그런 미세한 변화도 눈치챌 만큼 니아를 주시하고 있는 거야?"

"어이어이……."

시도가 쓴웃음을 짓자, 니아는 진지한 표정을 지으면서 작은 목소리로 말했다.

"……실은 우드먼이라는 이름이 귀에 익어서 말이야."

"뭐?"

시도가 되물으려고 한 순간, 앞장서서 걷던 코토리가 문 앞에서 걸음을 멈췄다.

코토리는 문 옆에 설치된 인터폰 같은 장치의 버튼을 눌

러서 자신들이 도착했다는 사실을 알린 후, 문을 열었다.

"자, 들어가."

"시, 실례하겠습니다."

코토리의 재촉에 시도 일행은 방에 들어갔다.

문 너머에는 서재 같은 공간이 존재했다. 벽 쪽에는 수많은 책이 꽂힌 책장이 존재했으며, 방금까지 그들이 있었던 기계적인 느낌의 건물과는 전혀 다른 분위기를 지니고 있었다.

그리고 방 안쪽— 커다란 집무용 책상 너머에 두 사람이 서 있었다.

한 사람은 휠체어에 앉은 초로의 남성이었다. 테가 가는 안경을 썼으며, 긴 머리카락을 하나로 모아서 묶은, 온화한 인상의 남자였다. 그리고 그 옆에는 마찬가지로 안경을 쓴 정장 차림의 여성이 철심을 박은 것처럼 등을 꼿꼿이 세운 채 서 있었다.

"어……?"

"음?"

그 모습을 본 시도, 그리고 그의 옆에 서있던 토카가 미간을 찌푸렸다.

이유는 단순했다. 시도와 토카는 일전에 저 인물과 만난 적이 있었다.

그렇다. 두 사람은 나츠미와 만나기 전에 저 사람과 만난 적이 있었다. 휠체어에 탄 외국인 남성이 마을을 걷던 시도와 토카에게 말을 걸었던 것이다.

"보, 볼드윈 씨……?"

시도는 그 남자의 이름을 입에 담았다. 그러자 그는 나이에 어울리지 않는 장난꾸러기 소년 같은 표정을 지으며 웃었다.

"여어, 오래간만이군. 아가씨도 잘 지내는 것 같아 다행이야. ─그럼 자기소개를 하도록 할까. 엘리엇 볼드윈 우드먼이라고 하네."

그는 시도와 토카를 쳐다보면서 그렇게 말했다. 두 사람은 눈을 동그랗게 뜨면서 서로를 쳐다보았다.

"……아! 우드먼 경, 저 두 사람과 만난 적이 있으신가요?"

코토리는 깜짝 놀란 표정으로 우드먼과 시도, 토카를 번갈아 쳐다보았다. 그러자 우드먼은 장난기 어린 윙크를 했다.

"예전에 텐구 시에 갔을 때, 잠시 만났었지."

"마, 맙소사……! 무슨 일이라도 생기면 어쩌려고 그러신 거예요!"

"하하, 미안하네. 앞으로는 조심하지."

코토리가 그렇게 말하자, 우드먼은 딱히 미안해하지 않는 듯한 어조로 그렇게 말했다. 그러자 코토리는 이마에 손을 대면서 한숨을 내쉬었다.

코토리가 아까 해준 설명을 듣고 시도는 긴장하고 있었지만, 생각했던 것만큼 딱딱한 사람은 아닌 것 같았다.

시도가 그런 생각을 하고 있을 때, 우드먼이 진지한 표정을 지으면서 시도를 쳐다보았다.

"자, 오늘 이렇게 느닷없이 연락해서 미안하네. 원래라면 내가 찾아갔어야 하겠지만……."

"아, 아뇨. 괜찮습니다."

시도가 그렇게 대답하자, 우드먼은 눈을 살짝 감으면서 말을 이었다.

"―우선 감사 인사를 하지. 정령들을 구해줘서 정말 고맙네."

"아, 아뇨."

시도는 그 말을 듣고 볼을 긁적였다. 뭐랄까…… 이렇게 고맙다는 말을 들으니 약간 당황스러웠다.

"고맙다는 말을 해야 할 사람은 저희예요. 〈라타토스크〉가 없었다면 저는 정령이 존재한다는 것조차 몰랐을 거예요. 그리고…… 모두가 DEM이나 AST에게 계속 공격을 받았을지도 모른다는 생각만 해도 정말 괴로워요."

그뿐만 아니라, 하고 시도는 말을 이었다.

"5년 전, 〈팬텀〉에 의해 정령이 된 코토리를 도와준 것도 정말 고마워요. 감사합니다."

시도는 그렇게 말하면서 고개를 숙였다.

그러자 우드먼은 그 감사 인사를 솔직히 받아들이듯 고개를 끄덕인 후, 시도의 눈을 지그시 바라보았다.

"—그럼 이제 사과를 해야겠군. 이런 일에 휘말리게 해서 정말 미안하네. 그리고 일전의 〈다인슬레프〉 건도 사과해야겠지. 앞으로는 절대 그런 일이 일어나지 않도록 엄명을 내려뒀네."

"아……."

〈다인슬레프〉. 그 말을 들은 순간, 코토리의 눈썹 끝이 희미하게 떨렸다. —시도는 기억하지 못하지만, 그것은 〈라타토스크〉가 만일의 사태에 대비해 시도를 섬멸하기 위해 준비한 병기였다.

소동이 일단락된 후에 코토리가 해준 설명에 따르면, 원탁회의의 간부 중 한 명이 멋대로 그 병기를 발사했다고 한다.

"……아뇨. 마음이 좀 복잡하기는 하지만, 제가 폭주를 할 가능성에 대비할 필요는 있다고 생각해요. 게다가— 만약 사전에 그 설명을 들었더라도 저는 아마 정령들을 구하고 싶다고 말했을 거예요……."

"시도……."

토카는 기쁜 듯한, 그리고 시도를 걱정하는 듯한 목소리로 그의 이름을 읊조렸다. 그러자 시도는 옅은 미소를 지으면서 토카의 머리를 쓰다듬어줬다.

시도는 토카를, 정령들을 구할 수 있었다. 지금 손바닥을 통해 느껴지는 감촉만으로도, 시도는 자신이 해온 일이 올바르다고 확신할 수 있었다.

하지만— 어째서일까.

"······."

시도의 마음속에 걸리는 것이 하나 있었다.

그렇다. 일전에 무쿠로가 시도에게 했던 말—.

그것이 머릿속을 스친 순간, 시도는 반쯤 무의식적으로 입을 열었다.

"저기…… 뭐 하나만 물어봐도 될까요?"

"뭐지?"

"〈라타토스크〉에는 진심으로 감사하고 있어요. ……그런데 〈라타토스크〉는 어째서 정령을 구하려 하는 거죠?"

"……흠."

시도가 질문을 던지자, 우드먼은 고개를 약간 갸웃거렸다.

"혹시…… 망설임을 느낄 만한 일이 있었던 건가?"

"윽! 아뇨…… 그저 좀 궁금해서요."

시도는 자신의 마음을 읽힌 듯한 기분이 든 나머지 허둥지둥 손을 내저었다.

그러자 오리가미도 시도의 말에 동조하듯 입을 열었다.

"실은 나도 그 점이 궁금했어. —〈라타토스크〉가 정령을 구한다. 그건 좋아. 그 점에 대해서는 나도 고맙게 생각해. 하지만 그 목적의 너머에 뭐가 존재하는 거야? 막대한 예산을 들여가며 정령을 모으고 있는 이유가 뭐지?"

우드먼은 그런 의문을 느끼는 게 당연하다는 듯이 고개를 끄덕이며 입을 열었다.

"그 점이 신경 쓰이는 것도 당연하네. 확실히 〈라타토스크〉라는 조직은 정령에게 있어 『지나칠 정도로 호의적이지』. 그러니 미심쩍게 여기는 것도 무리는 아닐 걸세."

우드먼은 말을 이으면서 쓴웃음을 지었다.

"하지만…… 곤란하게 됐군. 나는 자네들이 납득할 만한 이유를 준비할 수 없을지도 모르겠어."

"……그게 무슨 소리야?"

"『정령을 구한다』. ……그게 나에게 있어 가장 큰 목적이거든."

"……."

우드먼의 대답에 오리가미는 눈썹을 살짝 찌푸렸다.

그런 오리가미에게 동조하듯, 반대편에 있던 니아가 입을 열었다.

"너무…… 성인군자 같은 거 아냐? 물이 너무 맑으면 물고기가 살지 않는다는 말이 있잖아? 솔직히 말해 너무 수상쩍어."

평소 사람 좋은 언니 같던 니아가 약간 험악한 목소리로 그렇게 말하자, 시도는 눈을 동그랗게 떴다.

"니아……?"

하지만 시도의 목소리를 무시한 니아는 우드먼의 눈을 쳐다보며 말을 계속 이었다.

"우드먼. 엘리엇 볼드윈 우드먼. ……그게 당신 이름, 맞지?"

"그렇다네."

"그렇다면 이 질문을 던질 수밖에 없겠네……. DEM인더스트리의 발족 멤버 중 한 명이자, 30년 전에 처음으로 **이 세계에 정령을 출현시킨** 당신이 무슨 낯짝으로 그런 입에 발린 소리를 늘어놓는 거야?"

"뭐……?!"

니아가 그 말을 한 순간, 시도와 정령들은 다들 숨을 삼켰다.

"니, 니아, 그게 무슨 소리야? 우드먼 씨가 DEM의……? 아니, 그것보다, 정령을 출현시켰다니……."

시도가 당혹한 목소리로 묻자, 니아는 머리를 긁적이면서 말했다.

"으음~, 지난달— 내가 완전한 상태의 〈라지엘〉을 소유하고 있었을 때, 이 세계에 최초의 정령이 나타나게 된 정황에 대해 조사해봤어."

"……윽?! 뭐, 뭐어?"

"그리고 그때 알게 됐어. 아이작 웨스트코트. 엘렌 메이저스. 그리고…… 엘리엇 우드먼. DEM인더스트리의 창설 멤버 세 사람이 최초의 정령을 이 세상에 출현시켰다는 걸 말이야."

니아가 도발하는 듯한 어조로 그렇게 말하자, 우드먼은 가늘게 한숨을 내쉰 후 입을 열었다.

"그래. 자네의 천사는 전지의 〈라지엘〉이었지. 딱히 숨길 생각은 없었지만, 이렇게 되면 솔직히 이야기해도 되겠군. ……그렇다네. 나는 예전에 아이크— 웨스트코트, 엘렌과 함께 이 세계에 최초의 정령을 출현시켰지."

"……윽."

시도는 숨을 삼켰다. 우드먼이 웨스트코트와 엘렌의 옛 동지라는 사실만으로도 놀라웠지만— 그는 정령의 출현에도 관여했던 것이다.

"아, 그러고 보니 아직 소개하지 않았군. 내 곁에 있는 카렌 또한 예전에는 DEM의 사원이었는데, 나와 함께 거기서 나왔지."

우드먼은 문득 생각난 것처럼 그렇게 말했다. 그러자 그의 뒤편에 서 있던 비서 같은 여성이 고개를 살짝 숙였다.

"—카렌 노라 메이저스입니다. 잘 부탁드립니다."

"아, 예……. 잠깐만, 뭐라고요?"

시도도 덩달아 인사를 하려다— 고개를 갸웃했다. 그녀의 이름이 귀에 익었기 때문이다.

"메이저스……?"

"예. 엘렌 메이저스는 제 친언니입니다."

"""뭐어어어엇?!"""

그녀가 느닷없이 밝힌 충격적인 진실에 시도와 정령들은 경악했다.

"에, 엘렌의 동생……?!"

"당황. 하지만 듣고 보니 좀 닮은 것 같아요."

"그, 그럼…… 자매덮밥이 가능하다는 건가요……?!"

"……미쿠, 스톱. 심호흡해."

미쿠가 패닉 상태에 빠지자, 나츠미는 그녀를 향해 차분한 목소리로 그렇게 말했다.

"아, 예. 알았어요~. 진정할게요~."

미쿠는 그 말을 듣고 순순히 고개를 끄덕였지만, 그 후 나츠미의 두 팔을 잡더니 그녀의 머리카락에 자신의 얼굴을 묻으면서 스으으으읍, 하아아아, 하고 심호흡을 했다. 나츠미는 손발을 버둥거렸지만, 미쿠가 가는 팔로 정열적인 헤어허그를 해대자 결국 체념한 것처럼 몸에서 힘을 뺐다.

시도는 동요한 마음을 진정시키듯 가슴에 손을 대고 다시 카렌을 쳐다보았다. ……확실히 안경을 벗고 머리카락을 푼다면 그 위저드와 많이 닮았을 것 같았다. 하지만 엘렌은 10대 후반 정도의 외모로 보이는데, 동생인 카렌은 20대 중반 정도로 보이는 점이 조금 신경 쓰였다.

그러나 지금은 그것보다 먼저 확인해야만 하는 것이 잔뜩 있었다. 시도는 마음을 다잡듯 고개를 저은 후, 우드먼을 쳐다보았다.

"어, 어째서…… 정령을 출현시킨 거죠? 그리고, 어떻게……."

시도가 질문을 던지자, 우드먼은 시도를 진정시키려는 것처럼 손을 펼쳤다.

　"차례차례 이야기하지. 우선…… 이츠카 시도, 토비이치 오리가미. 자네들의 질문에 대답해야겠군."

　우드먼은 오리가미를 힐끔 쳐다보면서 말을 이었다.

　"혼죠 니아가 말한 것처럼, 나는 DEM의 발족 멤버네. 처음에는 웨스트코트나 엘렌과 마찬가지로 정령의 힘을 이용하려 했지."

　"……."

　시도는 그 말을 듣고 숨을 삼켰다. 그럴 만도 했다. 정령을 구하기 위해 힘쓰고 있는 조직의 수장이 그런 소리를 했으니 말이다. 긴장하는 것도 무리는 아니었다.

　그런 시도를 본 우드먼은 쓴웃음을 지으면서 말을 이었다.

　"하지만— 최초의 정령을 본 순간, 나는…… 변하고 말았지. 지금까지의 목적을 포기하고 DEM에서 나와, 〈라타토스크〉라는 조직을 만들어서 정령들을 보호하는데 내 일생을 쏟기로 결심했다네. —옛 동지들을 적으로 삼는 한이 있더라도 말이야."

　"……대체, 무슨 일이 있었던 거죠?"

　시도는 긴장한 탓에 떨리는 목소리로 물었다.

　그러자 우드먼은 훗 하고 웃으면서 어깨를 으쓱했다.

"—사랑에 빠지고 말았다네."

"…………예?"

시도는 뜻밖의 대답을 듣고 눈을 크게 떴다.

"사, 사랑……?"

"그래. 처음으로 최초의 정령을 본 순간, 나는 그녀에게
마음을 빼앗기고 말았지. 그녀에게 완전히 빠져들고 말았다
네. —그리고, 그녀의 힘을 강탈하려고 한 나 자신을 용서할
수 없었어."

뜨거운— 그야말로 사랑에 빠진 소년 같은 목소리로 우드
먼은 말했다.

"그래서, 그녀와 같은 존재인 정령이 괴로움에 빠져 있는
걸 보고 있을 수가 없었네. —바보 같은 이유겠지만, 내가
정령을 구하려고 하는 이유는 그게 전부일세."

"……"

시도는 잠시 동안 얼이 빠진 것처럼 말문이 막혔다.

시도는 목소리와 표정을 통해 상대의 마음을 읽을 수 있
지는 않았다.

하지만…… 어째서일까. 우드먼의 말에는 거짓이 섞여 있
는 느낌이 들지 않았다.

시도는 어금니를 깨물고 고개를 저었다.

"바보 같지…… 않아요."

그리고 그는 한 걸음 내딛으면서 말을 이었다.

"오히려, 뭐랄까…… 저는 당신이, 〈라타토스크〉를 만든 사람이, 그런 사람이라 다행이라고 생각해요."

시도가 그렇게 말하자, 우드먼은 약간 놀란 듯한 표정을 지은 후 미소를 머금었다.

"……고맙네. 자네는 상냥하군. 나도…… 영력을 봉인하는 힘을 지닌 사람이 자네 같은 소년이라 기쁘다네."

"아, 아뇨……."

시도가 그렇게 말하면서 고개를 젓자, 진지한 표정으로 이야기를 듣고 있던 오리가미가 작게 한숨을 내쉬면서 카렌을 쳐다보았다.

"—그럼 당신은 왜 그와 함께 DEM을 관둔 거야?"

"……."

카렌은 그 말을 듣고 눈썹 하나 까딱하지 않으면서 말했다.

"제가 엘리엇에게 반했기 때문입니다."

"……예엣?!"

시도는 또 뜻밖의 말을 듣고 화들짝 놀랐다.

"그, 그런가요……? 하지만 우드먼 씨는 최초의 정령에게……."

"상대방에게 좋아하는 사람이 있다는 게 제가 포기해야 할 이유가 되지 못하니까요. 만약 엘리엇이 마음을 바꿨을 때 그의 곁에 없다면 선택받을 수도 없지 않습니까."

"그, 그건 그럴지도 모르지만……."

"하지만 욕심을 부리자면 생식행위가 불가능해지기 전에 그의 씨앗을 받고 싶군요. 엘리엇의 마음을 최대한 존중할 생각이지만, 그의 피를 후세에 남기지 않는 건 이 세계에 있어 큰 손실일 테니까요."

"……윽?! 그, 그런가요……."

시도는 노골적이면서도 담백한 그 발언을 듣고 눈을 동그랗게 떴다. 상대가 너무 당당하기에, 방금 그 말을 듣고 놀라는 자신이 잘못된 것이 아닌가 하는 생각마저 들었다.

우드먼은 난처하다는 듯이 쓴웃음을 지었다.

"하하…… 이거 곤란하게 됐는걸."

"당신이 곤란해 할 필요는 없습니다, 엘리엇. 제가 멋대로 원하는 것뿐이니까요."

카렌의 말을 진지하게 듣고 있던 오리가미는 그녀를 향해 걸어가더니 오른손을 내밀었다.

"—진심으로 이해했어. 당신의 고결한 결의에 칭찬과 갈채를 보낼게."

"저야말로 감사드립니다. 제 생각에 찬성해준 사람은 당신이 세 명째입니다."

카렌은 오리가미의 손을 잡고 악수를 나눴다.

"……."

아무래도 저 두 사람은 시도가 이해할 수 없는 영역에서 진심으로 소통한 것 같았다. 시도는 그 말을 듣고 몸이 오싹해졌지만, 모처럼 친해진 저 두 사람에게 괜한 소리를 할 필요는 없으리라.

그때, 우드먼이 안경을 고쳐 쓰면서 앞으로 몸을 내밀었다.

"미안하지만 이츠카 시도. ─자네의 얼굴을 보고 싶으니 좀 다가와주지 않겠나? 요즘 들어 눈이 급격히 나빠져서 말이야."

"예? 아…… 예."

시도는 그 말을 듣고 우드먼에게 다가갔다.

그러자 우드먼은 시도의 얼굴을 뚫어져라 쳐다보면서 신음을 흘렸다.

"……흠. 역시 닮았군. ─그때 그 소년과 말이야."

"예?"

우드먼이 독백하듯 그렇게 말하자, 시도는 미간을 찌푸렸다.

"그때 그 소년이라니─."

시도가 되물으려고 한 바로 그 순간─.

격렬한 진동이 이 방을 덮쳤다.

"우왓……?!"

"오옷?!"

"꺄아─!"

마치 근처에서 폭탄이 터진 것 같은 충격이 벽을, 바닥을, 천장을 뒤흔들었다. 책장에 꽂힌 책들이 일제히 바닥으로 쏟아졌다.

"다, 다들, 괜찮아?!"

"음…… 괜찮다. 그런데 대체 무슨 일이 일어난 거지?!"

토카는 대답을 하면서 주위를 둘러보았다. 그러자, 요시노가 겁먹은 듯한 목소리로 말했다.

"설마…… 무쿠로 씨의…… 짓일까요?"

『뭐어?! 여기에 운석이 떨어졌다는 거야~?』

요시노가 왼손에 낀 퍼핏인형 『요시농』이 과장스럽게 자신의 볼을 양손으로 꾹 누르면서 말했다.

하지만 코토리는 표정을 굳히면서 고개를 저었다.

"아냐. 이건……."

바로 그때, 방에 설치된 스피커에서 다급한 목소리가 흘러나왔다.

『우드먼 경! 긴급사태입니다!』

"진정하게. 무슨 일이 벌어진 거지?"

『스, 습격입니다! 기지 상공에서 공중함의 반응이 확인됐습니다! 이 반응은…… DEM입니다!』

"뭐……?!"

노이즈 섞인 음성이 전해준 사실에 시도의 얼굴은 전율에 휩싸였다.

"DEM……?! 거짓말! 이 기지를 찾아내는 건—"

코토리는 경악에 찬 목소리로 고함을 지르려다— 갑자기

숨을 삼켰다. 생각이 난 것이리라. 현재 DEM인더스트리를 상대로 뭔가를 숨기는 것은 불가능하다는 사실을 말이다.

"〈벨제붑〉……!"

그렇다. 전지의 마왕, 〈벨제붑〉. 니아는 그 이름을 듣더니 표정을 찡그리면서 고개를 끄덕였다.

"……아마 틀림없을 거야. 검색을 방해하기는 했지만 그건 시간벌이밖에 안 될 테니 말이야. 그리고 방해를 하기 전에 조사한 것에 대해서는 어찌할 도리가 없어."

"큭…… 대담하네. 일부러 이 장소를 조사해서 습격한 걸 보면, 적의 목적은 개조가 끝난 〈프락시너스〉, 아니면—."

코토리는 우드먼 쪽을 쳐다보면서 말을 이었다.

"당신이겠죠. 우드먼 경."

"……흠."

우드먼은 턱에 손을 대면서 낮은 신음을 흘리더니, 몇 초 동안 생각에 잠긴 후 고개를 들었다.

"—아무튼 움직이도록 하지. 이 장소가 적에게 알려졌으니, 이대로 가만히 있는 건 죽음을 기다리는 거나 마찬가지야."

우드먼은 그렇게 말하면서 손을 들어올렸다.

"이츠카 사령관. 자네는 정령들을 데리고 〈프락시너스〉로 가게. 그리고 한시라도 빨리 〈조디악〉의 곁으로 가도록. — 반드시 그녀를 구해주게."

"예. 반드시 해내겠습니다. ……하지만 우드먼 경은……."

코토리가 불안을 드러내듯 미간을 찌푸리면서 묻자, 우드먼은 옅은 미소를 지었다.

"나와 카렌은 다른 루트로 탈출하지. 이 시설을 이대로 웨스트코트에게 넘기면 골치가 아플 테니까 말이야. 처리해야 하는 것이 있는데다— 무엇보다 이 다리로는 자네들에게 짐만 될 테지."

우드먼은 자신의 다리를 가볍게 두드렸다. 코토리는 주먹을 말아 쥐고 비통한 목소리를 냈다.

"하지만……!"

"괜찮네. 탈출 루트는 확보해뒀으니 걱정할 필요 없어. 이 목을 순순히 넘겨줄 생각은 없다네. 그리고 나는 사랑하는 여성의 품에 안겨서 죽기로 결심했거든."

우드먼은 농담하듯 그렇게 말하면서 윙크를 했다.

"우드먼 씨……."

시도가 중얼거리듯 그렇게 말하자, 카렌이 안경을 반짝이면서 입을 열었다.

"제 품이라면 항상 비어있습니다만……."

"어이쿠, 한층 더 죽을 수는 없어졌군. 자네처럼 우수한 사람을 저승길 동무로 삼을 수야 없지."

우드먼은 어깨를 으쓱했다. 카렌의 표정에는 전혀 변함이 없었지만, 칭찬을 받아서 기뻐하는 듯한 분위기, 그리고 함께 죽는 것을 거부당했다는 사실에서 비롯한 쓸쓸함이 묻어나오고 있었다.

우드먼은 코토리를 쳐다보면서 힘차게 고개를 끄덕였다.

"가게, 이츠카 사령관. —무운을 빌지."

그 말을 듣고 몇 초 동안 망설이던 코토리는 우드먼을 향해 경례를 했다.

"……예. 우드먼 경도 조심하시길."

우드먼은 그 말에 답하듯 고개를 끄덕였다. 그러자 코토리는 뒤돌아서면서 시도 일행을 향해 말했다.

"—자, 다들 가자. 〈프락시너스〉가 적에게 넘어가면 큰일이잖아."

그렇게 말한 코토리의 얼굴은 결의와 사명감으로 가득 차 있었다.

하지만 말아 쥔 코토리의 주먹은 희미하게 떨리고 있었다. —당연했다. 불안도, 당혹감도 느끼고 있으리라. 하지만 코토리는 〈라타토스크〉의 사령관이기에, 정령들에게 그런 얼굴을 보여줄 수는 없는 것이다.

시도는 작게 한숨을 내쉬고는 힘차게 고개를 끄덕였다.

"응…… 그래. 가자."

"음, 서두르자꾸나!"

"예……!"

정령들도 그 말에 답하듯 그렇게 말했다. 시도는 순간 코토리와 시선을 마주하고 가볍게 고개를 끄덕였다. 그리고 우드먼을 향해 고개를 숙인 후 다른 이들을 데리고 방을 나섰다.

그들은 왔던 길을 되돌아가듯 기나긴 복도를 내달렸다. 주위에서 폭음과 총소리, 그리고— 테리터리에 의한 파괴음 같은 것이 들려왔다.

"큭…… 대체 얼마나 많은 적이 쳐들어온 거야?!"

"몰라! 하지만 공중함이 확인된 걸 보면—."

복도를 달리며 입을 여는 코토리의 말을 끊듯, 앞쪽에 존재하던 벽이 폭음을 내면서 박살났다.

"우왓?!"

"아니……!"

벽의 파편이 주위에 흩뿌려지면서 연기가 피어올랐다. 그리고 그 연기를 찢고 나오는 것처럼— 기묘한 형태의 인형이 시도 일행 앞에 나타났다.

금색으로 된 피부와 긴 팔, 동그란 머리 한가운데에 외눈을 지닌 그것은 거대한 손톱이 달린 손을 꿈틀거리면서 사냥감을 찾듯 천천히 나아갔다.

"……〈밴더스내치〉!"

시도는 인상을 쓰면서 기묘한 형태의 인형 이름을 외쳤다. —그렇다. DEM인더스트리가 보유한 무인(無人) 병기 〈밴더스내치〉였다.

그와 동시에 〈밴더스내치〉의 머리에 달린 카메라가 시도 일행을 향했다.

"큭……!"

"—시도, 피해."

그 순간 오리가미의 목소리가 들렸다. 그리고 뒤편에서 쏘
아진 광선이 시도의 머리카락을 스치며 지나가, 그대로 〈밴
더스내치〉에게 적중했다.

"우왓……?!"

농밀한 영력으로 된 빛의 격류가 〈밴더스내치〉의 머리를
관통하더니, 상대를 완전히 침묵시켰다. 뒤쪽을 돌아보니
어느새 거대한 『깃털』 같은 것이 공중에 떠있었다. —오리가
미의 천사, 〈절멸천사〉이었다.

"고, 고마워, 오리가미."

시도가 그렇게 말하자, 오리가미는 고개를 끄덕였다.

하지만 지금은 느긋하게 감사인사나 할 때가 아니었다. 아
직 주위에서는 전투가 벌어지고 있는지 폭발음이 들렸고, 〈
밴더스내치〉가 침공해온 것을 보면 〈프락시너스〉가 있는 격
납고도 안전하다고 할 수 없으리라.

"아무튼 서두르자. 시간이—."

하지만—.

시도는 말을 멈췄다.

아니, 멈춘 것이 아니다.

앞쪽에서 들려온 뜻밖의 목소리가 그의 말을 막은 것이다.

"―호오, 여기서 자네들을 보게 될 줄은 몰랐군."

"앗……?!"

이곳의 긴박한 분위기에 어울리지 않는 시원한 목소리에 시도는 미간을 찌푸렸다.

아직 걷히지 않은 연기 속에서 검은색 정장을 입은 남성이 CR-유닛을 장비한 위저드 두 명과 함께 모습을 드러냈다.

틀림없다. 그는 바로―.

"웨스트코트?!"

그렇다. DEM인더스트리의 수장이자, 시도 일행과 악연으로 얽힌 상대, 아이작 웨스트코트였다.

"……윽!"

"아니?!"

웨스트코트의 모습을 본 순간, 정령들의 얼굴에 경계심이 어렸다. 그것도 무리는 아니다. 아무리 적의 본거지가 판명되었다고 해도, 한 조직의 수장이 직접 그곳을 습격하는 것은 말도 안 되기 때문이다. 사실 웨스트코트는 지금까지 이런 일은 전부 엘렌에게 맡겼다.

하지만 그렇다고 해서 방심해도 되는 상대는 아니다. 지금 눈앞에 있는 남자는 지난달까지의 웨스트코트와는 전혀 다른 존재라고 해도 과언이 아니다. 그것도 그럴 것이―.

"―〈메타트론〉!"

시도의 생각을 방해하듯 오리가미의 목소리가 들려오더

니, 아까와 마찬가지로 〈메타트론〉의 광선이 웨스트코트를 향해 일직선으로 뿜어졌다.

하지만 그 광선이 웨스트코트를 태우려고 한 순간, 그의 몸 앞에 낡은 책의 종이 같은 것이 나타났다. 그 종이는 〈메타트론〉의 일격을 감싸 그대로 공기에 녹아들어가듯 사라졌다.

"웨스트코트 님!"

"다치신 곳은 없습니까?!"

웨스트코트의 옆에 서있던 위저드들이 당황한 목소리로 그렇게 외쳤다. 하지만 웨스트코트는 당황하는 것은 고사하고, 우아해 보이기까지 하는 동작으로 고개를 끄덕였다.

"멋지군. 망설임 없는, 그리고 정확한 일격이야."

"……칫."

오리가미는 혀를 찼다. 그러자 웨스트코트는 자신만만한 미소를 지으며 오른손을 앞으로 내밀었다.

"하지만 한정된 천사의 힘으로는 지금의 나에게 상처를 입힐 수 없어."

웨스트코트의 움직임에 맞춰 공간이 휘어지더니 흉흉한 기운을 뿜는 책 한 권이 모습을 드러냈다.

"─〈벨제붑〉."

"……큭!"

시도는 무심코 숨을 삼켰다. ─〈벨제붑〉. 웨스트코트가 니아에게서 빼앗은 전지의 마왕이다.

그리고 그것을 현현시키는 행동이 가리키는 것은 하나다. 바로 전투태세를 취한 것이다.

정령들도 그 분위기를 감지했는지 의식을 집중시켜 각자의 한정 영장과 천사를 현현시키기 시작했다.

"하앗!"

빛으로 된 얇은 베일 같은 한정영장, 그리고 거대한 검의 형태를 한 천사 〈오살공(鏖殺公)〉을 현현시킨 토카가 지면을 박차고 웨스트코트를 향해 돌진했다.

그러자 웨스트코트의 옆에 서있던 위저드가 레이저 블레이드를 치켜들면서 앞으로 나서더니 토카의 일격을 막아냈다.

"큭……!"

"방해하지— 마라아앗!"

토카는 힘찬 기합을 지르며 검을 휘둘렀다. 위저드는 반사적으로 테리터리의 강도를 끌어올린 것 같지만, 그 저항이 수포로 돌아가며 그대로 벽에 내동댕이쳐졌다.

"커억……!"

"……하앗!"

토카는 위저드의 고통에 찬 신음을 한 귀로 흘리면서 웨스트코트를 향해 돌아섰다.

하지만 웨스트코트는 눈앞에 적이 있는데도 불구하고 미소를 지었다.

"용맹하군. 대단한걸, 〈프린세스〉. 하지만— 유감이야. 마음 같아서는 자네들을 상대해주고 싶지만, 오늘 내 목적은 자네들이 아니거든."

"헛소리 하지 마라! 도망치게 놔둘 것 같으냐!"

"하하, 그럴 생각은 눈곱만큼도 없어. 자네들을 방치해두면 여러모로 성가실 것 같거든."

웨스트코트는 요염한 미소를 지으면서 그렇게 말하더니, 허공에 떠있는 책의 페이지를 손가락으로 매만지는 듯한 동작을 취했다.

"그래. 마침 잘됐군. 네 힘을 보여 다오."

그리고 책에 말을 걸듯, 그 말을 입에 담았다.

"〈벨제붑〉—【환서관(幻書館)】."

"……윽, 토카!"

그 목소리가 고막에 닿은 순간, 시도는 무심코 그렇게 외쳤다. 뭐가 어떻게 된 것인지는 알 수 없다. 하지만 마치 차가운 손이 등골을 쓰다듬는 듯한 감각이 느껴진 것이다.

그리고 다음 순간, 웨스트코트에게 달려들던 토카의 발밑에서 공간이 일그러지더니, 크게 입을 벌린 것처럼 활짝 펼쳐진 거대한 책이 모습을 드러냈다.

"앗—."

토카는 숨을 삼키고 뒤편으로 몸을 날리려 했다.

하지만— 한 발 늦었다. 거대한 책은 토카를 통째로 삼키듯 그대로 덮었다. 토카는 책갈피처럼 책 사이에 끼이더니 그대로 빨려 들어갔다.

"토카!"

시도는 고함을 지르면서 토카를 구하기 위해 지면을 박찼다. 하지만 시도의 손이 닿기 직전, 책은 허공에 녹아들듯 사라졌다.

게다가 그것으로 끝이 아니었다.

"꺄아……!"

"이, 이게 뭐야?!"

정령들의 비명소리에 시도는 허둥지둥 뒤쪽을 돌아보았다.

그리고 그녀들이 비명을 지른 이유를 깨달았다. 정령들의 발밑이나 등 뒤에 방금 토카를 삼켰던 거대한 책이 존재했던 것이다.

"큭……!"

"쳇— 〈라지엘〉……!"

"다들! 도망—."

시도는 크게 소리치려고 했다.

하지만 그 행위에는 아무런 의미도 없었다. 복도에 나타난 거대한 책들이 차례차례 덮이면서 정령들을 삼켰다.

"우왓, 이, 이게……!"

"시, 시도, 씨—."

정령들의 목소리를 남긴 채, 책은 사라졌다. 그 광경을 지켜보고 있을 수밖에 없었던 시도는 눈을 치켜뜨며 웨스트코트를 쳐다보았다.

"젠장……! 이 자식, 그녀들을 어떻게 한 거야?!"

"하하. 그렇게 언성을 높일 필요 없어. ─곧, 만날 수 있을 테니까 말이야."

웨스트코트가 그렇게 말하면서 미소를 지은 순간─.

시도의 발밑에서도 책이 나타났다.

"윽?! 우, 우와아앗?!"

"자네들은 엘리엇과 만난 후에 상대해주지. 그때까지─ 환상의 세계 속을 헤매고 있어라."

웨스트코트가 그렇게 말한 순간, 책은 시도를 페이지 사이에 끼우듯─ 그대로 덮었다.

"흠……. 뭐, 처음치고는 나쁘지 않군."

웨스트코트는 〈벨제붑〉의 표지를 쓰다듬으며 페이지를 펼쳤다.

그러자 그 페이지에는 아까까지는 적혀 있지 않았던 문장이 적혀 있었다.

"웨스트코트 님……!"

방금 전 〈프린세스〉─ 토카에게 당했던 위저드가 몸을 일으켜 웨스트코트의 곁으로 왔다.

"죄송합니다. 의표를 찔리는 바람에……!"

"괜찮아. 덕분에 〈벨제붑〉을 시험 삼아 써볼 수 있었지."

웨스트코트가 옅은 미소를 짓자, 위저드는 이상하다는 듯이 주위를 둘러보면서 말했다.

"그런데…… 정령들은 어디에 있는 겁니까?"

"아—."

웨스트코트는 〈벨제붑〉에 적힌 문장을 읽으면서 입술을 일그러뜨렸다.

"그들은 사람들의 환상이 소용돌이치고 있는 이야기 속에 있지."

"이야기……?"

위저드는 영문을 모르겠다는 듯이 고개를 갸웃거렸다. 뭐, 바로 이해할 수 있을 리가 없는데다. 웨스트코트 이외의 인간이 마왕의 힘을 이해할 필요도 없다. 웨스트코트는 화제를 바꾸려는 듯이 〈벨제붑〉을 덮고 고개를 들었다.

"—그것보다 지금은 원래 목표를 우선하도록 할까. 나도 옛 친구와 만나는 걸 고대하고 있거든."

웨스트코트가 그렇게 말하자, 위저드들은 「예!」라고 대답하며 경례를 했다.

제4장 페어리 테일

"……으, 응……."

시도는 낮은 신음을 흘리면서 살며시 눈을 떴다.

시야가 흐릿했기에 눈을 비볐다. 그러자 흐릿하던 시야가 점점 맑아지기 시작했다.

"……응?"

하지만 시야가 맑아질수록, 시도가 느끼고 있는 위화감 또한 강렬해졌다.

시도는 침대 같은 것에 누워있었는데…… 주위의 공간이 그의 눈에 전혀 익지 않았던 것이다.

"여기는 어디지……."

시도는 눈썹을 찌푸리면서 몸을 일으켰다. 그러자 부스럭거리는 소리가 들렸다.

아무래도 시도가 누워있던 침대는 볏짚으로 되어있는 것

같았다. 아니— 유심히 보니, 시도가 있는 방의 벽과 천장까지도 비슷한 소재로 되어 있었다.

"여기는……."

바로 그때, 시도는 화들짝 놀라면서 어깨를 부르르 떨었다. 그렇다. 시도는 방금까지 〈라타토스크〉의 시설에 있었으며— 웨스트코트에 의해 책에 빨려 들어갔던 것이다.

"그럼 여기는…… 책 속?"

시도는 당혹스럽다는 듯이 얼굴을 일그러뜨리면서 침대에서 내려왔다. 하지만…… 어찌된 영문인지 몸이 뜻대로 움직여지지 않았다.

시도가 의아해하면서 자신의 몸을 쳐다보니, 어찌된 영문인지 두터운 인형 옷을 입고 있었다.

"내가 왜 이런 꼴을 하고 있는 거지……. 움직이기 힘드네."

미간을 찌푸린 시도는 몸을 배배 꼬면서 인형탈을 벗었다. 머리를 감싼 마스크가 뽕 하는 소리를 내면서 빠지고, 목덜미 부분을 벌려 인형 옷을 벗었다.

시도는 방금 벗은 인형탈을 내려다보면서 고개를 갸웃거렸다.

"……돼지?"

그렇다. 살색 피부와 접힌 귀, 그리고 커다란 코. 시도가 입고 있었던 것은 코미컬한 표정의 돼지 인형탈이었다.

그때, 시도는 어떤 사실을 떠올리고 그대로 움직임을 멈췄다.

"……돼지와 볏짚으로 된 집이라면, 설마……."

시도가 말을 이으려던 순간—.

고오! 하는 소리가 들리더니 엄청난 돌풍이 볏짚으로 된 집을 날려버렸다.

"우, 우왓?!"

바람에 휩쓸린 시도는 그대로 바닥을 굴렀다.

"아야야……. 뭐야?"

머리를 매만지면서 몸을 일으킨 시도는 어깨를 부르르 떨었다.

이유는 단순했다. 지면에 드리워진 거대한 그림자가 시도를 뒤덮고 있었던 것이다.

"……."

시도는 머뭇거리면서 고개를 들었다. 그러자 무시무시한 형태의 거대한 짐승이 눈에 들어왔다.

날카로운 송곳니가 달린 거대한 입, 찬란하게 빛나고 있는 눈, 갈색 털에 뒤덮인 몸, 그리고 키는 시도의 두 배는 되어 보였으며, 만화 캐릭터처럼 이족보행을 하고 있었다.

그렇다. 동화에 나오는 대표적 악역— 바로 늑대였다.

『쿠헤헤, 맛있어 보이는 아기돼지구나. 내가 한 입에 꿀꺽 해주마!』

늑대는 과장스럽게 혀로 입술을 핥았다. 그러자 늑대의 입에서 흘러내린 침이 지면과 시도의 머리에 떨어졌다.

"으, 으음……."

시도는 진땀을 줄줄 흘리면서 떨리는 목소리로 말했다.

"자, 잠깐만. 진정해. 나는……."

『크아아아아아앙!』

하지만 늑대는 시도의 말을 무시하고 그 거대한 입을 벌리며, 시도에게 달려들었다.

"우, 우와아아아악?!"

생김새와 하는 짓은 코미컬한 몬스터지만, 야생의 박력과 주위를 가득 채운 짐승 냄새는 시도의 머릿속에 『죽음』이라는 단어를 떠올리게 하기에 충분했다. 시도는 목청껏 비명을 지르면서 허겁지겁 도망쳤다.

『하하! 놓칠 것 같으냐!』

늑대는 공기가 뒤흔들릴 만큼 큰 고함을 지르면서 시도를 쫓아왔다. 시도는 필사적으로 지면을 박차면서 혼란스러운 머릿속을 정리했다.

시도가 입고 있던 돼지 인형 옷, 방금 박살이 난 볏짚으로 만든 집, 그리고 자신을 쫓아오는 늑대…….

이건 마치—

"—아기돼지 삼형제냐?!"

시도는 머릿속에 떠오른 제목을 외치면서 눈앞에 펼쳐진 들판을 내달렸다.

그렇다. 『아기돼지 삼형제』. 그것은 유명한 동화다.

아기돼지 삼형제는 각각 집을 짓지만, 볏짚으로 집을 지은 첫째와 나무로 집을 지은 둘째는 나쁜 늑대에게 집을 파괴당한 후 잡아먹히고 만다. 하지만 시간을 들여가며 벽돌로 집을 지은 막내는 살아남는다……는 내용이었을 것이다.

시도는 그 스토리를 자신의 현재 상황에 빗대보았다. 시도가 잠들어 있었던 곳은 바로 볏짚으로 만든 집이었다. 즉, 그 사실이 가리키는 것은…….

"나, 가장 먼저 잡아먹히는 첫째 돼지잖아!"

『거기 서, 아기돼지이이이이이이이잇!』

시도가 울먹거리면서 고함을 지르자, 늑대는 더욱 큰 목소리로 고함을 질렀다.

그래도 불행 중 다행인 점은 늑대가 이족보행을 하고 있어서 그런지 네 발로 뛸 때에 비해 느리다는 점이었다. 덕분에 시도는 아직까지 늑대에게 잡아먹히지 않았지만, 그의 체력도 서서히 바닥을 드러내고 있었다. 온몸의 근육이 통증을 호소했고, 심장과 폐는 비명을 질러대기 시작했다.

"하아……, 하아……!"

하지만 걸음을 멈췄다간 시도는 그대로 늑대의 뱃속에 들어가고 말 것이다. 시도는 뛰는 속도를 유지하면서 늑대를 따돌릴 방법을 생각했다.

"……아!"

술래잡기를 하던 시도의 눈에 조그마한 집이 들어왔다.

게다가 둘째 돼지가 만든 나무로 된 간소한 집도 아니었다. 저 집이라면 쉽게 부서지지는 않을 것이다.

하늘이 도왔다. 시도는 무례한 짓이라는 걸 알면서도 그 집에 뛰어 들어가 문을 잠갔다.

"하아……, 하아……, 하아……!"

시도가 등을 문에 기댄 순간, 쿵쿵쿵쿵! 하고 문을 거칠게 두드리는 소리가 들렸다. 어깨를 부르르 떤 시도는 문이 부서지지 않도록 몸으로 힘껏 밀었다.

늑대는 한동안 문을 두드리고, 벽을 긁어댔지만…… 이윽고 소리가 완전히 멎었다. 아무래도 이 집을 부술 수 없다는 걸 알고 포기한 것 같았다.

"사, 살았어……."

시도는 다리가 풀렸는지 그 자리에서 주저앉아 숨을 가다듬은 후 고개를 들었다.

시도는 머릿속으로 아기돼지 삼형제의 마지막 장면을 떠올렸다.

분명 늑대는 막내가 만든 벽돌집을 부술 수 없다는 사실을 알고, 그 집의 굴뚝을 통해 침입하려고 했다.

"여기는…… 다른 아기돼지가 만든 집 같지 않네. 누가 살고 있는 걸까……?"

이 집에 사는 사람이 굴뚝을 통해 침입한 늑대에게 공격을 받기라도 하면 큰일이다. 시도는 이 집 사람들에게 위험을 알리기 위해 고함을 질렀다.

"실례합니다! 아무도 없나요?!"

그러자 그 말에 답하듯 안쪽에 있는 방에서 작은 목소리가 들려왔다.

"아, 예…… 누구시죠?"

역시 누군가가 살고 있는 것 같았다. 시도는 늑대가 이 집에 들어올지도 모른다는 걸 알리려다—.

"……어?"

갑자기 고개를 갸웃거렸다.

이유는 단순했다. 방금 들린 목소리가 귀에 익었기 때문이다.

"방금 그 목소리는……."

미간을 찌푸린 채 목소리가 들린 곳을 향해 걸어간 시도는 방 안을 들여다보았다.

시도의 예상대로 그곳에는 그가 잘 아는 소녀가 있었다. —웨이브 진 머리카락과 조그마한 체구, 그리고 왼손에 토끼 모양 퍼핏인형을 낀 소녀였다.

"……아! 시, 시도 씨……?!"

『오~! 시도 군! 드디어 아는 사람을 만났네~!』

시도와 마찬가지로 아까 책에 삼켜졌던 요시노와 『요시농』이 그를 보고 놀란 것처럼 눈을 크게 떴다. 시도는 안도의 한숨을 내쉬면서 방 안으로 들어갔다.

"요시노, 요시놋! 무사했구나! 다행이야!"

"아, 예…… 시도 씨도 무사해서, 다행이에요."

『으음~. 그런데 시도 군, 여기는 대체 어디야?』

『요시놋』은 그렇게 물으면서 고개를 갸웃거렸다.

"아…… 나도 잘 모르겠어. 눈을 떠보니 인형 옷을 입고 있었는데, 아기돼지 삼형제 같은 상황이……."

시도는 말을 멈췄다.

재회의 감동이 너무 커서 그다지 신경 쓰이지 않았는데…… 요시노와 『요시놋』의 복장 또한 아까와는 달랐다.

그녀는 동화에 나올 법한 귀여운 복장을 하고 있었다. 흰색 블라우스와 프릴이 달린 스커트, 그리고…… **빨간 후드가 달린 외투**를 착용하고 있었다.

그 모습은…… 마치 빨간 모자를 쓴 것처럼 보였다.

"요, 요시노…… 왜 그런 복장을 하고 있는 거야?"

"모르겠어요……. 정신이 드니 이런 복장을 하고 있었어요……. 그리고 할머니 집에 심부름을 갔다 오라고 해서……."

『맞아~. 영문을 모르겠다니깐~. 어찌된 영문인지 영력과 천사도 쓸 수 없는데다, 딱히 뭘 하면 좋을지 감이 오지 않아서, 일단 시키는 대로 여기에 오기는 했어~.』

"……."

그 말을 들은 시도의 이마에 땀방울이 맺혔다.

그럴 만도 했다. 이 이야기를 들어본 적이 없는 일본인은 거의 없을 테니까 말이다. 『빨간 모자』, 『아기돼지 삼형제』와 마찬가지로…… 아니, 그것보다 더 유명한 동화다.

이야기의 줄거리는 빨간 모자을 쓴 소녀가 할머니의 집에 도착해보니, 할머니는 이미—.

시도가 그런 생각을 하고 있을 때, 방 안쪽에 놓여있는 커다란 침대가 꿈틀거렸다.

『……어머. 아가야, 손님이 왔니?』

그리고 할머니치고는 박력이 넘치는 목소리가 들렸다.

"아, 예. 저기…… 할머니. 저, 이만 가봐야 할 것 같아요. 빵과 포도주는 여기에 둘게요."

요시노가 그렇게 말하자, 이불 안에 있던 『할머니』는 큭큭 하고 웃으면서 몸을 떨었다.

『아아…… 우리 손녀는 정말 착한 아이구나. 그래, 정말 착한 아이야. —자기뿐만 아니라 이렇게 맛있어 보이는 아기돼지까지 데리고 왔으니까 말이야!』

다음 순간, 이불 안에서 거대한 늑대가 튀어나왔다. 모자와 잠옷, 안경을 이용해 할머니로 변장을 하기는 했지만, 체구를 보건데 아까 시도를 쫓아왔던 늑대와 같았다.

"꺄, 꺄아아아앗?!"

『우와아~! 할머니가 비스트 모드가 됐어!』

요시노와 『요시농』은 비명을 질렀다. 그러자 늑대는 걸치고 있던 잠옷을 벗어던지면서 웃음을 흘렸다.

『여어어어! 오래간만이구나, 아기돼지이이이~. 여기 숨으면 안전할 거라고 생각한 거냐아아아?』

"……어, 너는 아까 나를 쫓아오던 그 늑대?! 말도 안 돼!"

시도는 새된 목소리로 그렇게 외쳤다. 뭔가 이상했다. 아까 시도를 쫓아올 때도, 이 늑대는 침대에 숨어있었을 것이다. 상식적으로 생각해본다면 같은 늑대일 리가 없다.

『하핫. 「이 세계」에서 무슨 그런 고리타분한 소리를 하는 거야~? 뭐, 좋아. 일단 너희 둘 다 통째로 삼켜주마아아아앗!』

"……큭! 도, 도망치자! 요시노, 요시농!"

"아, 예……!"

시도는 요시노의 손을 잡고 문을 박차고 집밖으로 도망쳤다.

그리고 아까와 마찬가지로 들판을 내달리며 늑대에게서 도망쳤다.

하지만 도주극은 오래가지 못했다. 요시노를 데리고 도망치는데다, 시도의 체력은 이미 바닥났던 것이다. 갑자기 다리에서 힘이 빠진 시도는 그대로 그 자리에서 넘어지고 말았다.

"큭……!"

반사적으로 요시노의 손을 놨기 때문에 그녀까지 쓰러지지는 않았지만— 시도의 다리는 말을 듣지 않았다.

"시도 씨!"

요시노는 걱정스러운 목소리로 시도의 이름을 외치면서 그를 일으키려 했다.

하지만 이미 늦었다. 지면에 쓰러진 시도와 그를 부축하려 하는 요시노에게 거대한 그림자가 드리워졌다.

『아무래도 더는 도망치지 못할 것 같구나.』

늑대는 커다란 눈을 반짝이면서 두 사람의 얼굴을 들여다 보았다. 시도는 숨을 삼키고 요시노의 등을 밀었다.

"요시노! 빨리 도망쳐!"

"예……?! 시도 씨를 두고 갈 수는 없어요……!"

요시노가 그렇게 외치자, 늑대는 즐거워죽겠다는 듯이 웃음을 터뜨렸다.

『꺄하하하하하하하! 좋네, 좋아. 아름다운 광경인걸. —그럼 너희 둘 다 한꺼번에…… 잘 먹겠습니다아아아앗!』

늑대는 입을 쩍 벌리고 시도와 요시노를 통째로 삼키려 했다. 시도는 요시노를 지키기 위해 그녀의 몸을 끌어안고, 이제 곧 느껴질 고통을 참기 위해 어금니를 깨물었다.

하지만— 아무리 기다려도 통증이 느껴지지 않았다.

그 대신, 칼을 뽑아들 때 날 법한 금속음과 몇 발의 총성, 그리고 늑대의 고통에 찬 신음소리가 들렸다.

『큭……. 너희는 뭐냐?!』

"어……?"

시도는 늑대의 외침을 듣고 고개를 들었다.

그러자 시도와 요시노를 지키듯 두 사람 앞에 서있는 두 소녀가 눈에 들어왔다.

　"—괜찮으냐! 시도! 요시노!"

　"에헤헷. 아슬아슬했네, 소년."

　"아! 토카! 그리고— 니아?!"

　시도는 그 두 사람의 얼굴을 보고 눈을 크게 떴다.

　그렇다. 위기일발의 상황에 이 자리에 나타난 사람은 소매가 없는 화려한 일본식 외투와 발목까지 가리는 하의, 그리고 각반[#1]을 착용하고 한 손에 칼을 쥔 토카와, 검은색 롱코트를 걸치고 양손에 백은색 권총을 쥔 니아였다.

　두 사람 모두 시도나 요시노와 마찬가지로 꽤나 개성적인 복장을 하고 있었지만, 그들과는 달리 전투에 적합한 캐릭터를 맡은 것 같았다.

　두 사람은 시도와 요시노를 지키기 위해 늑대를 공격한 것 같았다. 늑대의 모피에는 칼에 베인 듯한 상처와 총에 맞은 듯한 상처가 새겨져 있었다.

　하지만 늑대는 겁을 먹기는커녕 더욱 처절한 미소를 지었다. 그리고 양손을 땅에 대더니 으르렁거리기 시작했다.

　『헷, 잘은 모르겠지만 재미있군. 너희 전부 내 뱃속으로 초대해주마!』

#1 각반(脚絆) 걸음을 걸을 때 발목 부분을 가뜬하게 하기 위해 발목 아래에서부터 무릎 아래까지 감는 띠.

"……쳇. 역시 터프하네. 파워 승부로는 밀릴 것 같아."

니아는 양손에 쥔 권총으로 늑대를 겨누면서 귀찮다는 듯이 그렇게 중얼거렸다. 그리고 토카 쪽을 힐끔 쳐다보며 말을 이었다.

"토~카. 주머니 안에 들어있는 수수경단을 저 녀석한테 하나 줘보지 않을래?"

"음? 이것 말이냐?"

토카는 고개를 갸웃하면서 니아가 말한 대로 허리에 찬 주머니에서 경단을 하나 꺼내 늑대에게 던졌다.

"에잇."

『크아아아아아아아악— 아아?』

경단은 토카 일행을 향해 달려들려던 늑대의 커다란 입안에 쏙 들어갔다.

늑대는 의아한 표정을 지으면서 그걸 씹더니—

다음 순간, 방금까지만 해도 위협적인 태도를 취하고 있던 늑대가 갑자기 『앉아』 자세를 취했다.

"어……?"

시도가 눈을 동그랗게 뜨고 바라보자, 늑대는 미안해하듯 고개를 숙였다.

『이야, 아기돼지 씨와 빨간 모자 양. 아까는 죄송했어요. 저도 배가 너무 고파서 신경이 곤두섰던지라…….』

"아, 괜찮아……."

순식간에 돌변한 늑대를 보며 시도가 어안이 벙벙해 하고 있을 때, 니아가 「에헤헤」 하고 웃었다.

 "역시 모모타로의 수수경단이네. 개과 동물에게는 정말 효과가 좋은걸."

 니아는 그렇게 말하면서 토카의 어깨를 두드렸다. 확실히 그녀의 말대로 토카는 일본인이라면 누구나 아는 모모타로 같은 복장을 하고 있었다.

 "……그런데 수수경단은 이럴 때 쓰라고 가지고 다니는 거야……?"

 "뭐, 사소한 건 신경 쓰지 마. 일단 살았으니까 됐잖아."

 니아는 어깨를 으쓱이면서 그렇게 말했다.

 여러모로 신경 쓰이는 점이 있기는 하지만, 확실히 그녀의 말이 옳았다. 시도는 그제야 안도의 한숨을 내쉬면서 몸을 일으키고 두 사람과 얼굴을 마주했다.

 "그래……. 토카, 니아, 너희 덕분에 살았어."

 "음. 시도와 요시노가 무사해서 다행이다!"

 토카는 칼을 칼집에 넣은 후 씨익 웃었다. 하나로 모아 묶은 머리카락과 이마에 착용한 보호대가 묘하게 잘 어울렸다.

 "음? 왜 그러느냐?"

 "아…… 아무것도 아냐. 그것보다 니아, 여기는 대체 어디야? 우리는 〈벨제붑〉에 삼켜진 거야?"

 시도의 물음에 니아는 표정을 굳히면서 「으음~」 하고 신

음을 흘렸다.

"그 말이 맞지도 않지만, 틀리지도 않다고나 할까…… 〈벨제붑〉을 채널로 삼고 있는 것은 틀림없지만, 〈벨제붑〉 안에 있는 건 아냐. 굳이 따지자면 〈벨제붑〉이 만들어낸 초소규모 『인계』에 가까운 공간이라고나 할까?"

"인계……?!"

시도는 니아의 말을 듣고 미간을 찌푸렸다. 인계. 그것은 정령이 존재하는 이공간의 명칭이었다.

"아, 어디까지나 성질을 따지자면 그렇게 표현할 수 있다는 거지, 인계 그 자체는 아냐. 간단히 말해, 외부와 단절된 공간에 갇혀있다는 거야."

"그…… 그렇구나. 그럼 요시노가 이런 복장을 하고 있는 건 어째서야?"

"으음…… 【아슈피리야】라는 건 인간의 상상과 환상, 그리고 인간이 자아낸 이야기를 베이스로 해서 만들어낸 공간이야."

"그 말은……."

"뭐, 간단히 말하자면 여기는 〈벨제붑〉에 의해 모인 전 세계의 『이야기』가 뒤섞인 세계야. 그런 세계에 삼켜진 우리 또한 그 『이야기』에 섞이고 만 거지."

"『이야기』……."

"그래. 소년은 복장이 평범하지만…… 그래도 짐작 가는 구석이 있지 않아?"

"그래……. 정신을 차리고 보니 돼지 인형 옷을 입고 있었어. 그리고 늑대에게 쫓겼지."

시도가 그렇게 말하자, 니아는 「풉」 하고 웃음을 터뜨렸다.

"뭐야, 혹시 『아기돼지 삼형제』야? 에이, 왜 인형탈을 벗어 버린 거야? 보고 싶은데~."

"시, 시끄러워."

시도는 그렇게 말하면서 다른 이들을 둘러보았다. 다들 동화에 나오는 캐릭터 같은 복장을 하고 있었다. 아기돼지 삼형제와, 빨간 모자, 모모타로, 그리고—.

"……응?"

시도는 니아를 쳐다보면서 고개를 갸웃거렸다.

"니아. 그런데 너는 어떤 캐릭터야?"

그렇다. 다른 사람들은 한눈에 누구인지 바로 알 수 있지만, 니아만은 복장만으로 누구인지 바로 알 수 없었다. 적어도 검은색 코트 차림에 쌍권총을 쓰는 동화 주인공은 본 적도 들은 적도 없었다.

니아는 그 말을 듣고 아하하 하고 웃었다.

"나? 『SILVER BULLET』의 파티마야."

"『SILVER BULLET』……이라면 네가 그리는 만화 아냐?!"

니아의 대답에 시도는 깜짝 놀랐다.

하지만 듣고 보니 니아의 복장은 혼죠 소지가 그리는 『SILVER BULLET』의 주인공과 닮은 것 같았다.

"후후후, 창작물에 울타리 같은 건 존재하지 않아, 소년. 뭐, 지명도가 높은 이야기일수록 표층에 나타날 가능성이 높기 때문에 필연적으로 동화가 많기는 하지만, 나는 『SILVER BULLET』의 작가잖아. 『이야기』가 『인연』에 인도되어 구현화된 게 아닐까?"

"그, 그렇구나……. 나는 동화에 한정되는 줄 알았어."

"그렇지 않아. 인간이 자아낸 『이야기』라면 이 세계의 어딘가에 존재할 거야. 인간에게 인식되기 쉬운…… 즉, 근래에 만들어졌더라도 지명도가 높은 캐릭터라면 이 근처를 걸어 다니고 있지 않을까? ―아, 그러고 보니 이 세상에서 가장 유명한 쥐가 저기에―."

"스톱! 왠지 그 이야기는 하면 안 될 것 같은 느낌이 들어!"

시도는 절규에 가까운 소리를 내면서 고개를 세차게 내저었다.

"……아, 아무튼, 완전히 이해하지는 못했지만, 여기가 어디인지는 이해했어. 그런데 나는 여기에 왔을 때 의식을 잃고 있었어. 대체 그 후로 시간이 얼마나 흐른 거야?"

시도는 불안한 듯 눈썹을 일그러뜨리면서 그렇게 말했다. ―그렇다. 시도 일행은 〈프락시너스〉로 향하던 도중이었다. 이대로 시간이 헛되이 흘러버린다면 〈라타토스크〉의 기지는 유린당하고 말지도 모르는데다…… DEM이 우주에 있는 무쿠로를 향해 마수를 뻗을 가능성도 존재했다.

그 말을 통해 시도가 뭘 걱정하고 있는지 눈치챈 니아는 그를 진정시키려는 것처럼 손바닥을 펼쳐보였다.

"뭐, 너무 초초해하지 마, 소년. 이럴 때야말로 차분하게 행동해야 해. 이 공간은 바깥 세계보다 시간이 느리게 흐르니까 지금 바로 문제가 발생하지는 않을 거야."

"그, 그래?"

시도는 니아의 말을 듣고 눈을 동그랗게 떴다. 그러자 니아는 어깨를 으쓱이면서 말을 이었다.

"응. ……뭐, 그래도 여기서 빠져나갈 수단을 찾아야 하니까 여유를 부릴 수는 없지만 말이야."

"……읏! 맞아. 그것도 물어보고 싶었어. 대체 어떻게 해야 우리는 이곳에서 빠져나갈 수 있는 거야?"

시도의 질문에 니아는 난처한 표정을 지으면서 팔짱을 꼈다.

"가장 확실한 것은 웨스트코트가 〈벨제붑〉으로 한 번 더 채널을 열어주는 거지만……."

"그, 그건……."

시도는 인상을 찡그렸다. 시도 일행을 이 공간에 가둔 적에게 기대를 걸 수는 없다. 그리고 웨스트코트가 시도 일행을 해방해준다면, 그건 상대방이 모든 목적을 달성한 후일 것이다.

"그 외에는…… 내부에서 세계를 박살낼 정도의 힘을 지닌 캐릭터를 찾는 수밖에 없을 거야. 예를 들면 작품 속의 작품에서 튀어나오는 주인공이나, 전지전능한 슈퍼 히어로 같은 캐릭터 말이야."

"그, 그런 캐릭터가 존재하는 거야?"

"으음…… 뭐, 이 세계는 동서고금의 다양한 『이야기』가 뒤섞여있으니까 어딘가에는 존재할 거라고 생각해. 하지만…… 그 캐릭터가 어디에 있는지 모르는데다, 설령 있다고 해도 우리를 도와줄지는 알 수 없어."

"으윽……."

시도는 니아의 말을 듣고 미간을 찌푸렸다. 이 세계가 얼마나 넓은지는 알 수 없지만, 그것은 사막에서 바늘 찾기나 다름없을 것이다.

하지만 그렇다고 해도 멈춰 설 수는 없다. 시도는 마음을 다잡기 위해 가늘게 숨을 내쉬면서 고개를 들었다.

"─아무튼, 다른 애들을 찾아보자. 그녀들도 우리처럼 이 세계의 어딘가에 있는 거지?"

"응. 아마 그럴 거야."

"그럼 우선 다른 애들부터 찾아보자고. 바깥 세계로 돌아가더라도 다 같이 돌아가야 하잖아."

시도가 그렇게 말하자, 다들 동의하듯 고개를 끄덕였다.

하지만 토카는 굳은 표정을 지으면서 팔짱을 꼈다.

"그런데 시도. 어떻게 다른 애들을 찾을 거지?"

"윽. 그건……."

시도는 대답을 하지 못했다. 방침 자체는 옳다고 생각하지만, 솔직하게 말해 단서가 하나도 없었던 것이다.

시도가 고민에 잠겨 있을 때, 지금까지 침묵을 지키며 그들의 말에 귀를 기울이고 있던 늑대가 슬며시 손을 들어올렸다.

『저기, 혹시 같이 이 세계에 온 분들을 찾고 있는 겁니까?』

"응? 아…… 그래."

아까까지와는 달리 예의바르기 그지없는 늑대를 보고 당황한 시도는 떠듬거리면서 그렇게 대답했다. 그러자 늑대는 가슴을 주먹으로 두드리면서 말했다.

『그럼 제 코가 도움이 될지도 모릅니다. 이 세계에게 있어 이물질인 여러분은 특이한 냄새를 풍기고 있습니다. 그러니 비슷한 냄새를 따라가다 보면 찾으시는 분들을 만날 수 있을지도 몰라요.』

"……저, 정말이야?"

"오오! 늑대여, 정말 대단하구나!"

표정이 밝아진 토카가 늑대의 머리를 쓰다듬었다. 그러자 늑대는 수수경단을 줬던 토카를 주인님이라고 생각하는지 기쁨이 어린 울음소리를 냈다.

『─자, 그럼 지금 출발할까요. 희미하기는 하지만 북쪽에 있는 마을 방향에서 냄새가 느껴집니다.』

"응, 부탁해……."

시도는 다리에 힘을 주고 몸을 일으켰다. 하지만 혹사시킨 다리는 완전히 회복되지 않았는지 금방이라도 쓰러질 것처럼 후들거렸다.

"……아야야."

"시도, 괜찮으냐?"

"응, 괜찮아. 좀 비틀거린 것뿐이야."

시도의 말에 늑대는 풀이 죽은 것처럼 귀를 접으면서 말했다.

『죄송합니다……. 전부 제 탓이에요. 이렇게 됐으니 제가 아기돼지 씨를 옮기도록 하죠.』

"뭐? 아, 돼, 됐어……."

『사양하지 마시죠. ─자, 제 입속으로 들어오십시오. 저는 기본적으로 사냥감을 씹지 않고 삼키니, 나중에 다시 토하면 괜찮을 겁니다.』

"……."

시도는 위험한 느낌이 물씬 나는 그 말을 듣고, 아무 말 없이 고개를 세차게 저었다.

◇

"……리! 코토리!"

"……. ……가…… 어요."

의식이 몽롱해진 코토리의 귀에 그런 말이 들려왔다.

하지만 몸은 그 말에 반응하지 못했다. 아니, 몸만이 아니었다. 자신을 부르는 목소리를 듣고도 뇌의 사고회로가 작동하지 않는 것이다.

현재 코토리를 지배하고 있는 것은 깊디깊은 졸음이었다.

방금까지 차갑기 그지없었던 손발에서는 이제 감각이 없었다. 아마 이대로 잠든다면 두 번 다시 눈을 뜨지 못하리라. 하지만 그것을 자각하고 있으면서도, 졸음에 저항할 힘이 나지 않았다. 희미하게 남아있던 코토리의 의식이 모래시계의 모래가 떨어지듯 사라지고―.

"―아, 시도. 마침 잘 왔어. 코토리가 일어나지 않아."

"요청. 이대로는 위험해요. 심장 마사지를 부탁드려요."

"……우와, 느닷없이 가슴을 움켜쥐라는 거야? 꽤 하네~."

"불문(不問). 긴급사태니까 그 정도는 해도 돼요. 뭣하면 코토리의 상의를 벗기고 하세요."

"…………뭐, 뭐하는 거야아아아아!"

누군가가 자신의 가슴을 마구 주무르는 감촉을 느낀 코토리는 참다못해 고함을 질렀다.

눈을 떠보니, 자신의 가슴을 주무르고 있는 사람은 오빠인 시도가 아니라 판박이처럼 똑같이 생긴 두 소녀였다.

"……카구야, 유즈루, 뭐하는 거야?"

코토리가 도끼눈을 뜨면서 묻자, 카구야와 유즈루는 서로의 얼굴을 쳐다본 후, 그녀를 향해 고개를 돌렸다. 두 사람다 곳곳을 기운 낡은 옷을 입고 있었으며, 커다란 짐을 가지고 있었다. 참고로 카구야는 바지, 유즈루는 치마를 입고있었다. 거기에 체격과 머리모양이 더해지자, 왠지 남녀 쌍둥이처럼 보이기도 했다.

"크큭. 코토리여, 깜빡 속아 넘어갔구나."

"긍정. 시도의 이름을 언급하면 사랑의 힘으로 눈뜰 거라는 예상이 적중한 것 같아요."

여전히 코토리의 가슴에 손을 댄 그녀들은 손가락을 꼼지락거리면서 그렇게 말했다. 코토리는 두 사람의 손을 쳐내고 그 자리에서 몸을 벌떡 일으키려…… 비틀거리면서 주저앉았다.

"앗, 괜찮아?"

"걱정. 기운이 없어 보여요."

"……뭐, 기운이 없어질 만도 하잖아."

코토리는 새하얀 입김을 토하면서 주위를 둘러보았다.

현재 코토리 일행이 있는 곳은 동화에 나올 법한 외국의 마을이었지만…… 문제는 바로 날씨였다.

그녀의 시야는 흰색으로 가득 차 있었다. 언제부터 내린 것인지도 알 수 없는 눈이 이 마을을 백은색으로 물들이고 있었던 것이다.

게다가 코토리는 누더기 같은 옷만 걸친 채 변변찮은 방한도구도 없이 밖으로 내쳐졌으니, 쇠약해지는 것도 무리는 아니었다.

코토리는 자신이 들고 있던 바구니를 쳐다보았다. ―그 안에는 성냥이 잔뜩 들어있었다.

"……하아, 이래서야 영락없는『성냥팔이 소녀』네."

"『성냥팔이 소녀』?"

"질문. 그게 뭔가요?"

두 사람은 고개를 갸웃거렸다. 코토리는 살며시 고개를 끄덕이면서 입을 열었다.

"안데르센의 동화야. 가난한 소녀가 한겨울에 거리에서 성냥을 팔지만, 전혀 팔리지 않아. 그리고 그대로 밤이 깊어지자…… 추위를 견디다 못한 소녀가 몸을 녹이기 위해 성냥불을…… 에, 에취!"

코토리는 이야기를 하다가 갑자기 재채기를 했다. 그럴 만도 했다. 야마이 자매 덕분에 정신이 들기는 했지만, 상황은 전혀 개선되지 않았으니 말이다.

"우선 장소를 바꾸자. 여기는 너무 추워."

"긍정. 일단 눈을 피할 수 있는 장소로 이동하죠."

카구야와 유즈루가 그렇게 말하면서 코토리의 손을 잡아 부축을 해주면서 눈에 발자국을 남겼다.

그리고 몇 분 후, 세 사람은 좁은 뒷골목에 도착했다. 이곳도 춥기는 매한가지지만, 폐자재들이 쌓여 있는 이곳까지 바람이 들어오지는 않았다. 또한 밀집되어 있는 건물의 지붕 덕분에 눈도 쌓이지 않았다.

"뭐, 실은 실내가 좋겠지만…… 아까 거기보다는 나을 거야."

"동의. 이제 몸을 녹일 불만 있으면 좋겠군요……."

유즈루는 뭔가를 생각하는 것처럼 코토리가 들고 있던 바구니 안을 쳐다보았다. 코토리는 그녀의 생각을 읽었는지 「좋아」라고 말하며 성냥 한 상자를 꺼냈다.

"팔 물건이지만, 지금은 그런 걸 따질 때가 아냐. 기왕 이렇게 됐으니 『성냥팔이 소녀』답게 성냥불을 피워보자."

코토리는 그렇게 말하면서 성냥을 하나 꺼냈다.

"그러고 보니 아까 이야기를 하다 말았잖아. 『성냥팔이 소녀』가 성냥불을 피우니 어떤 일이 일어난 거야?"

"아, 어떻게 됐냐면—."

코토리는 그렇게 말하면서 성냥불을 피웠다.

그러자 성냥불이 밝힌 공간에 따뜻한 수프와 칠면조 통구이처럼 맛있는 음식들의 모습이 떠올랐다.

"우왓?! 이게 뭐야?!"

"경악. 아무것도 없던 장소에 음식이 생겨났어요."

야마이 자매는 경악을 금치 못하면서 눈을 치켜떴다.

그건 코토리도 마찬가지였다. 확실히 코토리가 처한 상황은 『성냥팔이 소녀』와 흡사하지만, 설마 진짜로 이런 현상이 일어날 거라고는 생각도 못했던 것이다.

하지만 성냥이 장시간 동안 탈 리가 없었다. 어렴풋한 성냥불은 겨우 십여 초 만에 꺼졌고, 그와 동시에 음식들도 사라졌다.

"아, 사라졌어."

"감탄. 신기한 일도 다 있네요. 성냥에 환각 성분이라도 들어있는 걸까요?"

"아, 그렇게 살벌한 상황은 아닐 것 같은데……."

코토리가 쓴웃음을 지으면서 그렇게 말하자, 카구야는 흥미롭다는 듯이 타고 남은 성냥을 쳐다보면서 입을 열었다.

"그럼 이게 아까 그 동화의 뒷내용이야?"

"응……. 뭐, 성냥은 금방 타버리니까 소녀는 계속 성냥불을 피웠고, 행복한 꿈을 꾸다가, 다음 날 아침에 죽은 채로 발견돼."

"우와, 엄청 슬픈 이야기네."

"제안. 그렇다면—"

유즈루는 뭔가가 생각났다는 듯이 골목 안쪽에서 조그마한 폐자재를 몇 개 주워오더니, 모닥불을 피우려는 것처럼 쌓았다.

"요청. 코토리, 여기에 불을 지펴주세요."

"뭐? 아, 응."

코토리는 유즈루가 시키는 대로 성냥불을 피워서 폐자재에 불을 붙였다. 금방이라도 꺼질 것 같던 불씨는 이윽고 커다란 불꽃이 되었다.

그러자 불길의 크기에 비례하듯, 아까 같은 광경이 뒷골목을 가득 채웠다. 다 먹지도 못할 만큼 많은 음식, 따뜻한 난로, 그리고 상냥한 미소를 짓고 있는 시도의 모습도 떠올랐다.

"우와, 대단해! 이게 환영이야?! 엄청 리얼하네!"

"경악. 시도까지 있어요. 역시 시도를 갈구하는 코토리의 마음에 호응하고 있는 걸까요."

"시, 시끄러워. ……그래도 몸을 녹일 수 있어서 다행이야."

성냥팔이 소녀가 성냥으로 모닥불을 피우다니, 동화 본연의 정서를 박살낸 것 같지만…… 뭐, 상황이 상황인 만큼 어쩔 수 없다. 아무리 아름다운 이야기일지라도, 자신이 그 이야기의 당사자가 되어보니 눈 속에서 얼어 죽는 것은 싫었다. 코토리는 꽁꽁 언 손을 녹이기 위해 모닥불을 향해 손바닥을 내밀었다.

차가워진 손가락 끝에 드디어 감각이 돌아왔다. 그와 동시에 꼬르륵…… 하고 배가 비명을 질렀다.

"어? 코토리, 그대 설마 배가 고픈 것이냐?"

카구야는 평소처럼 거만한 말투로 그렇게 물었다. 그러자 코토리는 부끄러워하듯 볼을 붉혔다.

"윽…… 어쩔 수 없잖아. 아까까지만 해도 얼어 죽기 직전이었단 말이야. ……이 음식을 먹을 수 있으면 좋겠네."

코토리는 그렇게 말하면서 주위에 떠올라 있는 음식들을 향해 손을 뻗었다. 하지만…… 역시 그것들은 환영인지 코토리의 손은 허공을 갈랐다.

"……역시 생각대로 안 되네."

코토리가 낮은 목소리로 분통을 터뜨리자, 카구야는 「아」하고 손뼉을 쳤다.

"맞아. 유즈루, 아까 그거 있지?"

"명안(名案). 그러고 보니 그게 있었죠."

"……응? 무슨 소리를 하는 거야?"

코토리는 의아해하듯 미간을 찌푸렸다. 그러자 카구야와 유즈루가 들고 있던 커다란 짐을 풀고 그 안에서 어떤 것을 꺼내 코토리에게 보여줬다.

"아! 이건……."

코토리는 무심코 눈을 크게 떴다.

왜냐하면 두 사람이 들고 있던 가방 안에는 비스킷과 캔디 같은 과자들이 산더미처럼 들어있었던 것이다.

"대체 어디서 난 거야?"

"음? 정신이 들어보니 이 몸과 유즈루는 검은 숲^{슈바르츠발트}에 있었느니라. 그리고 한동안 걷다보니 과자로 된 집에 당도했지."

"설명. 배가 고파서 그 집의 벽과 지붕 일부를 떼어내서 가져왔어요."

"뭐……."

코토리는 두 사람의 설명을 듣고 눈을 동그랗게 떴다. 하지만 자신이 처한 상황과 비교해보고, 납득한 것처럼 고개를 끄덕였다.

"아하…… 두 사람은 『헨젤과 그레텔』인 거네?"

"헨젤과?"

"의문. 그레텔, 이라고요?"

두 사람이 머리를 갸웃거리자, 코토리는 고개를 끄덕였다.

"응. 그것도 동화야. 어머니에게 버려진 남매가 숲속에서 과자로 된 집을 발견하는 이야기지. ……저기 말이야, 그 과자로 된 집에 누군가가 살고 있지는 않았어?"

코토리가 그렇게 묻자, 두 사람은 뭔가가 생각난 듯한 표정을 지으며 고개를 끄덕였다.

"그러고 보니 노파가 한 명 있었느니라. 우리를 집안으로 끌어들이려고 했지만, 왠지 미심쩍어서 무시해버렸지."

"긍정. 그랬더니 무시무시한 표정으로 저희를 쫓아왔어요."

"크큭! 뭐, 그딴 노파가 달음박질로 야마이에게 이길 수 있을 리가 없지만 말이다!"

"진실. 카구야는 돌변한 노파를 보고 겁먹었는지 엉엉 울면서 도망쳤어요. 아마 바지에 실례했을 거예요."

"실례는 안 했거든?!"

"……."

코토리는 두 사람의 이야기를 듣고 쓴웃음을 지었다. 원래 헨젤과 그레텔은 그 마녀에게 잡히지만…… 두 사람은 무사히 도망친 것 같았다.

"뭐…… 무사해서 다행이야. 그것보다 좀 먹어도 돼?"

"물론이지. 얼마든지 먹어라."

카구야는 잘난 척 하듯 가슴을 펴면서 과자를 내밀었다. 코토리는「그럼 잘 먹을게」라고 말하면서 손을 뻗었다.

코토리는 쿠키와 도넛처럼 칼로리가 높은 과자를 입에 넣고 씹었다. 평소에는 여자의 천적인 그것들도 이 상황에서는 믿음직한 에너지원이다. 당분이 입안에 퍼져나간 순간, 손발에 힘이 돌아오는 듯한 느낌이 들었다.

"휴우…… 덕분에 살았어. 이제 막대사탕만 있으면 딱이지만…… 뭐, 이 상황에서는 어쩔 수 없지."

코토리는 막대가 달리지 않은 사탕을 입에 넣고, 존재하지 않는 막대 부분을 까딱거리는 듯한 시늉을 했다. 그러자 야마이 자매는 눈을 동그랗게 뜨면서「오오……」하고 탄성을 질렀다.

"보이는 구나. 존재하지 않는 막대가 보인단 말이다……!"

"감탄. 에어 막대사탕이군요."

두 사람이 오버스러운 리액션을 취하자, 코토리는 무심코 쓴웃음을 지었다.

"무슨 소리를 하는 거야. ……뭐, 아무튼 너희 덕분에 살았어. 고마워."

"크큭, 신경 쓰지 말거라. 이 정도는 야마이에게 있어서는 식은 죽 먹기니까 말이다."

"긍정. 곤란할 때는 서로 도와야죠."

두 사람은 씨익 웃으면서 그렇게 말했다. 코토리는 그 말에 답하듯 고개를 끄덕인 후, 표정을 굳히면서 턱에 손을 댔다.

"하지만…… 상황 자체에는 그다지 변함이 없네. 대체 뭐가 어떻게 된 거지? ……설마 진짜로 책 속의 세계에 갇힌 건가?"

이 세계에 들어오기 전의 마지막 기억은 〈라타토스크〉의 기지에서 웨스트코트와 대치하다가 거대한 책에 삼켜진 것이다. 그것이 마왕 〈벨제붑〉의 힘인 것은 틀림없지만, 지금 자신들이 어떤 상황에 처한 것인지는 알 수가 없었다.

"아무튼 어떻게든 원래 세계로 돌아가야만 해……."

코토리가 그렇게 말하자, 카구야는 팔짱을 끼면서 입을 열었다.

"그건 그렇다만, 대체 뭘 어떻게 해야 원래 세계로 돌아갈 수 있는 것이냐?"

"그건…… 몰라. 하지만 우리가 이렇게 만난 걸 보면 다른 애들도 이 세계의 어딘가에 있을 가능성이 높아. 우선 전원

이 합류한 후에 작전을——."

코토리가 말을 이으려던 순간, 골목 입구 쪽에서 마차가 길을 지나는 소리, 그리고 사람들의 목소리가 들려왔다.

『······어이쿠, 오늘은 마차가 많이 지나다니는데? 무슨 일 있는 거야?』

『너, 모르는 거야? 오늘 성에서 열리는 무도회에서 엄청난 걸 선보인대.』

『엄청난 거? 그건 또 무슨 소리야? 임금님의 숨겨둔 자식이라도 공개하는 거야?』

『아냐. ······성에서 일하는 지인한테 들은 건데, 전설의 인어가 임금님에게 진상되었대. 그리고 임금님은 그 인어가 마음에 들었는지 무도회에 참석한 이들에게 그 인어를 보여주려는 것 같아.』

『인어? 말도 안 되는 소리 말라고. 그런 게 진짜로 있을 리가 없잖아.』

『진짜란 말이야. 듣자하니 「달링~, 달링~」 하고 노래한대.』

"······."

마치 남들에게 들려줄려는 듯한 노골적인 속닥거림을 들은 코토리 일행은 곧 서로의 얼굴을 쳐다보았다.

"······어떻게 생각해?"

"그, 그게······."

"당황. 그 인어가 누구일지 엄청 짐작이 되는 군요."

세 사람은 몇 초 동안 침묵한 후, 누가 먼저랄 것 없이 자리에서 일어섰다.

◇

―〈프락시너스〉의 함교에서는 긴급사태를 알리는 경고음이 울리고 있었다.

모니터에는 기지 내부를 비추는 카메라 영상과 기지 지도, 그리고 기지 내부를 이동 중인 적을 가리키는 붉은색 마킹이 표시되어 있었으며, 그것들이 승무원들에게 혼란을 야기했다.

"―폭격은 중단됐습니다만, 그 대신 기지 내부에서 총격전이 벌어지고 있는 것 같습니다!"

"기, 기지 내부에 DEM인더스트리의 위저드 및 수많은 〈밴더스내치〉의 반응이 확인됐습니다!"

"사령관님 일행은 어떻게 됐지?!"

"아까부터 연락이 안 됩니다!"

"마, 맙소사! 아아아아, 하느님! 미스터 니이이임!"

승무원들의 고함인지 비명인지 알 수 없는 목소리가 함교에서 메아리쳤다. 참고로 나카츠가와는 미소녀 피규어를 콘솔 위에 올려 두고, 불상에 기도를 올리듯 합장을 하고 고개를 숙여대고 있었다.

하지만 그러는 것도 무리는 아니었다. 〈라타토스크〉 기지에서 온 정보에 따르면 DEM인더스트리의 공중함이 기지 상공에 나타나, 이 기지를 공격하고 있는 것이다.

우주로 출발하기 위해 〈프락시너스〉의 함교에서 작업에 힘쓰고 있던 승무원들에게 있어서는 무방비 상태에서 두들겨 맞은 것이나 다름없는 상황이었다. 승무원들은 지금까지 수많은 위기를 헤쳐 왔지만, 이런 상황에 직면한 것은 처음이었다.

"……으, ……으."

승무원 중 한 명인 시이자키 히나코는 정열적인 리듬을 새기고 있는 심장을 진정시키려는 듯이 가슴에 손을 댔다. 하지만 진정하자고 생각하면 할수록 그녀의 심장은 더욱 빠르고 격렬하게 뛰었다.

바로 그때, 퍼스널 모니터에 『MARIA』라는 글자가 표시되었다.

"어……?"

히나코가 눈을 동그랗게 뜨자, 퍼스널 모니터에 설치된 스피커에서 〈프락시너스〉의 AI인 마리아의 음성이 흘러나왔다.

『진정하세요, 시이자키. 이런 상황에서 적보다 더 무서운 것은 혼란에 빠진 나머지 자기 자신을 잃는 것이에요. 마음을 진정시킨 다음, 훈련한 대로 행동하세요. 당신이 얼마나 우수한지는 제가 가장 잘 알아요. 그러니 걱정하지 마세요.』

"어, 저, 저기…… 예."

마리아가 차분한 목소리로 그렇게 말하자, 히나코는 어안이 벙벙해하면서 고개를 끄덕였다.

주위를 둘러보니 다른 승무원들에게도 비슷한 일이 일어나고 있는 것 같았다. 눈앞에 있는 모니터가 반짝이더니, 그들에게 말을 걸었다. 다들 히나코와 마찬가지로 놀랐지만—곧 마음을 진정시켰다.

바로 그때, 부사령관인 칸나즈키의 목소리가 함교에 울려 퍼졌다.

"이런이런, 제가 할 일을 빼앗겼군요. 자, 마리아의 말대로 진정하도록 하죠. —기지 측에서 저희에게 지시를 내렸을 것 같습니다만?"

"예……! 〈프락시너스〉는 이츠카 사령관 및 시도 군, 정령들을 회수 후 〈조디악〉이 있는 곳으로 이동해 작전을 수행하라는 연락이 왔습니다!"

"흠…… 그렇습니까. 그렇다면 저희가 해야 할 일은 사령관님 일행이 돌아올 때까지 모든 준비를 끝마치는 것, 그리고 〈프락시너스〉를 지키는 것이군요."

칸나즈키는 차분한 어조로 그렇게 말했다. 승무원들은 그 말을 듣고 「라져!」라고 한 목소리로 외쳤다.

하지만 다음 순간—

아까 전보다 훨씬 큰 폭발음이 들려오더니, 〈프락시너스〉

의 함체가 격렬하게 흔들렸다.

"큭……! 이건……?!"

카와고에가 콘솔에 부딪힌 머리를 문지르면서 그렇게 말한 순간, 모니터에 〈프락시너스〉 외부의 영상이 비쳤다.

격납고 안에 〈밴더스내치〉와 CR−유닛으로 무장한 위저드들이 있었다. 아무래도 드디어 적들이 이곳에 도달한 것 같았다.

"함체 하단부를 공격당했습니다! 피해 자체는 경미하지만 적 위저드가 〈프락시너스〉에 침입하려 합니다!"

미노와가 그렇게 외치자, 승무원들은 전율했다.

"큰일 났군! 빨리 대처해야 해!"

"하지만 격납고 안에서 탄막을 펼칠 수는—."

함교 안이 시끌벅적해졌다.

바로 그때, 칸나즈키가 손뼉을 치며 입을 열었다.

"—방법은 있습니다. 마리아, 테리터리를 펼치세요. 범위는 50, 속성은 마력 생성 저해입니다."

『라져. 기초 현현장치 가동. 테리터리를 전개합니다.』

마리아가 차분한 어조로 그렇게 말하자, 부오오오오……하고 낮은 소리가 함내에서 울려 퍼지더니—〈프락시너스〉의 주위에 눈에 보이지 않는 영력이 펼쳐졌다.

그 순간, 격납고에 있던 〈밴더스내치〉가 실이 끊어진 꼭두각시 인형처럼 무너지듯 쓰러졌다.

"앗! 〈밴더스내치〉가……?!"

"저희 쪽의 테리터리로 적의 테리터리를 중화했습니다. 생성 마력으로 움직이는 인형에게 있어 이건 치명적이겠죠."

"여, 역시 부사령관님!"

미키모토는 칭찬하듯 그렇게 말했다. 하지만 평소 같으면 잘난 척을 했을 칸나즈키는 여전히 진지한 표정을 짓고 있었다.

"하지만……."

칸나즈키가 그렇게 말한 순간, 또 폭발음이 들리더니 함교가 희미하게 흔들렸다.

"—저해한 것은 어디까지나 테리터리이니, 인간과 실탄은 어찌 할 수 없습니다."

"예……?!"

"그럼 의미가 없잖아요오오오오!"

승무원들이 비명을 지른 순간, 함교의 문 쪽에서 펑! 하는 소리가 들렸다. 그리고 와이어링 슈트를 걸친 위저드 세 명이 권총을 치켜들며 함교에 들어섰다.

"전원, 손들어!"

"불온한 움직임을 취하면 즉시 발포하겠다!"

"꺄, 꺄아앗?!"

히나코는 갑작스러운 사태에 놀랐는지 비명을 지르면서 양손을 치켜들었다. 다른 승무원들도 적이 시키는 대로 양

손을 치켜들며 꼼짝도 하지 않았다.

　그 모습을 본 위저드들은 눈짓을 교환한 후, 고개를 끄덕였다.

　"흐음, 이게 그 유명한 〈프락시너스〉인가."

　"하하, 〈아르바텔〉로도 격추하지 못한 거물을 겨우 셋이서 제압했다니, 엄청난 공적 아냐? 웨스트코트 님도 기뻐하시겠지."

　"……둘 다 방심하지 마라. 쓸데없는 소리는 이 자리에 있는 전원을 구속하고, 이 함의 AI를 재운 다음에 해."

　대장격으로 보이는 남자가 그렇게 말하자, 다른 두 위저드가 알았다는 듯이 고개를 끄덕였다.

　"자, 미안하지만 얌전히 잡혀달라고. 뭐, 웨스트코트 님께서는 너희를 마음에 들어 하시니까 해를 끼치지는 않으실 거야."

　그렇게 말한 위저드는 총을 치켜든 채 걸음을 내디뎠다. 그리고 가장 가까운 곳에 있던 히나코의 팔을 꺾더니, 그대로 바닥에 쓰러뜨리려 했다.

　"꺄아……!"

　"저항하지 마. 우리도 가능하면 생포하라는 명령을—"

　위저드가 말을 이으려던 순간이었다.

　『——!!』

　히나코의 머리 위편에 거대한 호랑이의 얼굴이 나타나더

니, 위저드를 향해 포효했다.

"우, 우와아아아앗?!"

위저드는 느닷없이 나타난 거대한 짐승을 보고 경악하여 들고 있던 권총의 방아쇠를 당겼다.

하지만 권총에서 발사된 탄환은 호랑이를 통과해 함교의 벽에 부딪힌 후 튕겨났다.

위저드는 그제야 눈치챘다. 눈앞에 존재하는 짐승이 입체 영상이라는 사실을 말이다.

"아니……?!"

다른 두 위저드도 그 짐승에게 시선을 빼앗겼다. 바로 그 순간, 칸나즈키가 모습을 감췄다. 그리고 히나코의 손을 잡고 있던 위저드가 신음을 흘리면서 뒤편으로 쓰러졌다.

"어……? 아―."

순간, 이 자리에 있는 이들은 이해했다. 눈에 보이지 않는 속도로 돌진한 칸나즈키가 위저드의 턱을 걷어찬 것이다.

"파인 플레이예요, 마리아. 나중에 동력부를 깨끗하게 닦아드리죠."

『왠지 기분 나빠요, 칸나즈키.』

칸나즈키가 손짓을 섞어가며 그렇게 말하자, 마리아는 차가운 어조로 대답했다. 그러자 얼이 나가 있던 위저드들이 칸나즈키를 향해 총을 들었다.

"이게……!"

"저항하는 거냐!"

하지만 그들이 방아쇠를 당기기도 전에―.

"아…… 아아아아아아아아아아아아아아아아아아앗?!"

나카츠가와의 비통한 울부짖음이 함교에 울려 퍼졌다.

"뭐…… 뭐야?!"

위저드 중 한 명이 소리가 들린 곳을 향해 총구를 돌렸다. 하지만 나카츠가와는 전혀 개의치 않으며 통곡했다.

나카츠가와의 손 언저리를 본 순간― 그가 오열하는 이유를 알아챘다. 운이 없게도 방금 벽에 부딪힌 후 튕겨난 탄환이 나카츠가와의 피규어에 정확하게 꽂히면서 상반신을 박살낸 것이다.

"이 자식…… 이 자식, 이 자식, 이 자식, 이 자시이이이익! 감히 내 미스티한테에에에엣!"

나카츠가와는 피눈물이라도 흘릴 듯한 기세로 원념에 찬 목소리를 터뜨리더니, 자신을 향해 총구를 든 위저드를 향해 몸을 날렸다.

농담으로도 슬림하다고 말하기 힘든 나카츠가와의 몸이 말 그대로 육탄(肉彈)이 되어 위저드에게 쇄도했다.

"큭……?!"

위저드는 나카츠가와를 향해 권총을 들고 방아쇠를 당겼다. 발사된 탄환이 나카츠가와의 어깨를 꿰뚫자, 피가 사방으로 튀었다.

하지만 눈곱만큼도 공포나 통증을 느끼지 않은 듯한 나카츠가와는 그대로 태클을 날려 위저드를 바닥에 쓰러뜨렸다.

"커억!"

뒤통수를 바닥에 찧은 위저드가 고통에 찬 신음을 흘렸다. 하지만 나카츠가와는 멈추지 않았다. 그대로 상대의 몸 위에 올라탄 그는 위저드를 쉴 새 없이 두들겨 팼다.

"크아아아아아아아아악!"

"잠깐…… 커, 커억!"

아무리 위저드라고 해도 테리터리가 없으면 평범한 인간과 별반 차이가 없다. 나카츠가와에게 깔린 위저드는 머리를 지키려는 것처럼 양손으로 얼굴을 가렸다.

"큭, 이 자식……!"

그 광경을 본 마지막 위저드가 나카츠가와를 향해 총을 들었다.

두 사람은 10미터 정도 떨어져 있지만, 나카츠가와는 아까와 달리 이동을 하고 있지 않았다. 훈련을 받은 위저드라면 정확하게 총탄을 명중시킬 수 있으리라.

"……윽!"

그 순간, 히나코는 품속에 손을 집어넣어 수제 짚인형을 꺼냈다.

그리고 재빨리 정신을 집중하면서 짚인형의 몸통 부분을 움켜쥐었다.

"끄윽?!"

그러자 총을 쥔 위저드가 기묘한 비명을 지르며 몸을 새우처럼 꺾었다.

칸나즈키가 그 틈을 놓칠 리가 없었다. 아까처럼 순식간에 대장격의 위저드에게 달려든 그는 총을 쥔 손을 걷어찬 후, 상대의 목에 팔을 둘러서 그대로 경동맥을 압박해 기절시켰다.

―시간으로 치면 3분도 채 되지 않는 짧은 시간이었다.

〈프락시너스〉는 위기를 맞이했고― 또한 그 위기에서 벗어났다.

"휴우…… 어찌어찌 됐군요."

칸나즈키는 손을 터는 듯한 시늉을 하면서 그렇게 말했다. 나카츠가와 이외의 승무원들은 그 말을 듣고 일제히 안도의 한숨을 내쉬었다.

"하아…… 죽는 줄 알았어요."

"동감이야. 심장이 멎는 줄 알았다니깐. ……아, 나카츠가와 군. 그 사람, 이미 기절했으니까 그만해."

미노와가 그렇게 말하자, 나카츠가와는 뜨거운 눈물과 함께 오열을 터뜨리며 주먹질을 멈췄다.

"으, 으흑…… 미스티. 미안해, 미스티……."

그리고 그제야 통증이 느껴지기 시작했는지 나카츠가와는 비명을 지르면서 바닥을 굴러다녔다.

"아, 아얏! 어깨! 아얏! 우오오! 우오오오오!"

"아아, 정말! 버둥거리지 좀 마! 무라사메 해석관, 부탁해도 될까요?"

"……응. 지혈할게. 탄환은 관통한 것 같으니까, 한동안 의료용 리얼라이저에 들어가 있으면 괜찮을 거야. 일단 상의를 벗어."

레이네는 그렇게 말하면서 나카츠가와에게 응급처치를 해줬다.

그때, 마리아가 이 자리에 있는 이들을 향해 말했다.

『―여러분, 수고하셨어요. 위저드가 기절한 사이에 리얼라이저와 무기를 빼앗은 후 묶어두도록 하죠. ―그리고 나카츠가와, 시이자키.』

"으, 으윽…… 예?"

"왜, 왜요?"

두 사람이 고개를 들자, 마리아는 짤막하게 말했다.

『피규어와 짚인형의 전략적 유용성을 확인했습니다. 특별히 함교 반입을 검토해보죠.』

"―푸우우엣취! 아아…… 엣취~."

니아가 여성스럽지 않은 재채기를 하자, 시도는 무심코 쓴웃음을 지었다.

"니아, 괜찮아?"

"하나도 괜찮지 않아~. 여기 너무 추운 거 아냐?"

니아는 그렇게 말하면서 추위를 막으려는 것처럼 코트의 옷깃을 세웠다.

하지만 그것도 무리는 아닐 것이다. 시도 일행은 늑대에게 길안내를 받으며 산에서 빠져나온 후, 예의 그 마을에 도착했지만…… 마을에 들어선 순간부터 계절, 기후, 시간이 완전히 변하고 만 것이다.

주위는 백은색 눈으로 뒤덮여 있었다. 하늘은 이미 어두웠으며, 가로등 불빛이 길을 비추고 있었다. 아까까지와는 주위의 풍경이 완전히 달랐다. 이것도 『이야기』가 뒤섞여 존재하는 세계 특유의 현상인걸까.

"저기, 소년. 아기돼지 인형 옷, 가지고 왔어?"

"안 가지고 왔어. 그리고 너는 그나마 코트라도 걸쳤잖아. ……토카와 요시노는 괜찮아?"

시도의 물음에 두 사람은 동시에 고개를 끄덕였다.

"음. 괜찮다."

"예. 추위에는 익숙해요."

두 사람이 그렇게 말한 순간, 니아는 또 재채기를 했다.

"……에취, 젠장~. 소년, 빨리 여동생 양 일행을 찾아서 따뜻한 곳으로 가자~."

"응. 좋아. 으음…… 늑대의 말에 따르면 저 성 쪽에서 냄새가 난다고 했는데……."

시도는 그렇게 말하면서 마을 안쪽에 위치한 커다란 성을 바라보았다.

참고로 길안내를 해줬던 늑대와는 마을에 들어가기 직전에 헤어졌다. 그렇게 커다란 늑대를 데리고 마을에 들어갔다간 소동이 벌어질 게 뻔하기 때문이다.

게다가 길을 가던 사람들 또한 기묘한 복장을 한 시도 일행을 힐끔힐끔 쳐다보고 있었다. ……뭐, 이 세계관과 국적이 다른 이들이 함께 행동하고 있으니 남들의 시선을 모으는 것도 무리는 아니지만, 그렇게 기분이 좋지는 않았다.

"아무튼 다른 단서도 없으니까 일단 성으로 가자."

시도가 그렇게 말하자, 다들 고개를 끄덕였다. 시도는 마주 고개를 끄덕인 후, 길을 따라 걸음을 옮겼다.

―그리고 얼마나 걸었을까. 성 앞에 도착한 시도 일행은 걸음을 멈췄다.

이유는 단순했다. 성 앞에서 소동이 일어난 것 같았기 때문이다.

"저 아이들은……."

시도는 눈을 비비고 소동이 일어난 곳을 쳐다보았다. 성문을 지키는 위병으로 보이는 남자와 세 소녀가 말다툼을 벌이고 있는 것 같았다. 그리고 그 세 소녀는 바로―.

"코토리! 카구야! 유즈루!"

시도는 그녀들의 이름을 외쳤다. 그러자 세 사람은 그 말에 반응하듯 시도를 향해 고개를 돌렸다.

"아! 시도! 무사했구나……. 그런데 꼴이 그게 뭐야?"

코토리는 시도 일행을 보더니 의아한 표정을 지었다. 그 모습을 본 시도는 쓴웃음을 지으면서 코토리 일행을 향해 걸음을 옮겼다.

"너희도 무사했구나. 다행이야. ……그런데 뭘 하고 있는 거야?"

시도가 그렇게 묻자, 카구야는 불만 섞인 표정을 지으며 팔짱을 꼈다.

"그게 말이다. 실은 이 성에 있다는 인어를 보러 온 거다만……."

"인어?"

"그러하니라. 「달링~, 달링~」 하고 우는 기묘한 짐승이라더구나."

"……그, 그래?"

볼에 땀방울이 맺힌 시도가 쓴웃음을 지었다. 그 인어가 누구인지 바로 감이 왔기 때문이다.

"하지만 이 위병은 영 말이 통하지 않는 녀석이구나."

"불만. 유즈루 일행을 성에 들여보내 줄 수 없다고 해요."

야마이 자매가 그렇게 말하자, 위병은 험상궂은 표정을

지으면서 입을 열었다.

『당연하지! 오늘 이 성에서는 고귀한 분들이 참가한 무도회가 열린단 말이다! 네놈들처럼 꾀죄죄한 녀석들을 들여보낼 수는 없어!』

"뭐? 네놈은 내 몸에서 뿜어져 나오는 위용이 느껴지지 않는 것이냐?!"

"발끈. 옷만으로 사람의 가치를 판단하다니, 정말 못났군요."

『시끄러워! 그리고 방금 온 저 녀석들은 또 뭐야? 수상하기 그지없잖아! 아무튼 쓸데없는 소리 하지 말고 빨리 꺼져! 안 그러면 감옥에 확 처넣어버린다!』

위병은 언성을 높여 코토리 일행을 쫓아내려 했다. 아무래도 시도 일행 때문에 불신감이 더욱 커진 것 같았다. ······뭐, 무리도 아니지만 말이다.

"이대로는 성에 들어가기 힘들 것 같네······."

"그렇다고 내버려둘 수도 없잖아. ······몰래 들어갈까?"

"차라리 저 위병을 기절시키는 게 더 간단할 것 같지 않느냐?"

"칭찬. 좋은 생각이에요."

코토리와 야마이 자매가 악당 같은 표정을 지으면서 그렇게 말하자, 위병이 표정을 더욱 험악하게 만들었다.

『이 자식들아, 전부 다 들리거든?! 에잇, 더는 못 봐주겠구나. 전부 다—.』

—바로 그때였다.

뒤편에서 마차가 달려오는 소리가 들리자, 위병이 말을 멈추고 어안이 벙벙한 표정을 지으며 눈을 동그랗게 떴다.

"어……?"

영문을 모르겠다는 표정을 지으며 뒤편을 쳐다본 시도는 — 위병이 저런 표정을 지은 이유를 이해했다.

아름다운 마차 한 대가 마을의 대로를 달리고 있었다.

눈부신 갈기를 지닌 백마, 그리고 가로등 불빛을 받아 반짝이고 있는 마차는 꿈나라에서 튀어나온 것 같이 몽환적이었다. 시도와 함께 그쪽을 쳐다보던 정령들도 잠시 동안 말문이 막힌 것처럼 아무 말도 못했다.

마차는 사람들의 주목을 받으면서 성 앞에 멈춰 섰다. 그리고 마부가 공손히 마차의 문을 열자— 그 안에서 한 여성이 모습을 드러냈다.

보석을 달기라도 한 것처럼 눈부신 드레스와 그에 버금갈 만큼 아름다운 얼굴, 그리고— 그녀의 발을 감싸고 있는 것은 바로 아름다운 유리 구두였다.

신성해보이기까지 하는 그 모습에 위병, 그리고 주위에 있던 무도회 참가자와 통행인들은 마른 침을 삼켰다.

"……어."

하지만 시도를 비롯한 바깥 세계의 사람들은 그 여성을

보고 다른 반응을 보였다.

확실히, 아름답기는 했다. 확실히, 시선을 빼앗기는 것도 무리는 아니다. 하지만 그 이전에, 그 여성은 바로—.

"나츠미?!"

시도 일행과 마찬가지로, 이 세상으로 빨려 들어오게 된 정령 중 한 명이었던 것이다.

"어머, 시도. 그리고 너희들. 다들 안녕."

눈부신 드레스를 걸친 나츠미가 단아한 미소를 지으며 인사했다.

하지만— 그녀는 나츠미가 맞으면서도, 나츠미가 아니었다. 늘씬한 키와 윤기 넘치는 머리카락을 지닌 그녀는 바로 〈위조마녀〉(하니엘)의 힘으로 변신한 나츠미인 것이다.

"어, 어떻게 된 거야, 나츠미. 너, 그 모습은…… 설마, 천사를 쓸 수 있는 거야?!"

코토리가 그렇게 묻자, 나츠미는 차분히 고개를 저었다.

"아냐. 내 앞에 나타난 마법사가 나를 이렇게 만들어줬어. 후후, 봐봐. 이 유리 구두, 예쁘지?"

나츠미가 그렇게 말하면서 그 자리에서 한 바퀴 돌자, 드레스자락이 살짝 펄럭이면서 유리구두가 모습을 드러냈다.

시도와 코토리는 서로를 쳐다보았고— 시선을 통해 눈치챘다.

코토리 또한 깨달은 것이다. 나츠미가 어떤 『이야기』에 뒤섞인 것인지를 말이다.

　하지만 시도와 코토리의 반응을 눈치채지 못한 나츠미는 차분한 걸음걸이로 위병을 향해 걸어갔다.

　"─수고 많군요, 위병 씨. 안으로 들어가도 될까요?"

　『예……! 자, 들어가시죠.』

　위병은 아까와는 전혀 다른 태도를 취하면서 옆으로 비켜섰다. 그러자 카구야는 불만을 드러내듯 입술을 삐죽 내밀었다.

　"어이, 네 놈. 아까 우리를 막아설 때와는 태도가 너무 다른 것 같다만?"

　『다, 닥쳐라! 이렇게 고귀한 분과 너희를 똑같이 대할 리가 없지 않느냐!』

　나츠미는 위병과 카구야의 말을 듣고 뭔가를 눈치챈 것처럼 눈썹을 찌푸렸다.

　"어머, 혹시 너희도 성에 들어가고 싶은 거야?"

　"응. 저 벽창호 때문에 못 들어가고 있지만 말이야."

　"흐음……. 그렇구나."

　나츠미는 그렇게 말하더니, 요염한 손길로 위병의 턱을 쓰다듬었다.

　"─저 사람들은 내 시종이랍니다. 같이 들어가고 싶은데, 그래도 되겠죠?"

　『예……?! 하, 하지만…….』

위병은 눈을 동그랗게 뜨면서 숨을 삼켰다. 나츠미는 재미있어 하듯 후훗 하고 살며시 웃었다.

"저기…… 괜찮죠?"

『예…… 아, 알겠습니다. 들어가―.』

위병이 대답을 하려고 한 바로 그때였다.

대앵, 대앵…… 하고 성의 벽면에 설치된 커다란 시계에서 종소리가 흘러나왔다.

그러자 다음 순간, 나츠미의 몸이 옅은 빛에 휩싸이더니―.

펑! 하는 소리를 내면서 몸이 쪼그라들었다.

"어?!"

아니, 몸만이 아니었다. 그녀가 걸친 드레스는 누더기 같은 옷으로 바뀌었고, 타고 있던 마차 또한 호박으로 변했다.

"어…… 뭐, 뭐가 어떻게 된 거야……?!"

요시노와 비슷한 몸집이 된 나츠미는 허둥지둥 자신의 몸을 쳐다보았다.

성에 설치된 시계를 본 시도는― 뭐가 어떻게 된 것인지 눈치챘다.

시계의 바늘은 현재 12시를 가리키고 있었다. 즉……『신데렐라』의 마법이 풀릴 시간이 된 것이다.

『……』

몇 초 전까지만 해도 나츠미에게 홀딱 빠져있던 위병은 다시 험악한 표정을 짓고 조그마해진 나츠미를 노려보았다. 나츠미는 어깨를 부르르 떨더니 요시노의 뒤편에 숨었다.

『······이익! 수상한 술법을 쓰는 마녀구나! 너희 같은 녀석들은 성에 들여보낼 수 없다!』

위병은 적의에 찬 눈길로 나츠미를 노려보면서 성문 앞에 섰다. ······아무래도 상대방의 경계심을 더욱 자극한 것 같았다.

하지만 그렇다고 해서 이대로 포기할 수도 없다. 시도는 낮은 신음을 흘리면서 한 걸음 물러선 후, 위병에게 들리지 않도록 낮은 목소리로 다른 이들과 이야기를 나눴다.

"큰일 났네······. 어떻게든 성 안으로 들어가야 하는데 말이야."

"하지만····· 대체 어떻게 들어가죠?"

요시노는 눈썹을 팔자 모양으로 만들면서 그렇게 말했다. 바로 그때, 니아가 「아」 하고 손가락 하나를 세웠다.

"아까 그 늑대한테 했던 것처럼 저 위병한테도 수수경단을 먹이는 건 어떨까? 그건 개, 원숭이, 꿩한테 잘 통하잖아? 인간도 원숭이와 별반 다르지 않으니까 통할 것 같지 않아?"

"설령 수수경단이 통하더라도, 수상쩍은 사람에게 받은 걸 먹지는 않을 거야······. 그것보다 아까 나츠미가 했던 것처럼 제대로 된 복장을 하면 안에 들어갈 수 있지 않을까?"

시도가 그렇게 말하자, 코토리는 인상을 썼다.

"설령 시도 말이 맞더라도, 대체 어떻게 드레스를 준비할 건데? 미안하지만 나는 땡전 한 푼 없어. 아까까지만 해도 돈이 없어서 얼어 죽을 뻔했단 말이야. 있는 거라고는 과자와 성냥 뿐—."

그 순간, 코토리는 뭔가가 생각난 것처럼 턱에 손을 댔다.

"응? 코토리, 왜 그래?"

"……다들, 이쪽으로 좀 와줄래?"

코토리는 그렇게 말하면서 다른 이들을 부르더니 이 자리를 벗어났다. 그 모습을 본 위병은 코웃음을 치면서 개를 쫓듯 손을 내저었다.

"어이, 코토리. 대체 어디 가는 거야?"

"쓸데없는 소리 하지 말고 따라와."

코토리는 길을 따라 한참 가더니 뒷골목으로 들어갔다. 그리고 골목 안쪽에 버려져 있던 나뭇조각을 들었다.

그리고 입고 있던 치맛자락을 찢어 그것을 나뭇조각 끝에 감았다.

그것은 마치— 즉석에서 만든 횃불 같았다.

"그건……"

"가능하면 기름에 적시고 싶지만, 그래도 한동안은 버틸 거야."

코토리는 어깨를 으쓱이면서 그렇게 말한 후, 손에 들고 있던 바구니에서 성냥을 꺼냈다. 그리고 정신집중을 하듯 잠시 눈을 감았다 뜨고 횃불에 불을 붙였다.

그러자 횃불에 비친 코토리의 옷이 화려하기 그지없는 붉은색 드레스로 변했다.

"우왓?! 이건……!"

시도가 눈을 동그랗게 뜨자, 야마이 자매는 손뼉을 쳤다.

"아! 오호라,『성냥팔이 소녀』의 환영 성냥인 게냐!"

"납득. 이렇게 하면 다들 드레스를 입은 것처럼 보일 거예요."

그렇게 말한 카구야와 유즈루 또한 화려한 드레스 차림으로 변했다. 아니, 그녀들만이 아니었다. 횃불의 불빛이 비치는 범위 안에 있는 정령들은 전부 귀족가문 아가씨 같은 모습으로 변신했다.

"오오!"

"아름……다워요."

정령들은 놀란 목소리로 그렇게 감탄했다.

원리는 모르겠지만…… 확실히 이렇게 하면 위병의 눈을 속일 수 있을지도 모른다.

하지만 시도는 불빛에 비친 자신의 모습을 보고 식은땀을 줄줄 흘렸다.

"……그런데, 왜 나까지 드레스 차림인 거야?"

그렇다. 어찌된 영문인지 시도까지 다른 이들과 마찬가지로 아름다운 드레스를 입고 있었다. 게다가 얼굴에는 화장을 했으며, 머리카락 또한 등을 가릴 수 있을 만큼 길어졌다. ……마치, 시도가 여장을 한 『시오리』 같은 모습이었다.

"신데렐라가 참가하는 무도회라면 남자보다는 여자가 들어가기 쉬울 것 같아서 말이야. 왕자님이 결혼 상대를 찾기 위해 인근에 사는 귀족 자녀들을 초대하는 일은 충분히 있을 수 있잖아? 다른 뜻은 없어."

"……진짜지?"

시도가 눈을 부릅뜨고 묻자, 코토리는 귀찮다는 듯한 어조로 「그래」 하고 고개를 끄덕였다.

"……."

조금 납득이 되지는 않지만 어쩔 수 없다. 시도는 작게 한숨을 내쉬면서 코토리의 뒤를 따라 다시 성으로 향했다.

제5장 주인공

"오오……!"

환영 성냥 덕분에 화려한 드레스 차림이 된 토카가 눈을 반짝이면서 홀 안을 둘러보았다.

아니, 토카만이 아니었다. 야마이 자매와 요시노도 흥분을 감추지 못하며 주위를 둘러보고 있었다.

그도 그럴 것이, 지금 시도 일행이 있는 이 성의 파티 홀은 호화로우면서도 웅장했다. 그야말로 옛날이야기에나 나올 것 같은 공간 그 자체였던 것이다.

화려한 샹들리에와 바닥에 깔린 진홍색 카펫. 그리고 기둥과 계단의 손잡이에는 정교한 문양이 새겨져 있으며, 장식물로 삼아도 손색이 없을 것 같은 테이블에는 호화로운 음식이 잔뜩 놓여 있었다.

이 자리에 모인 사람들 또한 명문 귀족의 자녀들이리라.

다들 아름다운 드레스를 입고 우아한 몸가짐으로 담소를 나누고 있었다.

그렇다. 시도 일행은 코토리의 기지 덕분에 겨우 성문의 위병을 돌파하는데 성공했다.

……뭐, 아까 시도 일행의 얼굴을 외웠는지, 갑자기 화려한 드레스 차림으로 나타난 그들을 알아보고 꽤나 미심쩍어 했지만 말이다.

"아, 너희 마음은 알지만 너무 떨어지지는 마. 이 불빛이 미치지 않는 곳으로 가면 원래 모습이 드러나고 말 거야. 특히 토카는 완전 다른 세계관의 옷차림이 되어버려. 그뿐만 아니라 높으신 분들이 잔뜩 모인 파티장에서 일본도를 장비하고 있는 건 진짜로 문제가 될 거야."

"음! 알았다!"

즉석 횃불을 든 코토리가 그렇게 말하자, 토카는 힘차게 고개를 끄덕였다.

하지만 몇 초 후, 토카의 옆에 있던 야마이 자매가 실수로 범위 밖으로 나가버렸다.

"우왓?!"

"낭패. 실수했어요."

카구야와 유즈루가 입은 아름다운 드레스가 누더기 옷으로 변했다. 두 사람은 당황한 목소리로 그렇게 말한 다음, 체조선수 같은 몸놀림으로 몸을 비틀어 뒤쪽을 향해 몸을 날렸다.

몇몇 사람이 야마이 자매의 목소리를 들었는지 야마이 자매를 향해 고개를 돌렸다. 하지만 두 사람이 재빨리 불빛이 닿는 곳으로 돌아간 덕분에 그들은 헨젤과 그레텔 스타일은 보지 못한 것 같았다. 그 광경을 본 코토리는 하아 하고 한숨을 내쉬었다.

"이럴 줄 알았다니깐. 아무튼 조심해. 고생 끝에 겨우겨우 침입에 성공했잖아."

"미, 미안해……."

"사죄. 앞으로는 조심할게요."

두 사람은 풀이 죽은 표정을 지으며 고개를 숙였다. 그 모습을 본 코토리는 어깨를 으쓱했다.

"자……. 그런데 인어공주님은 대체 어디 있는 걸까?"

"으음…… 안 보이네……."

시도가 주위를 두리번거리면서 홀 안을 둘러보고 있는데, 누군가가 그의 시야에 들어왔다.

『—안녕하십니까, 아름다운 아가씨.』

"어?"

시도가 그 말을 듣고 고개를 돌려보니, 화려한 턱시도를 입은 청년이 그곳에 서 있었다.

『괜찮다면 저와 같이 춤을 추시지 않겠습니까?』

청년은 상냥한 미소를 지으면서 공손히 손을 내밀었다.

그 모습을 본 시도는 코토리를 쳐다보았다.

"하하, 코토리도 인기가 좋네. 댄스 신청을 다 받고 말이야. 이 오빠는 샘이 나는걸."

하지만 그 청년은 영문을 모르겠다는 듯이 고개를 갸웃거린 후, 시도를 지그시 쳐다보면서 다시 한 번 말했다.

『아뇨, 제가 댄스를 신청한 건 저쪽의 어린 레이디가 아니라, 당신입니다.』

"…………엥?"

청년의 말에 시도는 당혹스러운 표정을 지었지만— 곧 어떤 사실을 떠올렸다. 시도는 현재 코토리의 환영 성냥에 의해 드레스 차림의 시오리로 변모했던 것이다.

하지만 시도는 남자와 춤을 추는 취미가 없고, 그 이전에 불빛의 효과 범위 밖으로 나가게 되면 남자 모습으로 되돌아가버린다. 춤을 추던 와중에 여자가 남자로 변해버리면 완전 난리가 날 것이다.

"……이쪽이 아니라요?"

볼에 땀방울이 맺힌 시도가 코토리를 다시 한 번 가리키자, 청년은 농담을 듣기라도 한 것처럼 어깨를 으쓱했다.

『유머 감각이 좋은 분이시군요. 하지만 그런 농담을 하시면 저 아가씨에게 실례 아닐까요? —거기, 너. 저쪽 테이블에 맛있는 케이크가 있으니 가서 맛 좀 보는 게 어떠니?』

청년은 어린애를 어르듯 코토리를 향해 그렇게 말했다. 그 순간, 코토리의 이마에 혈관이 불거져 나왔다.

"뭐, 뭐어?"

"어, 어이. 진정해, 코토리……."

이 상황에서 소동을 일으킬 수는 없다고 생각한 시도는 허둥지둥 코토리의 어깨를 움켜잡았다.

바로 그때였다. 홀 안쪽에 있는 무대 위에 시종 복장을 한 여성이 나타나더니, 홀에서 담소를 나누고 있는 손님들을 향해 입을 열었다.

『—여러분, 잠시 실례하겠습니다. 단상을 주목해주십시오. 지금부터 인어공주의 노래를 여러분께 들려드리겠습니다.』

시종의 말에 홀 안이 술렁거렸다. 시도에게 댄스를 신청했던 남성 또한 『호오……』하고 단상을 쳐다보았다.

"코, 코토리. 우리 목적은 인어공주잖아. 잘 보이는 위치로 이동하자."

"……흥. 뭐, 좋아. 다들 가자."

코토리는 불만 섞인 표정을 지으면서도 다른 이들을 향해 손짓을 해서 불러 모은 후, 홀 안쪽을 향해 걸음을 옮겼다.

무대를 가린 막이 천천히 좌우로 벌어지고, 넓은 홀이 술렁거림과 감탄으로 가득 찼다.

『어머나…….』

『진짜 인어군요.』

『아름다워요…….』

바닷가의 풍경을 이미지해서 만들었는지 무대 위에는 물이 얇게 채워졌고, 커다란 돌이 드문드문 놓여 있었다.

그리고 그 위에는 허리 아래가 물고기처럼 생긴 소녀가 걸터앉아 있었다.

조개껍질을 가공해서 만든 듯한 수영복을 입었고, 살짝 젖은 머리카락과 윤기나는 피부, 그리고 촉촉한 눈동자를 지닌 가련한 소녀는 동화에 나오는 인어공주 그 자체였다.

하지만, 그녀는 시도가 예상했던 대로—.

"꺄아~?! 여, 여기는 대체 어디죠~?! 달링은?! 다른 분들은 어디 있나요~?!"

시도 일행과 함께 이 세계에 삼켜진 정령, 미쿠였다.

미쿠는 꼬리지느러미를 흔들면서 비명에 가까운 목소리를 냈다. 언뜻 보면 한 폭의 그림처럼 아름다운 모습이었지만, 왠지 여러모로 말짱 꽝이었다.

『자, 손님들 앞이니 조용히 하세요.』

"하, 하지만……."

미쿠는 눈썹을 찌푸리면서 기어들어가는 목소리로 그렇게 말했다. 그러자 시종 복장을 한 여성은 미쿠에게 귓속말을 하듯 말을 이었다.

『이제 와서 칭얼거리지 마시죠. 당신은 이미 임금님께 팔렸습니다. 그러니 임금님께 충성을 하시죠. —자, 노래하세요. 인어의 노랫소리는 아름답기 그지없다고 들었습니다. 먼 곳에서 찾아와주신 분들께 당신의 노래를 들려드리는 겁니다.』

"싫어요! 제 노랫소리가 아름다운 건 맞지만, 얼굴도 본 적 없는 임금님에게 충성할 생각은 없어요~! 저는 제가 납득하지 못하는 일은 하지 않는단 말이에요~!"

미쿠는 고개를 휙 돌리면서 그렇게 말했다.

미쿠의 태도에 홀에 있는 이들이 술렁거리기 시작했다. 시종은 임금님에게 반항적인 태도를 취하는 미쿠의 모습을 다른 이들에게 보여주는 것은 좋지 않다고 판단했는지 미쿠를 날카로운 시선으로 바라봤다.

『임금님께서 사들였으니, 당신은 임금님의 소유물입니다. 계속 말을 듣지 않는다면 임금님의 분노를 살지도 몰라요.』

"흥~! 화내든 말든 제 알 바 아니에요~!"

『어쩔 수 없군요. 노래하지 않는 인어는 아무짝에도 쓸모 없어요. 내일 먹을 수프의 재료로 삼아야겠군요. 그럼 허가를 받아오죠.』

"와아~! 미쿠는 노래하는 걸 정말 좋아해요~!"

육수 재료로 쓰이는 건 싫은지 미쿠가 식은땀을 흘리면서 억지 미소를 지었다.

그 광경을 본 시도는 힘없이 쓴웃음을 지었다.

"미쿠도…… 엄청난 곳에 잡힌 것 같네."

"응. 아무래도『인어공주』이야기에 휘말린 것 같은데…… 원래 이런 이야기였어?"

코토리는 시도의 말에 대답하듯 그렇게 말하면서 고개를 갸웃거렸다.

아무튼, 이대로 놔둘 수는 없다. 미쿠가 수프가 되는 건 큰일인데다, 그렇다고 억지로 노래를 부르는 것도 가여웠다. 시도는 코토리 일행과 함께 무대 근처로 걸어갔다.

그러자 시도 일행을 발견한 미쿠가 눈을 동그랗게 떴다.

"아! 달링! 여러분! 무사했군요~!"

"응, 일단은 말이야. 이 성에 인어공주가 있다는 이야기를 듣고 조사하려고—."

"앗……! 다들 멋진 드레스를 입고 있네요오오오오! 게다가 달링은 시오리 양 모드으으으!? 어! 어! 어떤 과정으로 여기까지 오게 된 건지 자세하게 가르쳐주세요오오오! 기록 영상 같은 건 없나요~?!"

미쿠는 마치 물 만난 고기처럼(처음부터 물에 몸을 담그고 있었지만) 눈을 반짝이며 꼬리지느러미로 수면을 첨벙첨벙 소리가 나게 두드려댔다.

기운이 넘치는 건 좋지만, 이대로는 이야기를 제대로 나눌 수 없을 것 같았다. 시도는 미쿠를 진정시키기 위해 손바닥을 펼쳐보였다.

"지, 진정해. 그것보다 미쿠는 대체 어쩌다 이렇게 된 거야?"

시도가 식은땀을 흘리면서 묻자, 미쿠는 호흡을 진정시키는 시늉을 하면서 대답했다.

"그게 말이죠~, 정신을 차려보니 이런 모습으로 바다에 있었어요~. 그래서 여러분을 찾아보려고 했는데, 악당처럼 생긴 마녀가 나타나서 『인간이 되고 싶으면 네 목소리를 내놔라』라고 하더라고요~."

"아하…… 그랬구나."

시도는 미쿠의 말을 듣고 고개를 끄덕였다. 확실히 거기까지는 동화 『인어공주』의 스토리와 비슷했다. 뭐, 원래는 지상의 왕자에게 한눈에 반한 인어공주가 마녀를 찾아가서 인간이 되는 방법을 묻는다……는 내용이지만 말이다.

"하지만, 여전히 인어인 걸 보면……."

"예~! 저한테서 목소리를 빼앗으려고 하다니, 정말 믿기지가 않는다니까요~! 거절하고 그냥 가려고 하는데, 끈질기게 쫓아오지 뭐예요~! 그래서 꼬리지느러미로 한 방 먹여주고 도망쳤어요~!"

미쿠는 씨익 웃으면서 그렇게 말했다. 시도는 그 말을 듣고 아하하 하고 웃었다.

아무리 미쿠에 대해 몰랐다고는 해도, 그 마녀는 말도 안 되는 거래를 제시했다. 미쿠는 아이돌이자 가수다. 목소리는 그녀에게 있어 목숨 그 자체인 것이다. 그러니 그런 제안에 응할 리가 없었다.

"그런데 말이죠~, 이 다리로 여러분을 찾으러 다니다가 바닷가에서 어부에게 잡혀버렸어요……."

시도는 고개를 끄덕였다. 확실히 이 상태로는 눈에 띌 테고, 지상에서는 도망 다닐 수도 없을 것이다.

　미쿠와 그런 대화를 나누고 있을 때, 아까부터 시도 일행을 미심쩍다는 듯이 쳐다보던 시종이 입을 열었다.

　『……잠시 실례하겠습니다. 이 인어에게 볼일이 있으신가요?』

　"아, 예. 사실 그녀와 저희는 아는 사이거든요. ……그녀를 풀어주시면 안 될까요?"

　시도가 솔직하게 부탁하자, 시종은 미간을 찌푸리면서 표정을 굳혔다.

　『아는 사이…… 인어와 아는 사이라고요? 믿기지 않는군요. 설령 그게 사실일지라도, 그녀는 이미 임금님의 소유물입니다. 그 요구는 받아들일 수 없으니 돌아가 주십시오.』

　"너, 너무하잖아요……. 미쿠의 의사는 무시하는 건가요?"

　『그런 건 아무래도 상관없습니다. 그녀는 임금님의 소유물이니까요. 물건에 의지 같은 건 필요하지 않죠.』

　시종은 태연한 얼굴로 그렇게 말했다. 그 말을 듣고 울컥했는지, 시도의 뒤편에 있는 정령들의 시선이 날카로워졌다.

　"으음…… 말이 너무 심하구나."

　"그, 그래……요……! 미쿠 씨는 물건이 아니란 말이에요……!"

　"아, 그래도 순정만화에서 나오는 『너는 내 거니까 거부권 따윈 없어』 같은 대사는 들으면 가슴이 두근거리지 않아?

솔직히 말하면 말하는 사람에게 문제가 있다고 생각해. 소년이 대표로 한 소리 해줘."

"……상황이 더 골치 아파질 것 같으니까, 니아는 좀 가만히 있어줄래?"

도끼눈을 뜬 나츠미는 히죽거리고 있는 니아를 노려보면서 그렇게 말했다.

『…….』

정령들의 반항적인 태도를 본 시종은 눈썹을 찌푸리더니, 박수를 짝짝 치면서 입을 열었다.

『누구 없습니까! 이 아가씨들께서 돌아가신다고 하니 정중히 배웅해주세요!』

그러자 갑옷을 걸친 위병 몇 명이 홀에 들어와 시도 일행을 포위했다. 홀에 있는 사람들이 더욱 술렁거리기 시작했다.

"앗……!"

"호오? 해보자는 것이냐?"

"응전. 이렇게 되면 강행돌파를 할 수밖에 없겠어요."

야마이 자매는 날카로운 시선과 함께 몸을 앞으로 살짝 숙이면서 전투태세를 취했다. 그러자 위병들 또한 두 사람에게 달려들려는 자세를 취했다.

"크큭, 배짱 한 번 좋구나. 좋다. 목숨이 아깝지 않은 놈들부터 덤비거라. 천사를 쓸 수 없다고는 해도, 이 야마이가 네놈들 따위에게 밀릴 것 같으냐."

"요청. 유즈루와 카구야가 길을 만들 테니, 다른 사람들은 미쿠를 구해주세요."

두 사람이 그렇게 말하자, 시도는 얼굴을 일그러뜨렸다.

일을 크게 벌이고 싶지는 않지만…… 이렇게 되면 어쩔 수 없다.

"큭…… 어쩔 수 없지. 다들, 가자!"

"오오!"

"오케이~."

시도의 말을 들은 토카가 칼을, 니아가 쌍권총을 뽑아들었다. ……뭐, 코토리의 환영 성냥 덕분에 그것들은 아름다운 꽃다발처럼 보였지만 말이다.

—아무튼 정령들과 위병들은 전투태세를 취했다. 일촉즉발의 긴장감이 주위를 감싼 가운데, 이제는 이 분위기를 흐트러뜨릴 계기만 발생하면 전투가 시작되고 말 것이다.

하지만 바로 그때—.

"—이게 대체 무슨 일이야?"

위층과 홀을 잇는 나선계단 쪽에서 차분한 목소리가 들려왔다.

『……아!』

그 목소리를 듣고 시종은 허둥지둥 눈을 치켜떴다.

그리고 홀 안에 있는 모든 이들의 시선이 목소리가 들려온 곳으로 향했다.

『어, 어이…….』

『설마, 방금 그 목소리는—.』

『말도 안 돼, 직접 뵙게 되다니……!』

파티 참가자들은 놀란 목소리로 그렇게 말했다. 그 말에 답하듯, 시종은 목소리가 들려온 방향을 향해 공손히 고개를 숙였다.

『시끄럽게 해서 죄송합니다, 임금님. 왕의 재산인 인어를 훔쳐가려는 불한당이 나타났기에, 그들을 처리하려던 중입니다. 금방 정리될 테니…….』

"뭐?! 임금님?!"

시도는 시종의 말을 듣고 고개를 치켜들었다.

그럴 만도 했다. 임금님은 위병들의 주인이자, 미쿠의 소유자인 것이다. —잘 됐다. 임금님만 설득한다면 이 상황을 수습할 수 있을지도 모른다.

"저, 저기! 저희는 이 인어의 친구예요! 그러니까…… 어?"

시도는 호소하는 목소리로 말을 이으려— 갑자기 입을 다물었다.

이유는 단순했다. 그『임금님』의 얼굴이 눈에 익었던 것이다.

"오, 오리가미?!"

시도는 새된 목소리로 그렇게 외쳤다. 그렇다. 그 사람은 바로 고급스러워 보이는 붉은색 망토를 걸치고 머리에 왕관을 쓴 오리가미였다.

"—시도."

오리가미는 차분한 목소리로 그렇게 말하고 홀을 둘러보았다. 그리고 뭐가 어떻게 된 것인지 이해했다는 것처럼 고개를 끄덕인 후, 걸치고 있던 망토를 세차게 펄럭였다.

그 순간, 시도와 정령들은 눈을 치켜뜨면서 어깨를 부르르 떨었다. 하지만 미쿠는 흥분한 목소리로 「어머~?!」 하고 감탄했다.

하지만 그들이 그런 반응을 보이는 것도 무리는 아니었다.

그도 그럴 것이 오리가미는— 붉은색 망토 안에 아무 것도 입지 않았던 것이다.

그러나 오리가미는 딱히 부끄러워하지 않았다. 오히려 당당한 태도를 취하며 천천히 계단을 내려왔다.

『저, 저게 바로 그……?』

『예……. 저, 정말 멋진 옷이군요!』

『그, 그래요! 마치 안개 같군요……!』

홀 안이 또 술렁거리기 시작했다. 하지만 어쩐지 말 한 마디 한 마디에서 무리를 하고 있는 느낌이 들었다.

오리가미는 그런 말들을 개의치 않으며 걸음을 옮겼다. 그리고 단상 위로 올라가더니 망토를 휘날리며 마치 선언이라도 하는 듯한 어조로 입을 열었다.

"그들은 내 손님이니까 다치게 하지 마. 다들 원래 자리로 돌아가."

『하, 하지만…….』

"내가 똑같은 말을 두 번 해야겠어?"

오리가미는 망토를 펄럭이며 허리를 틀고 시종을 쳐다보았다. 그러자 시종은 겁먹은 것처럼 몸을 부르르 떨었다.

『히익……! 죄, 죄송합니다……!』

시종은 한 번 더 고개를 푹 숙이고는 위병들과 함께 물러갔다.

오리가미는 그 모습을 지켜본 후, 시도 일행을 향해 돌아섰다.

"다들 무사해서 다행이야."

"으, 응……. 너도…… 저기, 무사……한 거지?"

시도가 눈 둘 곳이 없어 난처해하며 그렇게 말하자, 오리가미는 영문을 모르겠다는 듯이 고개를 갸웃거렸다.

"무슨 소리를 하는 건지 모르겠어."

"아…… 저기, 강도라도…… 만난 건 아니지?"

시도가 뭐라고 말하면 좋을지 생각하고 있을 때, 토카가 오리가미를 손가락으로 가리키며 입을 열었다.

"오, 오리가미! 뭐가 어떻게 된 것이냐! 왜 알몸으로 돌아다니느냐?!"

그 순간, 파티홀 전체가 시끌벅적해졌다.

『저 애, 방금 겁도 없이……!』

『임금님께 저런 소리를 하다니…… 처형당할 거야!』

그런 흉흉한 소리가 주위에서 들려왔다. ……대체 오리가미가 얼마나 폭정을 펼쳤기에 다들 이렇게 그녀를 두려워하는 걸까. 뭐, 오리가미는 이야기에 휘말렸을 뿐일 테니 그녀에게 잘못이 있지는 않겠지만 말이다.

하지만 오리가미는 토카의 말을 개의치 않는다는 듯이, 오히려 토카가 불쌍하다는 듯이 고개를 저었다.

"이건 여행 중인 재봉사에게서 산 옷이야. 시도를 사랑하지 않는 자들에게는 보이지 않는 옷이지. 토카는 이 옷이 안 보이는 거지? 그렇다면……."

"뭐……?! 자, 잠깐만 기다려라!"

토카는 당황한 목소리로 그렇게 말한 후, 눈에 힘을 주면서 오리가미를 뚫어져라 쳐다보았다.

"으, 음…… 마치…… 사람 피부 같은 멋진 옷……."

"……토카, 무리 안 해도 돼."

코토리는 그런 토카의 어깨에 손을 얹으며 말했다.

"오리가미. 너, 속았어. ……지금 네가 처한 상황은 영락없는 『벌거벗은 임금님』이잖아."

"……."

코토리의 말을 듣고 잠시 동안 굳어있던 오리가미는 망토 앞섶을 여몄다. 그러자 미쿠는 「아앙~! 잠시만! 잠시만 더 보여줘요~!」하고 외쳤다.

『벌거벗은 임금님』. 그것은 임금님이 여행 중인 재봉사에게서 『바보에게는 보이지 않는 옷』을 샀다가 창피를 당한다……는 내용이었던 걸로 기억한다. 이것도 일본인이라면 한 번 정도는 들어본 적이 있을 유명한 이야기지만…….

"전혀 눈치채지 못했어."

오리가미는 고개를 저으면서 그렇게 말했다.

"……수상하다고는 생각하지 않았던 거야?"

"사랑을 모르는 사람에게는 보이지 않는 옷이라는 말에 뭔가가 어렴풋이 보이는 것 같은 느낌이 들었어."

"그, 그랬구나……. 위저드의 상상력은 정말 엄청나네."

볼에 땀방울이 맺힌 코토리는 쓴웃음을 지었다.

"뭐, 뭐어, 아무튼 이걸로 전원이 다 모였어. 남은 건 이 세계에서 탈출할 방법을 찾는 거네. 외부와는 체감시간이 다르다고는 하지만, 이 세계에 온 뒤로 시간이 꽤 지났으니까 서두르자."

코토리는 말을 이으려다 오리가미와 미쿠 쪽을 쳐다보았다.

그리고 두 사람에게 이 세계에 대해 간략하게 설명한 후, 질문을 던졌다.

"둘 다 다른 장소로 보내졌지? 혹시 이곳으로 오는 동안에 우리를 이 세계에서 탈출시켜줄 것 같은 캐릭터나 아이템을 보지 못했어?"

오리가미와 미쿠는 서로를 쳐다본 후, 고개를 저었다.

"딱히 그런 건 못 봤어."

"저도 보지 못했어요~. 만난 사람이라고는 마녀와 어부뿐이거든요."

"그랬구나……."

코토리도 딱히 기대하지는 않았던 것 같지만, 그래도 아쉽다는 듯이 한숨을 내쉬었다.

바로 그때, 오리가미가 「하지만」 하고 말을 이었다.

"나는 현재 이 나라의 왕이야. 이 나라 전체에 명령을 내릴 수 있지. 국민들에게 명해서 그런 캐릭터나 아이템을 찾아보게 할 수 있어."

"아! 그래……. 인해전술이네. 그러면 우리끼리 찾아다니는 것보다 효율이 좋을 거야. 부탁해도 될까?"

"알았어. 그런데 구체적으로 어떤 걸 찾으면 되는 거야?"

오리가미의 물음에 니아가 입을 열었다.

"으음, 글쎄~. 꽤 확대해석이 가능한 세계니까 이야기 속에서 소원을 들어주는 아이템이라면 괜찮을 거라고 생각해. 『알라딘』에 나오는 마법의 램프나, 『일촌법사#2』의 요술방망이 같은 거 말이야. 공간을 이동하는 능력자도 괜찮지만, 램프나 요술방망이 같은 게 지명도도 높고 찾기도 쉽지 않을까?"

"그렇구나. 이해했어. 그럼 지금 바로—."

#2 **일촌법사** 일본 전래동화. 크기가 손가락 한 마디 만하던 일촌법사가 용기와 꾀로 도깨비를 물리치는 이야기.

오리가미가 말을 이으려던 순간, 유리가 깨지는 소리가 울려 퍼지며 성의 창문을 깨고 거대한 늑대가 파티 홀에 침입했다.

『꺄, 꺄아아아아아앗?!』

『괴물이다아아앗!』

전혀 다른 세계관의 몬스터가 느닷없이 나타나자, 무도회에 참가한 사람들이 비명을 지르면서 도망쳤다. 홀의 출입구로 몰려가는 인파에 휘말린 코토리는 들고 있던 횃불을 놓치고 말았다.

"아……!"

폐자재에 천을 둘러서 만든 횃불은 이미 한계에 도달했는지, 다행히 불이 다른 곳으로 번지지는 않았다. 그 대신 검은 연기를 뿜으며 불길이 꺼지고 말았다.

그러자 환영 성냥으로 인해 화려하게 비춰지던 시도 일행의 복장이 원래대로 되돌아왔다.

하지만 복장 같은 것은 아무래도 상관없었다. 더 심각한 장애물이 시도 일행의 눈앞에 나타났으니 말이다.

늑대는 도망치는 참가자들은 안중에도 없다는 듯이 시도 일행을 향해 다가왔다.

『여어어어, 아기돼지 일행. 아까는 꽤 신세를 졌다고오오오. 감히 나를 심부름꾼처럼 부려먹어?』

흉흉한 목소리로 그렇게 말한 늑대는 크르르릉…… 하고

낮게 울부짖었다. 시도는 그 말을 듣고 미간을 찌푸렸다.

"아까 그 늑대잖아……?! 어떻게 된 거지?! 저 녀석은 토카의 수수경단을 먹고 착해졌는데?!"

『흥! 그딴 건 이미 다 소화되었다고!』

늑대는 자신의 배를 두드리면서 울부짖듯 그렇게 외쳤다.

"수수경단은 소화되면 효과가 없어지는 거야?!"

시도는 무심코 그렇게 외쳤다. 바로 그때, 이 성의 위병들이 나타나 늑대를 향해 들고 있던 창을 겨누었다.

『임금님, 물러나십시오!』

『이 놈은 저희가 처리하겠습니다!』

하지만—.

『꼴값…… 떨지 말라고오오!』

늑대가 통나무 같은 팔을 휘두르자, 주위에 있던 위병들이 튕겨져 날아가더니 그대로 테이블을 넘어뜨리며 벽에 내동댕이쳐졌다.

"아차……. 역시 유명한 악역은 장난이 아니네. 토~카, 수수경단을 한 개 더 먹이자."

니아가 총을 다시 뽑아들면서 그렇게 말했다. 토카는 그 말을 듣고 고개를 끄덕이면서 허리에 찬 주머니에 손을 집어넣었다.

"음, 알았다. 자, 늑대여. 이거나 먹어라!"

토카는 그렇게 외치면서 늑대의 거대한 입을 향해 수수경단을 던졌다.

하지만— 수수경단은 늑대의 입에 닿기 직전, 공중에서 정지했다.

"아니……?!"

토카는 크게 당황했다. 바로 그때, 검은 옷을 걸친 매부리코 노파가 모습을 드러냈다.

『끌끌끌…… 늑대여. 지나치게 방심한 것 아니냐?』

노파는 불길한 웃음을 흘리면서 받아 쥔 수수경단을 으스러뜨렸다.

그 모습을 본 야마이 자매가 숨을 삼켰다.

"우왓, 저 녀석은……!"

"경악. 과자로 된 집에 있던 노파예요."

노파는 그 말을 듣고 더욱 진한 웃음을 흘렸다.

『끌끌끌끌끌끌…… 헨젤과 그레텔. 내 과자 집을 마음껏 먹고 그대로 도망치다니……! 살을 뒤룩뒤룩 찌운 다음 잡아먹을 생각이었지만, 더는 못 참겠다. 지금 이 자리에서 머리부터 오독오독 씹어 먹어주마.』

『야하하하하하하! 할망구 주제에 기운이 넘치는걸! 하지만 아기돼지와 빨간 모자는 내 먹이라고!』

늑대는 그렇게 말하면서 웃음을 터뜨렸다. 코토리는 얼굴을 더욱 찡그렸다.

"큭…… 늑대만으로도 골치가 아픈데, 마녀까지……!"

『아앙? 너, 뭔가 착각하고 있는 거 아냐?』

"뭐……?"

코토리가 미간을 찌푸리자, 늑대는 귀 근처까지 찢어진 입의 가장자리를 말아 올렸다.

『―누가 우리 둘 뿐이라고 했지?』

늑대가 그렇게 말한 순간, 부서진 창문을 통해 엄청난 양의 바닷물이 흘러들어왔다.

"앗……?! 이건―."

바닷물은 파티 홀을 물바다로 만든 후 보글보글거리면서 부풀어 오르더니― 늙은 인어의 모습으로 변했다.

미쿠가 늙은 인어를 손가락으로 가리키면서 외쳤다.

"아앗~! 당신은 제 목소리를 빼앗으려고 했던 바다의 마녀 씨!"

『……키키킥, 너한테 따귀를 맞고 느낀 굴욕을 갚아주러 왔지. 목소리만이 아니라, 그 혀를 아예 뽑아주마……!』

바다의 마녀는 처절한 미소를 지었다. 아무래도 시도 일행에게 원한이 있는 동화 속 악역들이 손을 잡은 것 같았다.

그 뒤를 이어 이번에는 두두두두…… 하고 지면을 뒤흔드는 발소리가 들리더니, 호랑이 무늬 천을 허리에 두른 거대한 도깨비가 금색 몽둥이로 성벽을 파괴하며 홀에 들어왔다.

"저 모습은…… 설마, 도깨비섬에 있다던 도깨비인가?!"

토카가 어깨를 부르르 떨면서 그렇게 외치자, 도깨비는

송곳니가 드러난 입을 일그러뜨렸다.

『그래. 아무리 기다려도 네놈이 나타나지 않아서, 이렇게 찾아왔지.』

"딱히 원한이 없는 녀석까지 왔잖아?!"

시도가 무심코 그렇게 외쳤다. 숲의 마녀나 바다의 마녀가 나타난 건 그나마 이해가 되지만, 저 도깨비는 아직 토카와 마주치지도 않은 것 같았다.

하지만 그게 다가 아니었다. 이번에는 파티 홀을 통해 늑대의 동료들이 나타났다. 홀의 문이 열리더니, 드레스 차림의 심술궂어 보이는 여자 셋이 나타났다.

『오~호호호! 신데렐라! 너 따위가 무도회에 참가하게 놔둘 것 같아아아앗?!』

"신데렐라의 계모와 의붓언니들⋯⋯?! 악역은 맞지만, 도깨비나 마녀와 동급으로 취급당해도 괜찮은 거야?!"

이번에는 조그마한 소년이 파티 홀로 뛰어왔다.

『임금님은 벌거숭이⋯⋯ 내가 그렇게 말한 탓에 아버지는 감옥에 갇혔어. ⋯⋯하지만, 그래도! 나는 진실을 외치겠어! 임금님은 벌거숭이야!』

"벌거벗은 임금님이란 동화가 이렇게 시리어스한 이야기였어?!"

그 다음에는 허공에 불꽃이 생기더니, 그 안에서 칠흑빛 눈을 지닌 노파가 모습을 드러냈다.

『내 손녀야……. 성냥불을 더 피우렴……. 그리고 내 곁으로 오거라…….』

"성냥팔이 소녀의 죽은 할머니가 완전히 악령이 되어버렸잖아?!"

시도가 그렇게 외친 순간, 이번에는 깨진 창문을 통해 수많은 박쥐가 들어와 한곳에 모여서 인간 형태를 이뤘다. 그 뒤를 이어 젖은 지면이 부풀어 오르더니 좀비가 생겨났고— 말로 형용할 수는 없지만 그저 보고 있기만 해도 미쳐버릴 것만 같은 괴물이 출현했다.

"저, 저건……."

"아, 저 녀석들은 아마 내 이야기 쪽일 거야. 제1부 흡혈귀 편의 뱀파이어와, 제2부 불사왕 편의 리빙데드, 그리고 제3부 고대의 신들 편의 말로 표현할 수 없는 존재들. —은으로 된 총탄이 이형의 존재들을 해치운다. 인기 배틀 판타지 『SILVER BULLER』, 주간 소년 블래스트에서 호평 연재 중!"

"이래서 소년지의 파워 인플레이션은 문제인 거라고!"

태평한 니아가 그런 소리를 하자, 시도는 비명에 가까운 목소리로 고함을 질렀다.

어느새 넓은 파티 홀은 이형의 괴물들과 악역들로 우글대고 있었다. 게다가 그들은 시도 일행을 놓치지 않겠다는 듯이 동그랗게 포위하더니, 서서히 거리를 좁히고 있었다.

"큭……!"

아까의 위병들과는 비교도 안 될 만큼 강렬한 위압감이 느껴졌다. 하지만 그것도 당연했다. 현재 시도 일행을 포위한 대부분의 존재들은 유명한 이야기에 나오는 악역 혹은 괴물들인 것이다. 게다가 정령들은 천사를 쓸 수도 없는 상태였다. 생명의 위기를 감지한 몸은 그 신호를 격렬한 심장 박동으로써 뇌에 전하고 있었다.

"이 놈들, 질까 보냐……!"

다들 긴장과 초조 때문에 표정을 굳힌 상황에서, 그렇게 외친 사람은 바로 토카였다. 칼을 뽑아든 그녀는 바닥을 박차고 눈앞에 있는 도깨비에게 돌진했다.

"타아아아아앗!"

하지만 그 일격이 도깨비에게 닿기 직전, 좌우에 있던 마녀들이 마법으로 토카를 공격했다. 빛으로 된 탄환이 토카의 몸에 꽂히더니 작은 폭발을 일으켰다.

"크윽?!"

공중에 뜬 상태에서 좌우에서 날아온 공격을 맞은 토카는 고통스러운 신음을 흘렸다. 그 틈에 정면에 있던 도깨비가 거대한 몽둥이를 들어 올려 토카를 향해 휘둘렀다.

『하하하하! 물러 터졌구나, 모모타로!』

"큭……!"

토카는 칼로 그 일격을 방어하려고 했지만, 공중에 뜬 상태에서 공격을 받아낼 수 있을 리가 없었다. 결국 튕겨져 나간 토카는 바닷물이 고인 바닥에 내동댕이쳐졌다.

"토카!"

시도는 토카의 이름을 외치면서 그녀를 향해 뛰어갔다. 하지만—.

『어이쿠, 한눈팔면 위험하다고, 아기돼지~.』

그 순간, 머리 위편에서 늑대의 목소리가 들리더니 복부에 강렬한 충격이 가해졌다.

"커억……?!"

한발 늦게 시도의 뇌는 이해했다. 아무래도 시도는 늑대가 휘두른 거대한 팔에 맞은 것 같았다. 시도의 몸이 그대로 튕겨져 홀의 벽에 부딪힌 후 그대로 바닥으로 떨어졌다.

"크…… 윽……."

"시도!"

"시, 시도 씨……!"

정령들은 걱정스러운 목소리로 그렇게 외치며 시도에게 다가가려 했다. 하지만 늑대를 비롯한 악역들이 그런 정령들을 막아섰다.

『미안하지만 보내줄 수는 없다고.』

"크……!"

"요, 요시노……."

"괘…… 괜찮아요, 나츠미 씨……!"

정령들은 분통을 터뜨리거나, 불안에 사로잡힌 채 몸을

맞댔다.

　그 모습을 본 악역들은 씨익…… 웃으면서 정령들에게 다가갔다.

　『자…… 포기하라고!』

　『끌끌끌끌끌끌…… 맛있게 먹어줄 테니 안심하거라.』

　『크흐흐, 인어는 혀가 뽑힐 때 어떤 소리를 내려나…….』

　"꺄, 꺄아아……!"

　미쿠는 입을 손으로 가리면서 물속으로 들어갔다.

　하지만 미쿠만 겁에 질린 것이 아니었다. 정령들은 제각각 다른 반응을 보이면서도, 식은땀을 흘리며 다가오는 괴물들을 노려보고 있었다.

　"큭…… 이 자식들!"

　시도는 어찌어찌 몸을 일으켜 신음에 가까운 목소리로 고함을 질렀다.

　"그녀들을…… 건드리지 마!"

　하지만 벽에 내동댕이쳐졌던 시도의 몸은 그의 말을 듣지 않았다. 다리에 힘이 들어가지 않자, 시도는 또 그 자리에서 쓰러졌다.

　"크윽……!"

　시도는 인상을 찡그리면서도 고통을 참으려는 듯이 어금니를 깨물었다. 그리고 어찌어찌 상반신을 일으킨 후 바닥을 기어 정령들에게 다가갔다.

하지만— 이미 늦었다. 이야기 속 악역들은 정령들에게 다가 가더니, 금방이라도 그녀들에게 마수를 뻗으려 하고 있었다.

『크하하하하하하! 우선 너부터 먹어주마!』

"꺄아……!"

"요, 요시노! 이익…… 이 멍멍이가! 요시노한테서 떨어져!"

늑대는 손톱을 이용해 요시노의 몸을 들어올렸다. 나츠미 가 늑대의 발을 붙들고 늘어졌지만, 늑대는 그런 나츠미를 개의치 않고 요시노를 유심히 관찰했다.

『으음…… 우리 빨간 모자는 정말 맛있게 생겼는거어어어얼?』

"히익……!"

『꺄아~! 우리를 먹었다간 배탈 날 거라구~!』

"큭……!"

—이대로 있다간 그녀들은 시도가 다가가기도 전에 당하 고 말 것이다. 시도의 심장은 초조함으로 가득 찼다.

아니…… 설령 시도가 다가가더라도, 그가 할 수 있는 일 이라고 해봤자 뻔했다. 시간벌이뿐인 것이다. 아까와 마찬가 지로 늑대에게 맞고 나가떨어져서 요시노가 잡아먹히는 것 을 몇 초 정도 지연시키는 게 고작이리라.

그 사실을 자각한 순간—.

시도의 머릿속에 통신기를 통해 들었던 무쿠로의 말이 떠 올랐다.

「—가령 무쿠의 힘을 봉인했다 치더라도, 무쿠는 정말 이곳에 있을 때보다 더 안전하게 지낼 수 있는 것이냐? 지금까지 그대가 구원한 정령들은 그 후에 단 한 번도 적에게 공격을 받지 않은 것이냐?」

"……큭—."

시도가 정령들을 향해 뻗던 손이 한순간 움직임을 멈췄다.

"나……는……."

시도가 지금까지 영력을 봉인했던 정령들이 이형의 괴물들에게 공격 받는 광경이, 그의 눈앞에서 펼쳐지고 있었다.

이런 광경이 벌어진 원인 중 하나는 바로 시도 본인에게 있는 것이 아닐까 하는 생각이 그의 머릿속을 스쳤던 것이다.

만약 시도가 그녀들의 영력을 봉인하지 않았다면, 다들 웨스트코트의 〈벨제붑〉에 당하지 않았을지도 모른다.

아니, 그것만이 아니다. 무쿠로가 말했던 것처럼, 정령들은 수많은 위기에 처했었다.

시도는 정령들을 구하기 위해, 그녀들의 영력을 봉인했다. 하지만 그런 행동이 그녀들의 가능성을 없앴던 것은 아닐까.

가슴에 품어왔던 확신에 금이 가는 듯한 감각이 느껴졌다.

자신이 해왔던 일은 정말 옳았던 것일까. 애초에 『정령을 구한다』는 것 자체가 무쿠로가 말한 것처럼 시도의 아집인 건—.

『—어이어이. 어울리지 않게 그딴 걸로 고민하지 말라고.』

바로 그때였다.

마치 시도의 머릿속을 들여다보는 듯한 목소리가 어딘가에서 들려왔다.

"어⋯⋯?"

『아앙?』

시도와 늑대의 목소리가 절묘하게 포개졌다.

『뭐야? 이 목소리는—.』

늑대는 한 손으로 요시노를 든 채 이 목소리의 주인을 찾으려는 것처럼 주위를 둘러보았다.

늑대의 시선이 요시노에게서 떨어진 바로 그 순간—.

『⋯⋯윽!? 아니⋯⋯?!』

늑대의 팔에 선이 생기더니, 그 선을 따라 팔이 두 동강 났다.

『뭐, 뭐가 어떻게 된 거야?!』

"꺄아⋯⋯!"

늑대의 당황한 목소리가 들린 순간, 요시노의 조그마한 몸이 늑대의 잘려나간 팔과 함께 바닥을 향해 낙하했다.

그리고 그녀의 몸이 바닥에 떨어지기 직전—.

『—웃샤. 요시노, 괜찮아?』

그 자리에 나타난 한 소년이 요시노의 몸을 살며시 받아냈다.

"어? 저, 저기……."

요시노는 당혹스러운 표정을 지으면서 그 소년의 얼굴을 올려다보았다.

아니, 요시노만이 아니었다.

"어……?"

"어, 어떻게 된 거야?"

다른 정령들도— 그리고 시도 또한 눈을 크게 뜬 채 그 소년을 쳐다보았다.

하지만 그것도 무리는 아니었다. 소년이 손에 쥐고 있는 검은 바로 토카의 천사 〈산달폰〉이었으며—.

『자, 악역들아. 너희는 내가 상대해주마. 정령의 수호자— 이츠카 시도가 말이야.』

자신만만한 목소리로 그렇게 말하는 그 얼굴은, 틀림없는 『시도』였던 것이다.

『너…… 넌 뭐야?! 불쑥 튀어나와서 그딴 소리나 지껄이지—.』

잘린 팔을 쳐다보던 늑대가 『시도』를 노려보았다.

하지만 다음 순간, 『시도』가 〈산달폰〉을 휘두르자 늑대의 거대한 몸이 깔끔하게 두 동강 났다.

『크…… 크아아아아아아아악?!』

처절한 단말마를 남기며 두 동강이 난 늑대의 몸은 갈기갈기 찢긴 책의 페이지가 되어 지면에 떨어졌다.

남은 악역들이 그 광경을 보고 숨을 삼켰다.

『아니……! 늑대가……?!』

『너는…… 대체 누구냐?!』

두 마녀가 떨리는 목소리로 그렇게 외쳤다. 그러자 『시도』
는 씨익 웃었다.

『지나가던 고등학생이야.』

그렇게 말한 『시도』는 바닷물에 젖은 바닥을 박차면서 악
역들을 향해 힘차게 달려들었다.

마녀의 마법을 튕겨내고, 몽둥이를 손쉽게 잘라버린 그는
그대로 도깨비의 몸에 구멍을 냈다. 도깨비는 늑대와 마찬
가지로 땅이 뒤흔들릴 것 같은 절규를 토하더니 찢겨진 책
으로 변했다.

그 후에도 『시도』는 진격을 멈추지 않았다. 〈산달폰〉을 자
신의 손발처럼 다루고 있는 『시도』는 악역들과 전투를 펼쳐
나갔다.

시도는 그 광경을 반쯤 얼이 나간 표정으로 지켜보았다.

"뭐, 뭐가 어떻게 된 거야……."

"시도!"

시도가 입을 쩍 벌리고 있을 때, 토카를 비롯한 정령들이
그를 향해 뛰어왔다.

"시도, 괜찮으냐?! 다친 데는 없느냐?!"

"으, 응…… 괜찮아. 그것보다 저건 대체……."

시도가 당혹스러워하면서도 악역들과 전투를 펼치고 있는

『시도』를 다시 쳐다보자, 코토리는 그와 마찬가지로 미간을 찌푸렸다.

"틀림없는 시도……네. 시도, 혹시 분신술 같은 거 쓸 줄 알아?"

"아, 닌자의 제자가 된 적은 없는데……."

시도가 그렇게 대답하자, 니아는 「으음……?」 하고 낮은 신음을 흘리면서 턱에 손을 댔다.

"저 소년 2호 말이야. 어쩌면 『이 세계』의 캐릭터 아닐까?"

"뭐……?"

니아가 그렇게 말하자, 시도는 또 미심쩍다는 듯이 미간을 찌푸렸다.

그것이 사실이라면 앞뒤가 맞기는 했다. 하지만 그렇게 된다면 또 다른 문제가 생기는 것이다.

왜냐하면 이곳은 수많은 이야기가 뒤섞여서 만들어진 환상의 공간이다. 시도가 등장인물이 된 이야기가 존재하지 않는 한, 캐릭터 『시도』가 존재할 리가─.

"아아아앗!"

시도가 그런 생각에 잠겨 있을 때, 갑자기 나츠미가 소리를 질렀다.

"나, 나츠미, 왜 그래?"

"……나, 알아……! 나, 저 녀석을 알고 있어……!"

나츠미는 악역들과 맞서 싸우고 있는 『시도』를 떨리는 손가락으로 가리켰다.

"뭐……? 나츠미, 정말이야?!"

"으, 응. 그리고…… 너희도 안다구! 왜냐면 저 녀석……
저『시도』를, 지난달에 **우리가 그렸잖아!**"

"―윽!!"

그 말을 들은 순간― 시도와 정령들은 숨을 삼켰다.

―그렇다. 존재했다.

존재할 리가 없다고 생각했던 이야기가…….

이츠카 시도가 주인공인 이야기가…….

시도 일행은 지난달에 2차원 이외에는 사랑해본 적이 없
다던 니아를 공략하기 위한 작전을 펼쳤다. 그것이 바로―
『시도』가 주인공인 만화를 그려서 니아에게 보여준다는 작전
이었다.

"하, 하지만…… 그건 동인지잖아! 동인지의 주인공이 우
리를 도와주러 오다니, 말이 안 된다고!"

시도가 그렇게 말하자, 니아는 천천히 고개를 저었다.

"아니……. 소년, 내가 아까 말했잖아. 창작물에 울타리는
존재하지 않는다고 말이야. 한 번 창조된 이야기라면 이 세
계에 존재할 가능성이 있어. 게다가 지금 이 자리에는 그
만화를 그린『작가』전원이 모여 있잖아. 캐릭터를 불러들일
『인연』으로써 이것보다 더 끝내주는 건 없을 거야……!"

자신이 그린 만화의 캐릭터 복장을 한 니아는 약간 흥분

한 목소리로 말을 이었다.

"게다가 저 소년 2호는 『이츠카 시도』이면서 『이츠카 시도』가 아냐. 그 동인지에 등장했던, 정령을 구하는 것에, 그리고 그 모습을 통해 나를 반하게 만드는 것에 특화된 『이츠카 시도』란 말이야!"

"그, 그게 무슨 소리야?"

"요청. 설명을 요구하겠어요."

니아가 말을 늘어놓자, 야마이 자매는 고개를 갸웃거렸다. 그러자 니아는 만세를 하듯 손을 치켜들면서 말을 이었다.

"즉! 간단히 말해서— 우리 모두가 상상했던 『엄청 멋지고 엄청 강한 소년』이라는 거야!"

니아가 그렇게 외친 순간, 『시도』가 〈산달폰〉을 휘둘러서 마지막으로 남아있던 니아의 만화에 나온 적 캐릭터를 해치웠다.

『휴우…….』

그리고 가볍게 머리카락을 쓸어 올리면서 시도를 향해 천천히 걸어왔다.

『어이, 무사하지? 「나」.』

"으, 응…….'

평소 타인에게서 들을 일이 없는 호칭을 듣고 당황했지만, 시도는 어찌어찌 대답했다.

"덕분에 살았어. 고마워……『나』."

『하하, 이러고 있으니 마치 쿠루미 같네.』

『시도』는 그렇게 말하고는 웃음을 터뜨렸다. 시도는 마치 거울 앞에 선 것 같은 기묘한 감각을 느끼며 쓴웃음을 지었다.

『그건 그렇고…… 고생이 많나 보네. 「나」와 너희를 이 세계에 보낸 건— 웨스트코트겠지?』

『시도』는 시선을 날카롭게 만들면서 그렇게 말했다.

시도가 두 명 존재한다는 사실에 약간 당황한 코토리가 어찌어찌 고개를 끄덕였다.

"……응. 거기까지 알고 있다면 괜한 설명은 안 해도 되겠네. —원래 세계로 돌아갈 방법 같은 건 몰라? 우리는 한시라도 빨리 돌아가야만 해."

『시도』는 그 말을 듣고 태연하게 고개를 끄덕였다.

『아, 그거라면 나한테 맡겨.』

"뭐?!"

코토리는 그 말을 듣고 당황했다. 『시도』가 너무 태연한 어조로 그렇게 말한 탓에, 그대로 흘려들을 뻔 했던 것이다.

"그, 그런 것도 가능한 거야?"

코토리가 그렇게 묻자, 『시도』는 손에 쥔 〈산달폰〉을 들어 보이면서 대답했다.

『응. 이 공간은 천사의 힘으로 만들어진 세계거든. 그러니 천사의 힘으로라면 부술 수 있어. 존재 자체가 허구라고 해도, 이 세계 안에서 내가 사용하는 천사는 진짜니까.』

하지만, 하고 『시도』는 말을 이었다.

『내가 할 수 있는 건 어디까지나 이 세계의 출구를 만드는 것뿐이야. 너희가 원래 세계로 돌아간 순간, 웨스트코트가 너희 눈앞에 떡하니 서 있을 수도 있어.』

"뭐……!"

코토리는 『시도』의 말을 듣고 눈을 치켜떴다.

"그럼…… 대체 뭘 어떻게 하라는 거야. 우리는 한시라도 빨리 무쿠로를 만나러 가야 하는데—."

코토리의 표정이 전율로 물든 순간—.

"—이런 일도 있을 것 같아서 다 손을 써뒀지!"

니아가 코토리의 말을 끊듯 큰소리로 그렇게 외쳤다.

"니, 니아, 갑자기 무슨 소리를 하는 거야?"

"에헤헤. 실은 이 대사를 전부터 한번 외쳐보고 싶었거든. 어때? 잘난 여자 같아 보여?"

"……농담은 나중에 해줄래?"

코토리가 도끼눈을 뜨고 그렇게 말하자, 니아는 「아, 미안 미안」 하고 머리를 긁적였다.

"그런 일도 있을까봐 다 준비를 해뒀어. —소년 2호, 채널 걱정은 안 해도 되니까 빨리 출구를 만들어줄래?"

"잠깐만, 니아. 너 지금 무슨 소리를 하는 거야? 원래 세계로 돌아가더라도 웨스트코트와 마주치면 도로 아미타불이잖아!"

"후후후, 그런 걱정이라면 붙들어 매~."

니아는 손가락을 좌우로 까딱거리면서 미소를 머금었다.

"나, 이 세계에 삼켜지기 직전에 저쪽 세계에서 〈라지엘〉을 현현시켰어. —〈벨제붑〉과 〈라지엘〉은 표리일체야. 그러니 이 세계와의 채널 역할도 할 수 있을 거야."

"……윽! 그렇다면—."

시도가 그렇게 말하자, 니아는 고개를 끄덕였다.

"맞아. 그 녀석이 원래 세계에서 눈에 불을 켜고 우리를 기다리고 있지 않는 한, 마주칠 가능성은 낮아."

니아는 그렇게 말하면서 윙크를 했다. 그러자 정령들이 탄성을 질렀다.

"대단해, 니아!"

"크큭, 꽤 하지 않느냐!"

"칭찬. 아무 짝에도 쓸모없는 식충이는 아니었군요."

"아하하, 부끄럽네. 더 칭찬해줘."

니아는 잘난 척을 하듯 가슴을 폈다.

『시도』가 〈산달폰〉을 치켜들면서 시도 일행을 쳐다보았다.

『좋아. 그럼 지금 바로 출구를 만들어도 되지?』

"응. 부탁해."

코토리의 말에 『시도』는 고개를 끄덕이고, 의식을 집중하듯 눈을 감은 후—.

『—하앗!』

힘차게 기합을 내지르면서 〈산달폰〉을 휘둘렀다.

그 순간, 주위에 바람이 일더니— 〈산달폰〉의 칼날이 닿은 공간에 사람 한 명이 지나갈 수 있을 정도의 『균열』이 생겼다.

『여기를 지나가면 원래 세계로 돌아갈 수 있을 거야.』

『시도』는 〈산달폰〉의 끝을 바닥에 대면서 씨익 웃었다.

『—아까 말했던 무쿠로라는 애는 새로운 정령이지? 힘내, 「나」. 그 애도 반드시 구하라고.』

"……윽—."

우드먼이 작별하면서 했던 말과 비슷한 말을 『시도』가 입에 담자, 시도는 심장이 떨렸다.

"……응? 시도, 왜 그래? 빨리 가자."

코토리는 침묵에 잠긴 시도를 영문을 모르겠다는 표정으로 쳐다본 후, 다른 이들과 함께 균열 쪽으로 이동했다.

"—덕분에 살았어, 『시도』. 너도 잘 지내."

『그래. 「이쪽」의 너희에게도 안부 전해둘게.』

"아하하…… 그래. 그 동인지에 나온 캐릭터가 이 세계에 존재한다는 건, 우리도 있다는 거구나. 왠지 기분이 복잡하네."

코토리는 쓴웃음을 지으면서 그렇게 말했다. 그리고 각오를 다진 그녀는 「그럼 안녕」이라고 말하며 『균열』에 뛰어들었다. 그 뒤를 이어 다른 정령들도 『시도』에게 작별 인사를 하면서 『균열』에 들어갔다.

그리고— 전원이 원래 세계로 돌아간 후, 『시도』는 시도를 바라보았다.

『자, 마지막은 「나」군. 빨리 돌아가. 다른 애들이 기다리고 있을 거야.』

"으, 응……."

시도는 그 말에 따르듯 『균열』 쪽으로 향하다가—.

갑자기 걸음을 멈췄다.

—『시도』.

시도, 그리고 정령들이 만들어낸 『허구의 시도』.

그리고— 정령을 구하는데 특화된 『이상적인 시도』.

그런 『시도』를 본 시도의 마음속에서 조그마한 욕구가 싹트고 있었다.

결론이 난 줄 알았던 사상(事象). 극복한 줄 알았던 갈등. 하지만 그것은 여전히 응어리처럼 시도의 마음속 밑바닥에 가라앉아 있었다.

"저기……『나』."

『응? 왜 그래? 「나」.』

"……네가 아까 예상했던 것처럼, 나는 지금부터 무쿠로라는 새로운 정령을 만나러 가야 해. 하지만—."

시도는 얼굴을 살짝 찡그리면서 무쿠로에 대해 설명했다.

그녀에게 단호하게 거절당했으며, 구원을 바라지 않는 자신에게 참견하지 말라는 말을 들었다. 그리고— 시도는 그 말을 듣고 반박하지 못했다.

『……』

『시도』는 진지한 표정으로 그 말을 들은 후, 이윽고 휴우 하고 한숨을 내쉬었다.

『그래……. 그거 정말 골치 아픈 정령이네.』

"……나, 이런 생각이 들었어. 아까처럼 정령들이 적에게 공격 받았을 때, 만약 내가 그녀들의 영력을 봉인하지 않았다면, 이런 사태는 벌어지지 않았을 거라는 생각 말이야. ……물론 그러지 않았다면 그 녀석들이 더욱 힘든 상황에 처했을 거라는 건 알아. 하지만……."

생각을 정리할 수 없었다. 시도는 머리카락을 쥐어뜯으면서 말을 이었다.

"……무쿠로의 힘을 봉인한다는 방침 자체에 반대하는 건 아냐. 그러지 않았다간 그녀는 또 DEM에게 공격을 받겠지. 하지만 어떻게 하면 좋을지 모르겠어. ……어떻게 생각해? 나한테— 무쿠로에게 해줄 말을 찾지 못한 나한테 그녀 앞에 다시 설 자격이 있다고 생각해? 잠겨버린 무쿠로의 마음을 다시 열 수 있을까……?"

시도가 그렇게 말하자, 『시도』는 잠시 동안 생각에 잠긴 후, 입을 열었다.

『—나라면, 다시 한 번 그녀를 찾아갈 거야.』

"하지만 무쿠로는 평온을 원하고 있는데……."

『그건 그럴지도 몰라. 하지만…… 잘 생각해봐. 좀 이상하지 않아? 마음을 잠갔기 때문에 혼자라도 쓸쓸하지 않다? 그건 천사의 힘을 사용해 마음을 잠그지 않으면 견딜 수 없을 만큼 쓸쓸하다는 거나 마찬가지잖아.』

"……아, 그건……."

확실히 그 말이 맞았다.

무쿠로가 처음부터 고독도, 슬픔도, 분노도 느끼지 않았다면…….

일부러 마음을 잠글 필요는 없었을 것이며— 그 사실을 시도에게 말할 필요도 없었으리라.

『나는 그 말이 무쿠로가 「나」에게 보내는 SOS처럼 들려. 그러니까 나는 갈 거야. 무쿠로가 무슨 소리를 하든지 말이야. 게다가…… 이미 「나」는 무쿠로의 잠긴 마음을 열 「열쇠」를 가지고 있잖아?』

"뭐……?"

『시도』의 말에 시도는 고개를 갸웃거렸다.

하지만 다음 순간, 그 말이 무엇을 의미하는지 깨달았다.

"……아! 설마—."

『딩동댕.』

시도의 리액션을 본 『시도』가 만족스러운 듯이 고개를 끄덕였다.

『하지만 그 점을 제쳐두더라도 말이야.』

『시도』는 그렇게 말하고 시도의 가슴에 주먹을 댔다.

『─「나」는 어떻게 생각하는데? 아까부터 무쿠로에 대한 이야기만 잔뜩 하고 있잖아. 상대방에 대해 생각하는 것도 좋지만, 그러다간 상대방의 마음을 헤아리지 못할 수도 있어.

─어이, 「나」.

「나」는 무쿠로를, 어떻게 하고 싶은 거야?』

"……윽!"

『시도』의 말을 들은 순간─.

시도는 숨을 삼켰다.

그리고 몇 초 동안 침묵한 후, 시도는 크게 숨을 들이마셨다─ 뱉었다.

"……응─. 맞……아."

그리고 천천히, 천천히 말을 뱉었다.

질문의 대답치고는 너무나도 짧은 말이었다. 하지만 그 말을 입에 담은 순간, 지금까지 가슴속을 가득 채우고 있던 탁한 공기를 전부 토해버린 듯한 느낌이 들었다.

그런 시도를 본 『시도』는 씨익 웃었다.

『─힘내라고, 고등학생.』

"……너도 힘내, 지나가던 고등학생."

시도는 『시도』와 주먹을 맞댄 후, 공간에 생겨난 『균열』에 뛰어들었다.

◇

"······윽."

—시도는 누군가가 자신의 어깨를 흔드는 느낌에 정신을 차렸다.

그는 낮은 신음을 흘리며 눈을 떴다. 그러자 손바닥을 치켜든 코토리의 모습이 눈에 들어왔다.

"······코토리, 뭐하는 거야?"

"어머, 일어났네. 1초만 늦었으면 스무 대째 따귀가 작렬했을 거야."

"······잠깐만, 벌써 열아홉 대나 때린 거야?!"

시도가 볼을 감싸 쥐며 고함을 지르자, 코토리는 「농담이야」라고 말하며 어깨를 으쓱했다.

볼에서 통증이 느껴지지 않는다는 사실을 눈치챈 시도는 주위를 둘러보았다. 그곳은 일전에 정신이 들었던 볏짚으로 된 집이 아니라, 벽과 천장이 부서진 복도였다. 코토리뿐만 아니라 다른 정령들도 전부 이 자리에 있었으며, 토카가 시도의 어깨를 흔들어대고 있었다. 또한 그녀들은 누더기 옷이나 드레스가 아닌 평범한 옷을 입고 있었다.

"하아······. 시간이 없다고 그렇게 말했잖아. 그런데 왜 그렇게 꾸물댄 거야?"

코토리는 팔짱을 끼고 흥 하고 코웃음을 쳤다.

"아…… 미안해. 하지만—."

시도는 다리에 힘을 주고 그 자리에서 일어서더니, 기합을 넣듯 양손으로 자신의 볼을 때렸다.

"—이제, 괜찮아."

"……응? 뭐, 의욕이 있으니 다행이긴 하네."

코토리는 영문을 모르겠다는 듯이 고개를 갸웃거렸다. 하지만 이렇게 시간을 낭비할 수는 없다고 판단했는지 고개를 들고 다른 이들을 재촉했다.

"그것보다 서두르자. 생각했던 만큼 시간이 많이 흐르지는 않은 것 같지만, 〈프락시너스〉가 습격당했을 가능성도 있어."

"음!"

"알았어."

정령들은 고개를 끄덕이고 앞장서서 복도를 달리는 코토리의 뒤를 따랐다. 시도 또한 바닥을 박차면서 여전히 폭음과 총소리가 울려 퍼지고 있는 기지 내부를 나아갔다.

도중에 마주친 〈밴더스내치〉를 두 번 격파한 후, 시도 일행은 〈프락시너스〉가 있는 격납고에 도착했다.

외부 카메라를 통해 시도 일행을 확인했는지, 그들이 격납고에 들어서자마자 스피커에서 칸나즈키의 목소리가 흘러나왔다.

『—아! 사령관님! 무사하셔서 다행입니다!』

"응. 기다리게 해서 미안해."

손을 들어 올리며 그렇게 말한 코토리가 함체 아래쪽을 향해 걸어갔다. 시도와 정령들도 그 뒤를 따랐고— 아까처럼 전송장치를 통해 순식간에 함교로 이동했다.

"—상황은 어때?"

코토리는 함교에 들어오자마자 입고 있던 재킷을 벗어서 어깨에 걸쳤다. 그리고 오른손을 옆으로 내밀자, 칸나즈키가 공손히 막대사탕을 내밀었다.

코토리는 그것을 받아 포장을 뜯고 입에 넣은 후, 함장석에 앉았다. 그 물 흐르는 것처럼 자연스러운 동작을 본 시도는 왠지 감개무량함을 느꼈다.

"예. 현재 기지 상공에는 〈아르바텔〉급 공중함 한 척이 떠 있습니다. 기지 내부에 침입한 위저드 및 〈밴더스내치〉는 총 120 정도로 추정됩니다. 또한 현재 보고된 기관 측의 사상자는 21명입니다. 피난이 확인된 이는 185명입니다."

"……그렇구나."

코토리가 낮은 신음을 흘리자, 모니터에 『MARIA』라는 문자가 표시되었다.

『코토리, 슬픔에 잠길 시간은 없어요. 지금은 당신이 해야 할 일을 우선하세요.』

"응. 알아."

코토리는 조용히 한숨을 내쉬더니, 결의를 다지고 미련을 떨쳐내듯 고개를 들었다.

"—우리는, 우리가 해야 할 일을 하자. 〈프락시너스 EX〉,
발진 준비. 준비는 끝내뒀겠지?"

"""예!"""

승무원들은 한 목소리로 코토리의 말에 대답했다.

"하지만 적의 공격에 의해 격납고의 전자기기가 고장 났는
지 해치가 열리지 않습니다."

"쳇, 어쩔 수 없네. —부숴버리자."

코토리는 그렇게 말하면서 손을 앞으로 내밀었다.

"베이식 리얼라이저 병렬 가동, 테리터리 전개, 불가시미채(不
可視迷彩) 및 자동회피 발동."

인비지블

어보이드

"라져. 베이식 리얼라이저, 병렬 가동을 시작합니다."

"테리터리 전개. —준비 완료됐습니다."

승무원들이 그렇게 말한 순간, 함체 어딘가에서 들려오던
희미한 기계음이 더욱 커졌다.

코토리는 고개를 끄덕인 후, 뒤편에 있는 시도 일행을 쳐
다보았다.

"이제 출발할 거니까, 뭐라도 잡고 있어."

"응. 알았어."

시도는 고개를 끄덕이고 벽 쪽에 있는 기둥을 붙잡았다.
정령들도 시도를 따라했지만, 오리가미와 니아는 시도의 몸
을 움켜잡았다. 결국 토카를 비롯한 다른 정령들이 그 두

사람을 떼어냈다.

코토리는 한숨을 내쉰 후, 정면을 쳐다보면서 힘찬 목소리로 말했다.

"―〈프락시너스 EX〉, 발진!"

그 말에 답하듯 함체가 흔들리더니― 메인 모니터에 비친 격납고의 벽이 보이지 않는 압력에 의해 내부에서부터 박살나듯 원형으로 찌부러졌다.

함교 전체가 둥실 떠오르는 듯한 느낌이 든 직후, 메인 모니터에는 하늘이 펼쳐져 있었다.

"우와……."

시도는 다리에 힘을 주면서 탄성을 흘렸다.

리얼라이저를 지닌 공중함은 비행기처럼 양력(揚力)에 의해 비행하는 것이 아니라, 함 전체를 테리터리로 감싸서 그 거대한 함체를 공중에 띄운다. 그렇기 때문에 이렇게 상식을 무시한 궤도를 그리며 하늘로 날아오를 수 있는 것이다.

바로 그때― 하늘에 존재하는 거대한 실루엣이 모니터에 비치며 경고음이 함 내에 울려 퍼졌다.

『기지 상공에 존재하는 적 공중함을 확인했습니다. 어떻게 할까요?』

스피커에서 마리아의 목소리가 흘러나왔다. 코토리는 미간을 찌푸리면서 막대사탕의 막대 부분을 쫑긋 세웠다.

"지금은 한시라도 빨리 우주에 가야해."

『예.』

"설령 우리 편이 더 큰 피해를 입을 거라는 걸 알더라도, 저딴 걸 상대하느라 시간을 낭비할 수는 없어."

『예.』

"마리아, 내가 하고 싶은 말이 뭔지 알지?"

『예.』

마리아는 담담한 목소리로 말했다. 코토리는 막대사탕을 손가락 사이에 끼우고, 그걸로 정면을 가리키며 말했다.

"―1분 안에 결판을 내."

『코토리라면 그렇게 말할 거라고 생각했어요.』

마리아가 왠지 기뻐하는 듯한 목소리로 그렇게 말하자, 코토리는 승무원들에게 지시를 내렸다.

"〈위그드 폴리움〉, 1호에서 13호까지 사출, 저해 모드로 적 테리터리에 침입한 후 기뢰(마인) 모드로 속성 변경."

"라져. 〈위그드 폴리움〉, 1호기에서 13호기까지 사출합니다."

서브 모니터에 표시된 〈프락시너스〉의 실루엣을 보니, 뒷부분에 존재하는 나뭇가지처럼 생긴 파츠가 붉게 반짝이고 있었다.

그 뒤를 이어, 메인모니터에 비친 하늘에 다수의 『무언가』가 날아가고 있었다.

『무언가』라고 표현한 이유는 단순했다. 『그것』들이 시도의 눈에는 보이지 않았기 때문이다. 투명화된 〈위그드 폴리움〉

이 고속으로 적함을 향해 날아가더니, 그것들이 그리는 궤적이 약간 변한 듯한 느낌이 들었다.

몇 초 후, 전방에 떠있던 DEM 공중함의 곳곳에서 폭발이 일어났다.

아마 적은 자신들이 무엇에 당했는지도 모를 것이다. DEM 공중함은 자욱한 연기를 내뿜으며 지면을 향해 떨어졌다.

"흥."

코토리는 엄지로 바닥을 가리켰다.

『소요시간, 52초입니다.』

"나쁘지 않네. —자, 낭비한 시간을 만회하자. 고도 상승, 단숨에 대기권을 돌파하는 거야."

"예!"

승무원이 응답한 순간, 〈프락시너스〉의 함체가 희미하게 진동했다. 그리고 메인 모니터에 비친 광경이 엄청난 속도로 바뀌기 시작했다. 마치 기구에 달아둔 카메라로 보는 영상을 빠르게 재생시키고 있는 듯한 광경이었다.

몇 분도 채 지나기 전에— 메인 모니터에는 우주가 펼쳐졌다.

칠흑빛 공간이 화면을 가득 채웠으며, 지상에서는 보이지 않는 별들이 반짝이고 있었다.

일전에 자율형 카메라를 통해 본 것과 같은 광경이었다. 시도는 마른 침을 삼킨 후, 주위를 살피듯 이동하고 있는 카메라의 영상을 응시했다.

그리고— 잠시 후…….

황금색 머리카락을 휘날리며 조용히 잠자고 있는 소녀가 모니터에 비쳐졌다.

"……아! 무쿠로……!"

시도는 주먹을 말아 쥐면서 그 소녀의 이름을 입에 담았다.

그 목소리가 밖에 있는 무쿠로에게 전해졌을 리가 없지만, 그녀의 눈썹이 희미하게 움직였다.

『……흐음?』

무쿠로는 천천히 눈을 뜨고 〈프락시너스〉 쪽을 쳐다본 후, 태아처럼 동그랗게 말고 있던 몸을 폈다.

『……흐음, 오늘은 손님이 많구나.』

〈프락시너스〉가 외부의 음성을 포착했는지, 작지만— 명확한 무쿠로의 목소리가 스피커에서 흘러나왔다.

원래 진공상태인 우주 공간에서는 목소리를 낼 수 없다.

하지만 영장이 테리터리의 역할을 하고 있는지, 무쿠로의 작지만 명확한 목소리가 시도의 고막을 흔들었다.

『분명 경고했던 걸로 기억하는데 말이다. ……아까 전의 녀석들과는 다른 곳에 소속된 자들인 게냐?』

무쿠로는 낮은 신음을 흘리면서 기지개를 켜더니, 오른손을 들어 올리면서 입술을 살며시 움직였다.

『—〈미카엘〉.』

그 말을 한 순간, 허공에 열쇠 같은 형태를 한 석장이 나타나 무쿠로의 손에 쥐어졌다.

무쿠로는 〈미카엘〉의 끝부분을 공간에 찔러 넣고—.

"—【라타이브】."

열쇠를 돌려서 거대한 『문』을 만들었다.

무쿠로가 손을 휘두르자, 주위에 떠있던 수많은 우주의 티끌^{스페이스 데브리}이 그 『문』에 빨려 들어갔다.

다음 순간, 〈프락시너스〉의 주위에 『문』의 출구가 여러 개 생겨나더니, 거기서 엄청난 양의 『탄환』이 쏟아져 나왔다.

"우, 우왓?!"

시도는 그 수많은 파편을 보고 무심코 몸을 움츠렸다.

하지만 코토리는 당황하기는커녕, 즉시 지시를 내렸다.

"테리터리, 방성(防性)^{프로텍트} 특화!"

"예!"

서브 모니터에 표시된 〈프락시너스〉의 실루엣이 옅은 빛을 뿜었다.

그와 동시에 〈프락시너스〉를 향해 날아오던 수많은 파편들이 〈프락시너스〉의 함체에 닿기 직전에 산산조각 났다.

"이, 이건……."

"천사로 직접 공격을 날린다면 몰라도, 이런 솜방망이 공격으로는 진화한 〈프락시너스〉에게 흠집 하나 낼 수 없어."

코토리는 잘난 척 하는 듯한 목소리로 그렇게 말하더니,

시도를 향해 함장석을 회전시켰다.

"자, 시도. 지금부터가 클라이맥스야. 각오는 됐어?"

"─응. 당연하지."

시도가 각오에 찬 표정으로 힘차게 고개를 끄덕이자, 코토리는 의외라는 듯이 눈을 동그랗게 떴다.

"저쪽 세계의 『시도』와 무슨 이야기를 한 건지는 모르겠지만, 표정이 좋네. ─좋아. 그럼 작전을 시작하자."

코토리는 그렇게 말하면서 서브 모니터 쪽을 턱짓으로 가리켰다. 그 모니터에서는 〈프락시너스〉에서 생겨난 원이 주위로 퍼져나가는 영상이 나오고 있었다.

"지금부터 〈프락시너스〉의 테리터리를 무쿠로가 있는 곳까지 넓히겠어. 그렇게 되면 시도는 우주에서도 맨몸으로 활동할 수 있을 거야. ─우주복 차림으로 데이트하는 것도 좀 난센스잖아?"

코토리는 농담을 하듯 어깨를 으쓱이며 말을 이었다.

"기본적인 자세 제어와 방어는 우리한테 맡겨도 돼. 아까같은 공격은 테리터리로 막을 수 있어. 시도는 어떻게든 무쿠로에게 다가가서 공략을 시작해."

"……"

시도는 메인 모니터 중앙에 표시된 무쿠로를 한 번 더 쳐다보면서 작게 숨을 내쉰 후, 고개를 끄덕였다.

바로 그때─.

"……저, 저기 말이야."

요시노의 등 뒤에 숨듯 서 있던 나츠미가 갑자기 입을 열었다.

"응? 나츠미, 왜 그래?"

"……아, 쓸데없는 소리일지도 모르지만…… 쟤는 꽤 위험해 보이니까, 우리도 같이 가는 편이 좋지 않을까…… 같은 생각이 들었다고나 할까……."

나츠미는 코토리와 시선을 마주하지 못한 채 떠듬거리면서 그렇게 말했다.

그러자 이때를 기다리기라도 한 것처럼 다른 정령들도 차례차례 입을 열었다.

"저, 저기, 저도…… 도움이 되고 싶어요. 만약 무쿠로 씨가 테리터리로 막을 수 없는 공격을 하더라도, 〈빙결괴뢰(氷結傀儡)〉^{자드키엘}이라면……!"

"어머~. 굿 아이디어네요~. 제 〈파군가희(破軍歌姬)〉^{가브리엘}로 소리의 벽을 만들면 도움이 될지도 몰라요~."

"오오! 그럼 나도 같이 가겠다!"

정령들은 그렇게 말하면서, 호소하는 듯한 눈길로 코토리를 쳐다보았다.

코토리는 잠시 동안 난처한 표정을 짓더니, 곧 체념한 것처럼 하아 하고 한숨을 내쉬었다.

"……어쩔 수 없네. 하지만 시도가 위기에 처했을 때만 나서도록 해. 이건 무쿠로를 시도에게 반하게 만들기 위한 작전이야. 느닷없이 대인원이 쳐들어가면 상대방도 경계할 거야."

"오오!"

코토리가 그렇게 말하자, 정령들은 힘차게 고개를 끄덕였다. 그녀들의 단결력을 본 시도는 무심코 쓴웃음을 지었다.

"다들 고마워. ……하지만 가능하면 너희의 힘을 빌리지 않도록 해볼게. 그게 최선일 테니까 말이야."

시도는 차분한 걸음걸이로 함교에 설치된 전송장치 위에 섰다.

"그럼 코토리, 잘 부탁해."

"응. 지금 바로 전송을—"

하지만— 코토리가 말을 이으려던 순간—.

느닷없이 함교에 붉은색 램프가 켜지더니, 격렬한 경고음이 울려 퍼졌다.

"무슨 일이야?!"

"……윽! 이건…… 적입니다! 지구에서 DEM의 공중함이 세 척…… 아니, 네 척 나타났습니다!"

미노와가 그렇게 외친 순간, 거대한 공중함들이 모니터에 비쳤다.

코토리는 그것을 보고 인상을 썼다.

"……타이밍 한번 끝내주게 나쁘네. 예상은 했지만 역시 나타났잖아. 하지만 졸개 몇 대가 나타나봤자……."

말을 이으려던 코토리의 눈썹이 희미하게 떨렸다.

모니터에 비친 네 척의 공중함 중에서 가장 작은 배를 본 순간, 코토리의 표정에는 긴장— 그리고 희미한 흥분이 어렸다.

유선형을 띤 형태가 인상적인 백금색 선체의 배는 주위에 있는 다른 세 척과 비교했을 때 명백하게 이질적이었다.

이곳에 나타난 것을 보면 저것은 전투용 공중함이 틀림없겠지만, 저 우아한 형태는 귀부인을 위해 준비한 의례용 배가 아닐까 하는 생각마저 들게 했다.

코토리는 막대사탕의 막대 부분을 흔들면서 저 배의 이름을 입에 담았다.

"〈게티아〉……!"

"뭐……?!"

시도는 그 말을 듣고 눈을 치켜떴다.

〈게티아〉. 직접 보는 것은 처음이지만, 그 이름은 코토리에게서 질리도록 들었다.

엘렌 메이저스의 전용함이자, 세계 최고봉의 고속 기동함.

그리고— 『이전 세계』에서 〈프락시너스〉를 격추한 공중함이었다.

볼에 땀방울이 맺힌 코토리는 혀로 입술을 핥았다.

"……마침 잘됐네. 신생 〈프락시너스〉가 처음으로 발진한 날에 리벤지 매치를 하게 됐으니 말이야."

"괜찮은 거야……?"

시도가 미간을 살짝 찌푸리면서 묻자, 마리아가 스피커를 통해 대답했다.

『걱정할 필요 없습니다. 예전의 저와는 다르니까요. ―세계 제일의 공중함이 어느 배인지 똑똑히 가르쳐주겠어요.』

"말 한번 잘했어, 마리아."

코토리는 씨익 웃고 승무원들에게 지시를 내렸다.

"이중 테리터리를 전개해. 제1층은 포인트 622까지 확대한 후, 속성은 공간제어로 설정. 그리고 제2층은 방성으로 설정! 전투에 대비하는 거야!"

"""―예!"""

승무원들은 코토리의 말에 답하고 콘솔을 조작했다.

코토리는 그 모습을 지켜본 후, 시도를 향해 고개를 돌리고 엄지를 치켜들었다.

"그럼 시도, 무쿠로를 잘 부탁해. 무운…… 아니지. ―여운(女運)을 빌게."

"하하, 그건 또 무슨 소리야?"

코토리의 기묘한― 그러면서도 이 상황에 딱 맞는 말을 듣고, 시도는 무심코 웃음을 터뜨렸다.

"코토리, 너도 조심해."

"응."

코토리의 대답과 동시에― 시도의 몸은 우주공간으로 전

송됐다.

우주공간이 시도의 시야를 가득 채우더니, 몸이 허공에 둥실 떴다.

"오오⋯⋯?!"

시도는 무심코 그렇게 외쳤다. 중력에서 해방된 몸이 그 자리에서 빙글빙글 회전할 것만 같았다.

하지만 보이지 않는 손이 자신의 몸을 지탱해주는 듯한 불가사의한 느낌이 들었다. 아마 테리터리가 시도의 자세를 제어해주고 있는 것이리라.

시도는 맨몸으로 우주에 나와 본 적이 없기에 기묘한 느낌을 받고 있지만— 확실히 호흡이 가능했고, 피부를 통해 느껴지는 온도 또한 알맞은 수준이었다. 이 상태에서라면 별문제 없이 대화를 나눌 수 있으리라.

"—좋아."

시도는 작게 고개를 끄덕였다. 그리고 다리 오므려 허공을 박차는 듯한 동작을 취했다.

그러자 추진력을 얻은 몸이 무쿠로를 향해 나아갔다.

"—흐음?"

그때, 자신에게 다가오는 존재가 있다는 사실을 눈치챘는지 무쿠로가 고개를 돌렸다. 그리고 시도의 얼굴을 보더니 눈을 가늘게 떴다.

"그대는⋯⋯ 시도라고 했던가. ⋯⋯두 번 다시 무쿠의 앞에 나타나지 말라고 했던 걸로 기억한다만?"

기계를 거치지 않은 무쿠로의 목소리가 처음으로 시도의 고막을 흔들었다.

시도는 약간의 긴장과 흥분, 그리고 사명감과 결의를 품고 무쿠로의 눈을 바라보았다.

"내 이름을 기억해주다니 영광인걸. 혹시 또 만나고 싶었던 거야?"

"……흐음?"

무쿠로는 고개를 갸웃거렸다. 시도의 말을 이해하지 못한 눈치는 아니었다. 굳이 따지자면— 그런 소리를 하는 시도를 이해할 수 없다는 반응에 가까웠다.

하지만 시도는 개의치 않고 말을 이었다.

"각오해, 어리광쟁이. 내 아집은— 한도 끝도 없다고."

하늘과 땅을 내려다보는 어둠의 세계에서…….

정령과 인간의 밀회^{싸움}가 시작되었다.

To be Continued

■ 작가 후기

오래간만입니다. 타치바나 코우시입니다. 『데이트 어 라이브 14 무쿠로 플래닛』을 여러분께 전해드립니다. 어떠셨는지요. 재미있으셨으면 좋겠습니다.

참고로 무쿠로라는 이름은 한자로 「六喰」이라고 씁니다. 맙소사. 쿠루미보다 더 읽기 어렵고, 나츠미보다 더 흉흉한 이름이군요. 정말 멋져요. 담당 편집자님도 이 이름을 보더니 「食」이 아니고 「六喰」이라 멋집니다! 하고 열변을 토하셨죠.

자, 이번 권은 우주편, 그리고 동화편입니다. 이야기 자체는 니아 편 후반과 무쿠로 편 전반이 합쳐진 듯한 이미지죠.

그건 그렇고, 동화 속 세계의 정령들은 귀엽군요. 다른 캐릭터들도 동화 속 세계에 집어넣고 싶습니다. 한 번 상상을 해볼까요.

잠자는 숲속의 레이네(불면증이라 잠을 못잠).

카구야 공주가 된 타마 선생님(요구조건이 너무 많아서 구혼자가 없음).

늑대와 일곱 마리의 쿠루미(늑대가 뭇매를 맞을 것 같은 전개 외에는 상상이 안 됨).

알리바바와 40인의 쿠루미(알리바바는 살점도 남지 않을 듯).

101마리 쿠루밍(절망 그 자체).

왠지 재미있을 것 같네요. 단편이나 SS로 써볼까요.

자, 이번에도 많은 분들께서 힘써주신 덕분에 이 책을 낼 수 있었습니다.

일러스트레이터이신 츠나코 씨, 이번에도 멋진 일러스트를 그려주셔서 감사합니다. 매번 제 상상을 뛰어넘는 캐릭터 디자인을 해주시는지라 즐거워서 견딜 수가 없습니다. 무쿠로도 끝내주게 귀여워요!

저 때문에 매번 고생하시는 담당 편집자님, 디자인을 담당해주시는 쿠사노 씨, 편집부의 영업 담당자님, 서점 여러분, 그리고 이 책을 구매해주신 여러분. 정말 감사합니다.

자, 다음에 발매될 15권에서는 시도가 무쿠로를 반하게 만들 수 있을까요.

그럼 여러분과 다시 만날 수 있기를 진심으로 빌겠습니다.

2016년 2월 타치바나 코우시

■역자 후기

안녕하십니까. 근로청년 번역가 이승원입니다.

『데이트 어 라이브 14 무쿠로 플래닛』을 구매해주셔서 진심으로 감사드립니다.

올해 여름은 정말 더웠던 것 같습니다.

독자 여러분께서는 여름을 잘 보내셨는지요.

바닷가라 여름에는 그나마 선선하고, 겨울에는 덜 추웠던 부산도 올해는 폭염을 피하지 못하더군요.

기온이 37도를 넘는 걸 본 저는 결국 결단을 내렸습니다.

저희 집에 에어컨을 설치한 거죠!

매년 여름에 쓰는 역자 후기마다 「내년에는 에어컨을 달 겁니닷!」 같은 소리를 했습니다만, 이제 그런 소리를 못하게 됐습니다, AHAHA.

이야~ 문명의 이기는 정말 좋군요. 지옥의 불가마 같던 방 안이 순식간에 선선해졌습니다.

물론 다음 달 전기세 고지서와 매달 결제될 카드 값이 무섭기는 합니다만…… 이, 일단 생존에 중점을 두기로 했습니다!

정 안 되면 편집자님 바짓가랑이를 붙들고 늘어지면서 책 한 권 더 달라고 애걸복걸을……(넙죽).

자, 그럼 『데이트 어 라이브 14 무쿠로 플래닛』에 대해 조금 이야기해볼까 합니다.

스포일러가 포함되어 있을 수도 있으니 본편을 안 읽으신 분은 유의해주시길!

이번 권은 새로운 정령이 등장했을 뿐만 아니라, 『데이트 어 라이브』라는 이야기의 핵심을 파고드는 내용이 실려 있습니다.

지금까지 다뤄지지 않았던 최초의 정령, 시도의 과거를 아는 존재, 〈라타토스크〉의 수장인 엘리엇이 정령들을 구하려 하는 이유, 그리고…… MARIA!!!

크으, 수리 중인 〈프락시너스〉가 개조될 거라는 건 예상했습니다만, MARIA가 등장할 줄은 몰랐습니다. 물론 11권에서 린네가 나온 걸 보고 충분히 가능성은 있다고 생각했습니다만…… 그래도 이렇게 멋지게 재등장할 줄이야!

아, MARIA는 PS3로 발매된 정령 공략 시뮬레이션 게임 (⌢⌢) 『데이트 어 라이브 아루스 인스톨』의 메인 히로인입니다. 시도를 통해 사랑을 알려 하고, 그리고 사랑을 알았기에 사랑하는 이를 놓아주려 했던 순정파 히로인이죠.

작가님께서 게임에서 나온 오리지널 히로인들을 이렇게 구원해주시니, 『아루스 인스톨』을 컴플리트했던 사람으로서 정말 기쁩니다.

개인적으로는 한글판이 발매되어서 국내 독자 여러분들께서도 즐겨보실 수 있게 된다면 정말 좋겠습니다. 휴대용 게임기용으로 합본판까지 나왔는데…… 흑흑.

그럼 이만 줄이겠습니다.

『데이트 어 라이브』를 맡겨주신 L노벨 편집부 여러분. 정말 감사합니다.

몸 상태가 나빠서 금주 중인 나 때문에 덩달아 금주 중인 악우여. 우리 이 기회에 건강 좀 챙기자ㅠㅠ.

미소녀 자매의 눈싸움(?)을 구경할 수 있는 『데이트 어 라이브 앙코르 5권』 역자 후기에서 다시 뵙겠습니다!

2016년 8월 중순
역자 이승원 올림

데이트 어 라이브 14

1판 1쇄 발행 2016년 9월 10일
1판 6쇄 발행 2022년 4월 8일

지은이_ Koushi Tachibana
일러스트_ Tsunako
옮긴이_ 이승원

발행인_ 신현호
편집장_ 김승신
편집진행_ 권세라 · 최혁수 · 김경민 · 최정민
편집디자인_ 양우연
관리 · 영업_ 김민원

펴낸곳_ (주)디앤씨미디어
등록_ 2002년 4월 25일 제20-260호
주소_ 서울시 구로구 디지털로 26길 111 JnK디지털타워 503호
전화_ 02-333-2513(대표)
팩시밀리_ 02-333-2514
이메일_ lnovellove@naver.com
ㄴ노벨 공식 카페_ http://cafe.naver.com/lnovel11

원제 DATE A LIVE Volume 14 Planet MUKURO
© Koushi Tachibana, Tsunako 2016
First published in Japan in 2016 by KADOKAWA CORPORATION, Tokyo.
Korean translation rights arranged with KADOKAWA CORPORATION, Tokyo.

ISBN 979-11-278-1845-6 04830
ISBN 978-89-267-9334-3 (세트)

값 6,800원

온라인 게임의 신부는 여자아이가 아니라고 생각한 거야? 1~9권

키네코 시바이 지음 | Hisasi 일러스트 | 이경인 옮김

온라인 게임의 여자 캐릭터에게 고백!
→ 아깝네요! 실제로는 남자였답니다☆

그런 흑역사를 감추고 있는 소년 · 히데키는 어느 날 게임 안에서
한 여자 캐릭터에게 고백을 받는다. 설마 그 흑역사가 다시금 반복되는 것인가?!
그렇게 생각했으나, 게임 안에서 내「신부」가 된 아코 = 타마키 아코는
정말로 미소녀에, 현실과 가상세계를 구분하지 못한……다고……?!
"안녕, 루시안!"이라니, 하, 하지 마! 창피하니까 캐릭터명으로 부르지 마!
다른 사람들 앞에서도 게임 캐릭터명으로 부르며 게임 속 남편에게 착 달라붙는 아코.
히데키는 너무나도 유감스럽고 위험한 아코를「갱생」하기 위해
길드의 동료들(※단, 다들 미소녀)과 함께 움직이는데―.

유감스러우면서도 즐거운 일상 늑 온라인 게임 라이프가 시작된다!

TV애니메이션 방영 화제작!!

라이트노벨의 새로운 빛! ㄴ노벨의 신간은 매월 10일에 발매됩니다. http://cafe.naver.com/lnovel11